穿越时光的粉墙黛瓦

流淌千年的徽州记忆

从徽州出发

张脉贤 著

中国大百科全书出版社

图书在版编目（CIP）数据

从徽州出发 / 张脉贤著. -- 北京：中国大百科全书出版社，2022.4
ISBN 978-7-5202-1111-6

Ⅰ. ①从… Ⅱ. ①张… Ⅲ. ①散文集－中国－当代
Ⅳ. ①I267

中国版本图书馆CIP数据核字（2022）第065808号

从徽州出发

张脉贤 著

策 划 人 刘国辉
责任编辑 钱子亮
责任印制 李宝丰
封面设计 侯童童
出版发行 中国大百科全书出版社
地　　址 北京阜成门北大街17号
邮　　编 100037
网　　址 http://www.ecph.com.cn
电　　话 010-88390739
印　　刷 阳谷毕升印务有限公司
开　　本 710毫米 ×1000毫米 1/16
字　　数 278千字
印　　张 22.25
版　　次 2022年4月第1版
印　　次 2022年4月第1次印刷
书　　号 ISBN 978-7-5202-1111-6
定　　价 66.00元

序一

绩山徽水一精灵

郭　因

脉贤和我都是徽州绩溪人。他比我年轻十岁，“乡党尚齿”，我对他私下却一直直呼其名。只有在公共场合，他在位时，我喊他官衔；他退休后，我喊他张老。

虽说是同乡，也早就互相知晓，但直到1988年才第一次见面。那时，他在黄山市任副市长。我因事去屯溪，住在三江宾馆。一位青年艺术家领他到我房间里来，与他一握手，一讲家乡话，就特感亲切。一席话谈下来，我对他知识之丰富，见解之独到，记忆力之强，口才之好，钦佩不已。

他到省里当旅游局局长之后，曾请我吃过饭。有一次，还曾约我和他一道去全椒县的吴敬梓纪念馆。他和市、县干部接触，极有亲和力，回答或解决问题，干脆利索。桌上摆了水果糕点，他一概不动，只捧着个茶杯喝开水。吃饭时，他滴酒不沾，吃菜也很少，荤菜更是基本不夹，饭量倒可以。请他写字，毫不推辞，字写得颇有骨力。这些又大大增加了我对他的好感。

我在省政协当委员、常委二十年，他在任旅游局局长时也曾是一届政协委员，每年又多一次见面机会。那五年中，每次全委会他都要提案一件事：宣传徽州文化和把绩溪划回徽州。全委会快结束时，他又总要干一件事：把绩溪籍的委员和工作人员邀在一起聚一聚。他热爱家乡的深情，常常洋溢在脸上，更落实在行动上。

退休之前，他请求调回了黄山市，后来就在那里办了退休。由于他是省徽州学会副会长，我是学会的顾问，学会开会时，我俩又有机会见面。我有时去黄山市，总爱找他见面聊天。我出了什么书，总送给他；他出了什么书，也总送给我。我们在不少问题上都观点一致。“人之相知，贵在知心”，我和他该算是相互知心的乡亲和朋友。

我知道他生活经历不一般，游历过国内外不少地方，见过国内外不少名人。读书也很多，经常思考问题，发表的文章也不少。他还到处讲学，游历与交友，读书、写作与讲学，主要是为了宣传徽山、徽水、徽州文化。

可是，直到读了这本著作之后，我才深知他为人、治学的种种细节；我才深知他一步一步走来是如何艰辛，他又是如何刻苦，如何呕心沥血，如何舍命拼搏，目的只是把自己承担的工作尽量地做得更好。退休之后，只要为了徽山徽水，为了徽州文化，甚至只是为了尽一个中国公民的责任，履行一个共产党员的义务，他一直在“没事找事”，干事就一定力求干好。

他一辈子都如此肯干事，为了把事干好，又总是一直拼命求知，并把自己的知识使用到极致。因此他浑身似有使不完的解数。

只有异于常人，才能做官不像官，却做出了一般官员想不到、做不出、做不好的事；才能做学者不像学者，却做出了众多学者想不到、做不出、做不好的学术事业，写出了众多学者想不到、写不出、写不好的文章。

他的一些文章，在某些人看来，也许觉得粗糙了，不够规范，缺少字斟句酌。但是，人们应该知道，最动人的文章，最动人的言辞，往往并非那种文绉绉的、很规范的、符合什么文法的文章和言辞，而是那种很有思想、极富感情的作品。

老实说，他这本著作，让人看得下去，停不下来，而且不断被感动。

（作者系我国著名美学家）

序二　徽之贤者

方利山

关心徽州文化的徽学爱好者，几乎都知道在徽州本土有一位被大家亲切地称作“脉老”的徽州文化资深研究专家，他就是市级退休老干部张脉贤先生。

张脉贤先生是20世纪80年代中国徽州学学术潮流新一轮勃兴以来，徽学界公认的研究徽州文化的领头人。

张脉贤先生理解崇爱徽州，对徽州文化饱含深情、富有激情。“脉老”生在徽州绩溪，徽州是“脉老”亲爱的家乡。“脉老”在徽州文化的浸润熏陶中成长，对作为中华传统文化特殊时期典型代表的徽州文化，有特殊的感情和深刻的理解。凡是接触过“脉老”的人，都无不为他对宣传推介徽州文化的满腔激情所感染。1994年7月，他以市政府领导身份参与主持在屯溪召开的“首届徽州学国际学术研讨会”。会后开始徽州文化学术考察，几辆满载中外徽州学专家学者的大巴——从华山宾馆启动，就见“脉老”敏捷地上车站在车门边，手握扩音喇叭，铿锵有力、生动有趣地开始向专家学者们介绍起了徽州文化。他就这么站着，神情专注、滔滔不绝、眉飞色舞地从屯溪一直讲到歙县徽州府城的八脚牌坊。大巴行驶了二十七公里啊！在车上的中外学者纷纷赞叹："张市长真厉害！"有的老外感慨："像这样懂文化又平易近人、热情似火的政府官员，实在难得！"韩国徽学家朴元熇受"脉老"的激情感染，在多次来徽州了解徽州文化之后，专注研究徽州方氏宗族文化，表示徽学文化将是他以后的主要学术研究方向。1996年10月，张脉贤先生欣然应邀赴比利时根特大学，给该校师生宣讲推介作为中华传统文化特定时段典型代表的徽州文化。"脉老"特别珍惜这次徽州文化第一次登上外国大学讲坛的宝贵机会，在一个多月的时间里，精神抖擞，克服困难，认真备课。在讲课时，从世界四大文明古国讲到中华五千年文明，一以贯之；讲到徽州文化的标本见证价值，绘声绘色，声情并茂，还辅之以实物、图片；当场表演中国书法，现场吟诵中华古典诗篇，表演不同京剧唱腔，使听讲师生倍感振奋，喝彩不断，甚至吸引了校长等校领导也赶来听课。

张脉贤先生宣传推介徽州、徽州文化勇于开拓、敢为人先。脉老最早比喻徽之黄山是徽州"皇冠上的璀璨明珠"，主张以"众星拱月"的思维全方位推介徽州和黄山。在负责黄山风景区申报世界文化遗产时紧紧抓住“牛鼻子”，突出“文化”，在申报团队的共同努力下，以高票进入黄山“双遗产”名录。脉老满腔热情地支持和参与国内外学术文化界在徽州本土举办的各类徽州文化学术会议和活动。1995年即亲自担纲，首先在“程朱阙里”建立了朱子学研究会，挑起了筹划推动徽州本土多项徽州文化学术活动的重担。同年，脉老主编出版了《朱熹与徽州》一书，第一次向世人图文并茂地介绍了新安大儒朱熹夫子和徽州的血脉渊源，澄清了学界的许多困惑和误会。2000年，脉老又参与主编了很有影响力的中国徽州学新潮流兴起后的第一本研究论著《徽学研究论文集》，把当时一批具有代表性的徽州学研究新成果及时汇编推介，促成了中国徽州学研究新高潮的到来。脉老在《徽州文化全书》系列丛书的编撰过程中，不仅参与策划，还主持编撰出版了其中的《徽菜》专著，学界都认为这是比较正宗的推介徽菜的经典著作，英文版发行到世界上134个国家，在国内外学术文化界广获好评。特别是跨入新世纪后，脉老高瞻远瞩，对徽州文化中“徽商”这一块的发掘研究给予了很大的关注。在著名企业家孙永林和国内主要徽商研究大家们的全力支持下，脉老主持策划，组织徽州本土的部分徽州学家，用了两年多的时间，完成编撰两百多万字的《徽商大典》巨著，由上海书店正式出版。此《徽商大典》是迄今为止，徽商资料最全的徽州文化大型著作，分为10大类，55小类，包含6500多词条和1200多张珍贵历史资料图片，此书立即在徽州文化界得到较大关注。

张脉贤先生潜心研探徽州、徽州文化，多有收获、常有新见。脉老对发掘弘扬徽之黄山的自然和人文之胜，有过人的眼力。脉老强调，黄山可不是什么“黄色的山”，中国黄山是中华人文初祖轩辕黄帝修真得道的祖山，华夏文明的圣山，中国黄山黄帝文化的丰厚内涵和它的“奇松、怪石、云海、温泉、冬雪、佛光”六绝，以及特殊的地质结构，使之当之无愧地拥有了三顶世界级桂冠，成为世界文化和自然遗产、世界地质公园。脉老还格外精辟地指出，与世界所有山岳型景观相比较，“中国黄山以变胜”，黄山正是以云海动态的千变万化，奇幻仙境，汇各类山川胜景于一身，成就了“冠天下”的绝美风光。一个“变”字，精彩地总括了黄山美的缘由，准确地道出了黄山美的秘密。2006年，脉老在上海“二十一世纪儒学与华商”国际高峰论坛上，针对有的学者对徽商“贾而好儒”的误解，在大会报告中，打开学术视野，从世界四大文明古国历史讲到中华五千年历史文明的一以贯之，精到地阐述了儒学浸染中的徽商“贾而好儒”“以义为利”的许多观点，精要地将徽商特质概括为“以仁义为本、以诚信为质、以包容为性、以和合为象、以和谐为归”，得到许多与会国内外学者的称许。在担纲编著《徽菜》专著时，脉老、之惠、洪璟的三人团队，坚持立足徽州本地，直探徽菜本源，正确阐析徽菜的“三重”特色，突出中国徽菜与“和”文化的关系，摒弃社会上各种关于“徽菜”的不实之词，同时又坚持开放的理念，与时俱进，不空谈高论，不故作惊人之笔，把书稿写得厚实沉稳、质朴有味、得当可信。在徽州本土的徽州文化学术开拓中，脉老较早发现“徽州武术”这一块，对徽州文化的发展史、对徽州文化研究的丰富和深化，都有很重要的意义，但是一直未引起人们的充分关注。脉老热情地支持舒云祥、方道行、吴新华、党校杨老师等人的徽州武术研究，特别是对中华太极祖师新安程灵洗和许宣平的研究。2006年元月，在黄山学院徽州文化研究所参与主持了“徽州武术研究学术座谈会”，主张深入发掘徽州武术历史资料，编撰“徽州武术”专门著作。

其实，作为曾经市里主管外事、旅游，主管黄山开发的政府领导，又曾担任省旅游局局长的张脉贤先生，对徽州、徽州文化不断洞悉入微，他周游世界，见多识广，能高瞻远瞩，在比较中熟练把握徽州文化，因此，新见迭出。以上所记述的几件事，只是我所见的点滴记录而已。脉老对我国旅游产业的未来发展，特别是对旅游事业发展中“文化”的地位和意义，早有精深的思考。对于国家级徽州文化生态保护区建设、对于徽州古村落的保护利用、对于中国徽州学的向前推进、对于徽州文化新生力量的培育，等等，脉老在不同场合，都曾发表过许多真知灼见，不少闪光的思考给人以深刻的启迪。这些，大多已收录在这本书中，这是脉老奉献给徽州、徽州文化的一笔宝贵的精神财富！

张脉贤先生倾情呵护徽州、徽州文化并乐此不疲、感人至深。不论在职时的勤勉操劳，还是“裸退”后的努力奔波，直到如今的耄耋之年，脉老一以贯之地以他的不竭热情，极大的亲和力、极强的感染力，游学、策划、讲演、著述，一直在为徽州、徽州文化耗神出力，呕心沥血。多年来，清华大学、北京语言大学、南京大学、上海交通大学、中央美术学院、华东师范大学、上海新华学院等许多高校和科研机构派来徽州研学的学者、师生，都曾为脉老声情并茂的徽学演讲所感奋；许多国内著名企业和单位高管的徽商、徽州建筑等专题考察团报告会，也常有脉老精神抖擞的身影。驻我市的部队把学习中华优秀传统文化、了解徽州文化作为爱国主义教育的重要内容，脉老多次应邀走进军营，走上相关单位的讲坛，宣讲徽州文化，深受欢迎。

张脉贤先生先后应邀担任多个徽州文化学术团体的资深学术顾问，还被聘为国际徽学学会、国际徽商学会的学术顾问，几十年来带着我们这些徽州学后辈，努力为政府部门关于徽州文化的保护利用出谋划策；为社会文化企业的徽州文化产业开发项目论证评估，提供支持；为各种专业学术会议、论坛操心尽力。“脉老”知识渊博、思维敏捷，临场综合概括能力极强，对徽州文化的把握，探古知今，尊重传统又绝不保守。更了不得的是，他的笔头比一般的年轻人还勤快，几十年，一直笔耕不辍，论徽州人文，写黄山白岳，论文、游记、杂谈，书法，洋洋洒洒，从20世纪90年代的《灯下漫笔》《徽州行》《山水览胜》等撰著，到后来的文集，都是他思索的硕果，实践的心得，心血的结晶。

几十年来，脉老对徽州文化研究的后生晚辈，总是热情关心，倾力相助，支持扶掖，令人感动。脉老坚信，对于徽州文化研究、宣传，徽州人自身尤其要努力、奋起、争气。脉老常常为徽州后生们的每一点进步和成果而欣喜不已，总是把他们推向前台，赋予重任，希望年轻人勇挑传承弘扬徽州文化的重担，在国内外学术平台上一展才华，成为徽学大家。现在，徽州本土已经有一大批在徽州文化学术研究、徽州文化保护利用上学有所成的青年人才，有的已崭露头角，成为徽州学界的知名人物，有的成果累累。这也从侧面说明了饱含脉老等一班前辈悉心培育的成果。本人跟随脉老为徽州文化奔走多年，多获启导，受益良多。我常和同道们庆幸：能遇上脉老这样的好领导、好长者、好老师、好同道、好老乡，真是一种幸福。

脉老家乡徽州绩溪，是胡锦涛同志的父母之邦，“邑小士多”，是徽州文化的重要发祥地之一。胡开文、胡雪岩、胡适等历史人物，还有包括郭因老师、脉老在内的我的许多老师和同事，他们身上几乎都流淌着徽州文化坚韧卓绝、厚德载物、仁信爱人的血液，都有着“绩溪牛”诚笃执著、拼命向前，“一犁到塝不回头”的韧劲，我一直对这些老师前辈心怀敬仰，钦佩感恩。脉老的徽州情，把绩溪徽州人的秉性格外作了比较全面的传承和发挥，也让世人对“一犁到塝绩溪牛”的徽州精神又有了一个新的理解。

“世有清品至兰极，贤者虚怀如竹同。”贤者，德才兼备之谓也；贤，善也、美也。人生在世，遇上一个好老师不易；徽州文化在本土有个好的领头人不易。我们徽州文化的晚学后辈，都从心底祝愿尊敬的脉老和各位前辈：天天健康快乐，永葆青春！

庚子（2020年）之夏于屯溪宝徽堂

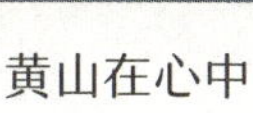

黄山在心中

目录
CONTENTS

黄山以变胜观无穷

黄山秦称黟山。唐天宝六年（747），唐玄宗根据轩辕黄帝在这里采药炼丹得道升天的传说，改其名为黄山。过去，由于关山阻隔道路不通，一座奇秀绝顶之山，养在深闺人未识。当它一露峥嵘，即引起人们浓厚的兴趣。明代地理学家徐霞客于1616、1618年，在冒生命危险的极端困难条件下两上黄山，而且两次都登上顶峰，叹而赞之，昭示后人："薄海内外无如徽之黄山。登黄山天下无山，观止矣！"艺术大师、著名画家刘海粟不顾年高体弱，93岁十上黄山。香港摄影家罗苏民，不顾路远迢迢旅途之辛，二十次上黄山。

是什么引起他们如此浓厚的兴趣呢？有人讲由于黄山之奇之险。如宋人说："江南诸郡多佳山水，其间雄绝者莫如黄山。"康熙六年（1667）其人所作《黄山志》首句："黄山乃震旦国中第一奇山。"清人诗句："任他五岳归来客，一见天都也叫奇。"早年黄山还有"阎王壁""小心坡""罗汉级"等说法，往往靠绳索拴身相持才能攀登。也有人讲由于黄山之秀之丽，山上山下郁郁葱葱，植被厚密。黄山，南北屏障，也就集南北方植物之大成。九百米以下，翠竹摇曳，盛开玉兰木莲等树花，花香树雅，十分华丽。山中，诸如小叶青刚栎等树木，树荫相交，丛丛覆盖。山上，寒带植物，如高山杜鹃，一花三色，在山之巅撒满缕缕清香。因其四季常青，花落之后亦不失其清雅。更有珍禽异兽，空山鸟语，增添情趣。"天下山秀数黄山"，"黄山天下奇"，这都是有事实根据的。陈毅元帅概括为“前山险后山秀”，也恰到好处。

黄山最有个性的特点，在我看来在于“变”。他山以形胜，观可尽；黄山以变胜，观无穷。其味无穷在“变”中，其景无穷在“变”中。进黄山者，一次一山形，一步一山景；次次不同，步步有异。当然，无山不峰，无峰不石，无石不松，无松不奇，乃黄山一奇绝处。几亿年大自然的造化，形成花岗岩为体的巨峰，又形成无数怪石。而从根须中分泌出一种酸，专腐蚀花岗岩并从中吸取养料的黄山松，迎风斗雪，一直顽强地把根扎在群峰之巅、怪石之间。“黄山奇松知多少？棵棵皆穿石罅生。”气压、气流、风向、阳光的影响，奇松布满黄山，神奇的松景、石景、松石结合景、山景、水景、山水结合景，因气候、角度、季节不同，阳光、月亮的投射位置不同，而产生无穷的变化。有惟妙惟肖的“天狗望月”“仙女弹琴”；有神似神传的“仙人踩高跷”“十八罗汉朝南海”；有静中有动的“羊子过江”“五老荡船”“松鼠跳天都”“鳌鱼驮金龟”。还有很多景观，这方看为“金鸡叫天门”，换一处看则成了互扶相助的“五老奔天都”；这方看为“喜鹊登梅”，那一方看则成了喜迎四方来客的“仙人指路”。多变，给人无穷的回味；多变，使人增添无边的遐想，拓宽了观赏空间，充实了观赏内容，丰富了观赏想象。

“谁信天地间，竟有山头海？”“自古黄山云为海。”黄山有东海、西海、南海、北海、天海。有时千帆竞发，有时渔舟点点；有时乱云飞渡，有时彩云追仙。云以山为体，山以云为衣，衣体相形，云遮雾罩；虚虚实实，半隐半现。把山峰做了各种巧妙打扮之后，雄伟刚强的黄山群峰，变成喜爱梳妆的大家闺秀，犹抱琵琶半遮面，矫揉造作，增加了几分羞赧之美。游人身临其境，“峰奇石奇松更奇”中，又添上了“云飞水飞山亦飞”。神奇，梦幻，多变，奇特。特别是当白云充满柔情地拂面，以至深情拥抱你的时候，确能产生一种飘然入仙境之感。古人盛赞黄山为“仙境”。编了许多成仙的故事。首先是我们的老祖宗轩辕黄帝从这里得道升天的传奇故事。这自然之景象，当然是一种非常重要的根据。

邓小平同志于1979年到黄山，从前山一步一步地走到后山，盛赞黄山奇秀，提出“要把黄山的牌子打出去”，要使最佳之山岳风光让各国朋友共赏。这些年，黄山的软、硬件建设，都有较大的改善，建成了三条客运索道。原本耗费3小时的后山登山道路缩减至8分钟，就到达了当年李白欲攀而未上的白鹅岭，为游客特别是年老体弱的旅游者，提供了极好的条件。山间登山道也大都建成一米六至两米宽的石阶。上黄山诸峰，可以说是险而不危了。而后山登山道更加平整、宽阔，犹如散步在山岳公园之间。“天上都会”“登峰造极”上天梯、过“鲫鱼背”，都是黄山之险极。俗语讲：“不上天都峰，等于一场空。”清代诗人说：“何年何月骑青鸾，踏碎天都峰上云。”现在，又开辟了“天都新道”有3个“一线天”，3个“天梯”，最后是“响天梯”，一踩一响，趣味倍增。既可更方便观景，又可让游客错峰登峰。从北海通往北部景区的道路也已修缮。从十八道弯到花溪、乌谷，到绿荫深处，松谷庵、念字亭、五龙潭、芙蓉居，重新向游客开放。从天海到钓桥庵的西部景区已经开辟了新道，过去视为“魔鬼的峡谷”，现在以一个完全崭新的面貌出现在游客面前，一共有16个观景台、10座桥，包括了天鹅桥与真正用铁索凌空的吊桥，6处泉水飞溅，共计51个景点。特别是“琼瑶仙境”景区，空谷悬崖。“步仙桥”跨“仙人双洞”，凌空飞架，是黄山山景险绝之处，观后赏心悦目，妙不可言。

历史悠久，影响深远的温泉区，景点集中，山色秀丽，地势平坦。想当年越南胡志明主席，就是反复游览温泉景区多彩多姿的景点，而对黄山产生了深深眷念之情的。这里，住、食、玩、购已形成产业。空气新鲜，交通四通八达。同时，温泉暖谷也是休养生息的理想的幽静环境。桃花峰、紫云峰静立两旁，山涧溪水潺潺流淌，温泉悄悄细流，供人沐浴去疾。朝听鸟语，暮听泉声，夜听松涛。远，可眺天都巍然屹立；近，可观飞瀑玉龙起舞。游人可以走“醉石”“洗杯池”，忆李白饮酒赋诗；看古寺旧址，谈“天都诗社”，吟唱起舞。这个景区，也是周恩来、叶挺、张学良到过的地方，忆古思今，故事盈实。

（载菲律宾《世界日报》及新加坡《中国行》杂志等。此文内容是我宣传黄山品牌的演讲内容，当年就一次一次地讲，已很娴熟。现在看来也抓住了重点。我第68次上黄山，是应德国电视台拍宣传片宣传黄山的邀请，也重点讲了这个内容。此时，已是卅年后，我已年过八十了）

作者书法作品一幅“澹泊明志”

关于发展安徽文化旅游的思考

安徽是个文化旅游资源大省。江南的名山胜水，具有两高（品位高、密度高）的优势。古老的江淮大地，诸子文化也有着巨大的吸引力。旅游是不受区域限制的，就安徽省旅游资源的分布情况来看，旅游业的发展规划应是：国内、国际兼顾，自然、人文并举，四门打开，四方牵线，四面开花。

江南，以黄山为中心，四周有星罗棋布的自然景观与人文景观。如新安江、齐云山、太平湖和屯溪老街、黟县古民居、歙县古城，形成众星拱月之势，可适应不同旅客的不同要求，可以扩大人们的观赏视野。以黄山为伞尖，其他景观呈伞形散布，疏通渠道，形成网络，互相促进，共同发展。进一步延长半径，增强辐射能力，延伸到九华山、秋浦河、马鞍山、合肥，直至杭州、九江、上海、广州、西安、桂林等。

皖南旅游区，线路丰富，国际旅游前景极为广阔。该旅游区的中心问题在于不断加强旅游配套设施建设，提高服务档次，增设旅游项目，以适应旅游业不断发展的需要，促进一个个旅游新局面的形成。

皖东南的太极洞面向江浙，敬亭山、鳄鱼湖面向江苏，它们发展国内旅游已取得了进展。而琅琊山是国家级风景区、国家级森林公园，有全国名寺醉翁亭，为我国四大名亭之首，文化景点最具特色的。不仅有“醉翁亭”，而且即将建成的“千尊玉佛塔”将成为佛塔之最，世界一绝。这里有皖东文化旅游线上的一颗晶莹的珍珠——蚌埠。再加上凤阳的明朝之“最”（最大都城、皇陵及础石、白玉雕等），讽刺巨著《儒林外史》的作者吴敬梓家乡，连同“昭关”“陋室”“霸王庙”等，与江苏紧密联系，拉开四条线：南京、扬州、合肥、蚌埠。这样，空中、陆上交通就都已具有相当条件，完全可以走向世界旅游市场。

皖北的亳州，是曹操、华佗故乡，有名的药都、酒城。花戏楼、古兵道、曹氏四古坟，新开辟的“三国故事览胜”将成为很有影响的旅游景点，而这里是古老江淮大地的一个代表。沿线中，夏禹、成汤、老子、管子，以及荀子、庄子，都留下许许多多历史的故事与遗迹。同属汉文化圈的日本朋友认为：这里中原古风，情趣盎然，他们已经组织了中原文化访古旅游团，由滁州而亳州。而这里与河南的关系历来密切，沟通了古都汴梁（开封）、东都（洛阳）与东岳泰山、泰安的联系，相互介绍国际游客，肯定能取得成功。

皖西，将是下一个五年计划中旅游大发展的地段：飞机场即将启用，铁路即将修通；拥有古南岳天柱、火山地貌浮山、水位最高处的妈祖庙小孤山以及丰富的石树景区、小吏港、天堂寨。首先向江西、湖北打开，将是目前铺设旅游线路的理想选择，如江西开发的鞋山、石钟山、小孤山，袖珍“三小山游”就很有推广价值，而湖北对“寨上天堂” 的旅游开发已引起了重视。共同开发，相得益彰。眼下显然是以国内旅游为主，但发展在望。

省会合肥市濒临巢湖，“断裂带”给这里留下极为珍贵的旅游资源——温泉。汤池、香泉、温泉，这三大温泉旅游疗养产业的开发，可背靠省会合肥。古城庐州，兵家必争，拥有大量三国故事。三国与温泉，都是日本朋友最感兴趣的。我们向近邻重点推介，东京出发，晚上在汤池疗养休息，会使游客感到十分惬意。

安徽旅游资源丰富而品位甚高是大家都承认的，关键在于采取行动。搞活一个景点，带富一方人民。要及时推向世界，宣传促销不可懈怠。先面向国内，但绝不放弃向国际市场促销。国内旅游是旅游业创立根基、培训骨干、增加积累、培育景点的一项基本工作，也是将中华文化推向世界的一个开端。当然，积极开拓财源，多方集资，大力引进外资合资，开发旅游景点，建设旅游设施，通信交通配套，是一项重要工作，但必须因地制宜，分清阶段，逐步展开。

旅游经济效益是大家关心的，也是发展旅游的目的与动力。旅游是产业，就要考虑投入产出，就要产生效益。旅游经济效益就其内涵来讲，有直接经济效益和间接经济效益。直接经济效益包括游客在旅游中的各种消费，还包括门票、交通、住宿、餐饮等费用。我省入境游客人均日消费仅四十多美元，与国内比，也属于中下水平，其原因有三。

（1）特色旅游很少。如民俗民风方面的抛彩球、新婚礼、抬花轿，文化生活中的傩舞、花鼓灯、目莲戏、黄梅戏，具有地方特色的活动如放竹排、撑渡船、采新茶等参与性活动都很少开展。夜生活大都还是中国式的生活习惯——坐在床上看电视。“白天看庙，晚上睡觉”，如同到欧洲时的“白天看教堂，晚上就上床”的简单观光。

（2）配套服务较差。如有的饭店无酒吧，有酒吧不调酒；品种单调，服务单调，吸引不了人。适应各国人民习惯的不同康乐设施更是很少建设。

（3）购物水平较低。这是效益低的一个重要原因，也是从接待型向经营型转变中容易被忽视的一点。其实每个旅游者都追求观赏新景点，品尝新餐饮，购买新产品。旅游者的购物欲望一般来自纪念、转赠、陈列，当然也有部分是作为商品而转手的，但大多是前三种，而且都要求是土、特、奇、古。在旅游者心目中应是“崭新的”“才见到的”“具有鲜明特征意义的”。我们的旅游购物在旅游收入中只占百分之十几，发达地区与国家，旅游购物占旅游收入50%以上。这个差距，一是新产品开发不够，生产不出别具特色的旅游新商品；二是流通渠道堵塞。有了商品，却没有找到销售市场。开拓市场，打通渠道，这是需要特别关注的。

创造旅游经济效益是旅游工作者的任务，但旅游业在我国起步较晚，在一定时期内，旅游的投入与产出会是循环向前的。一定的投入，在一定时间后就会出现产出，但高一阶段的旅游，又有新的高阶段的投入要求。绝不可能这一阶段只是投入，这一阶段只是产出。根据旅游区的硬件、软件建设情况，主要看配套程度，配套越差越要投入，配套整齐才会出现以产出为主的阶段。此阶段效益体现得更加突出。

旅游的间接效益有两个方面：一方面，是上面所谈到的旅游消费与购物带动了轻纺工业、食品工业等加工工业，以及开发性农业等连带产业的发展。比如，在各宾馆、饭店用的大米，就要求优质。中外合资的西海饭店就直接订购南陵的大米。黑米粥，作为宫廷食谱大受欢迎。而当地生产的水果，易于保鲜，又有地方特点，也受到旅游者欢迎。旅游业作为第三产业的大板块，对交通、饮食、商业、能源、电子、机械以及文化、文物、园林、邮电、教育事业等都产生积极的促进作用，所以说旅游是综合性产业。一业为多业，多业为一业，相互支持，相互促进。另一方面，旅游带来信息流、人才流、资金流。国际游客中50%是经商的，一边旅游，一边考察市场，购买、投资随之而来。所以不少地方提出了“旅游开路，开放开发”，“旅游搭台，经贸唱戏”，“旅游促进开发，开发促进发展”。这都是看到了旅游这个活跃的经济因素的社会功能。

我省自去年首届黄山国际旅游节成功举办以来，我们大力支持各地相继举办了一系列节庆活动，如：亳州药材节、淮南豆腐节、安庆黄梅戏节、马鞍山吟诗节等，都重视通过节庆活动，扩大招徕，发挥旅游的牵头作用。当然这仅仅是一个起步，只有再进一步根据各自的实际，扩大开放，才会进一步看到旅游的“开路”作用。但对于“安徽走向世界，世界认识安徽”，一定会起到很大的引领作用。

由于起步较晚，由于完善旅游设施的客观要求，为了使我省旅游发展带动第三产业的发展并进而推动整个经济的发展，必须给旅游以切切实实的“扶植”政策。几年来，我省旅游发展类似小孩子走步，需要有理解的人真诚相助。比如，安徽旅游眼下的重点在黄山、九华山，由于山岳风光的特殊性，冬游相当冷淡。发动冬游，这要靠多少年的宣传促销与多方面的冬游准备。因此有关的旅游运输业等，就会面临严重的冬闲，冬闲是事实，就可以按事实给以减免税收。安徽的宾馆、饭店档次偏低，黄山等处仍床位不足。方向调节税，是为了限制基建，我省尚是缺项，本可以主动减免扶持，许多企业才上马，才获得一点效益。而如前所述，对他们的投入需要继续。也应下大决心给予休养生息，以增加积累，增强后劲。

省旅游部门负责全省的旅游布局、设线、促销、管理，因资金缺乏，施展乏力。再加上已取消的公司的人员、债务，下属机构的贷款、还贷，压力重重。昨日事昨日毕，今日事今日始。旅游管理部门很需要有一个松开手脚、甩开臂膀、大干快上的环境。各地旅游部门也要求有一定自主权的资金，好钢用在刀刃上，以求迸发一种新的能量，这当然也是不容忽视的问题。

（1991 年的一次讲话稿）

徽学的渊源和传承

（根据张脉贤先生学术讲座录音整理稿）

编者的话：2017年5月27日，即“端午节”前夕，应海南省徽文化研究会和海南省安徽商会（以下简称“海南安徽两会”）之邀，84岁的张脉贤老先生专程飞赴海口，为“海南安徽两会”会员做了一场精彩的文化讲座。此次讲座张老一直站着讲，历时3小时，期间有27次被掌声打断，反响异常热烈。

张脉贤老先生曾任芜湖市委常委、秘书长，安徽省旅游局局长，黄山市委副书记。张老在海内外多个媒体发表多篇文章，已出版多部著作和文集，既是专家，又是干部，是学术界、旅游界、文化界有名的“80后”。张老同时也是一位声名远播的书法家，尤其在篆体和行草书法方面独树一帜。几十年来，虽然政务繁忙，但张老从未间断过国学、徽学和旅游文化研究，在多个国家的讲堂上，讲文学、讲汉字、讲旅游文化。早在1996年，张老就在比利时根特大学中国文学院开设徽州文化课，接连讲授一个月。讲授徽学，谈论徽菜、徽州文房四宝、徽商、徽派建筑、新安医学、徽州艺文、徽州武术等，是在国外传播徽学的第一人。张老足迹遍布全中国以至全世界26个国家和地区，每到一地都有旅游散文在报刊发表。他作为专家组长组织三人编著的《徽菜》（英文版）已在134个国家地区出版发行，影响非常之大，很多徽菜馆拿它作指南。张先生兴趣广泛、热情洋溢、坦荡豁达，充满了爱心和童心。

此文根据张老讲话录音整理，已经请张老审阅。文章大小标题均为编者所加。

海南是一块繁花似锦的宝地

应海南安徽乡友的盛情邀请，我今年两进海南，感到十分荣幸。28年前我第一次到海南，下了飞机之后径直在海口的街道上走一走。那时的海口到处是空地，空地上到处是杂草。这就是我第一次来到海口的印象。第二次，我来海口是为了参加一个研讨会。当时，我坐在三亚海边的沙滩上，旁边就是带刺的一些热带蒿草和簇簇仙人掌，我们坐在那里聊天，还担心被刺着。那一次我是刚从美国夏威夷考察回来，论证如何发展国际旅游的事。

我当时的感觉是海南比夏威夷条件好，特别是沙滩好。夏威夷的火山灰比不了海南的沙滩干净，起点也不同，文化有大差别，当时我就肯定地说，海南建设发展起来，肯定能够走向国际，走向世界。这是我当时对开发海南的评议。

当时的海南，给人留下的印象还是一块有待开发的处女地。二十几年过去了，我们再看看今天的海南，交通便捷，高楼林立，市场繁荣，熙熙攘攘。特别是一片翠绿的大地，给人留下最深的印象，到处都是鲜花，真正是一块繁花似锦的宝地。

昨天上午我在大街人行道上散步，缕缕清香扑鼻，沁人心脾。特别是轻轻下了一阵细雨之后，我敢肯定这个时候清新的海口的负离子，能达一万单位以上。朋友们，乡亲们，北京天安门广场的负离子是多少？200单位！那是一个什么样的环境啊！现在正在设法改变。所以人们称这里为海口花园、花园海口，海南花园、花园海南。这是一个美丽的地方，处在多么美丽的时代！实际上，海南就是美丽中国的样板，是美丽中国一颗闪烁着光彩的宝石！

同志们，你们是幸运的，当然你们也是艰苦的。当年就是你们怀着开拓进取的精神，怀着艰苦创业的精神走向海南，冲向海南，在这里打拼，打开了一片天地，创立了自己的事业，是在你们的事业不断向前推进的过程中，海南岛走到了现在，形成了今天的面貌。

所以，老乡们，当然还有来自贵州、湖南等兄弟省份的朋友们，尤其是江苏的朋友们——康熙六年（1667）分别设立了江苏布政使和安徽布政使，从此有了安徽和江苏。所以安徽与江苏，我们是同胞兄弟——正是你们大家怀着一种雄心在这里开拓自己的事业，才创造了海南今天的辉煌，今天的海南正朝着坚定的目标，踏着坚实的步伐，大踏步地走向世界，走向国际旅游岛。

我们不同于当年美国，他们没有历史沉淀。从1776年发布《独立宣言》算起，至今才二三百年。他们则创新了一些独特的人文景观，像迪士尼、好莱坞等。我们也不像法国、意大利这样一些老牌的旅游国家，依靠对于欧洲古文化的观光取得旅游强国的地位。我们是以东方文明为特色的，创建一座强烈文化色彩的旅游城市。五千年古国以一种全新的面貌展现在世界面前。海南的发展，是将旅游与农业结合，旅游与文化结合，旅游与养生结合，“三结合”的新特征、新模式，以一个独特的、崭新的面貌出现在世界舞台上，因此明天的海南一定会更加美好。

在座的诸位在创造更加美好事业的过程中把你们的视野推向新的水平，因此你们的明天也将更加辉煌。送给大家一幅字，昨天下午写的——“徽行天下，情系故里”。徽商是一个响亮的名字，一个辉煌的名字。据我了解，全世界范围内有140多个大的徽商组织，包括在美国的旧金山、新西兰的奥克兰，阿联酋的迪拜这些世界性的大都会都有徽商会，徽商的朋友遍天下，大家的事业也就遍天下，所以我写“徽行天下”。然而，不管怎样行走天下，徽商们总是心系故里。我们海南徽文化研究会的会长，虽然原籍不在安徽，但他一样心系安徽。凡有兴趣积极加入安徽商会和徽文化研究会的朋友，就是认同安徽，我们非常高兴地接纳他们成为安徽老乡。

从安徽走出来的，从外地走出来的，都在海南发展自己的事业，这里的确是值得我们仰慕的地方，也是值得我们在这里创业和发展的地方。海南，也是发展养生事业的好地方，三大长寿特产，构成海南人长寿条件，也祝愿大家福寿康宁、事业兴旺、身体健康！

历史是最好的老师

我下面要讲的是一句话：历史是最好的老师。这句话是习近平主席多次讲过的。在我们的历史传承中，文化的传承是最重要的，文化是一种力量。习近平主席多次强调文化自信，刚才我们主持人已经介绍了。因为文化是一种强大的吸引力，具有强大的生命力，强大的凝聚力和辐射力。从历史的延续中我们看到了文化的延续，从文化的延续中我们看到了国家的变化。大家知道世界上著名的四大文明古国，古埃及、古印度、古巴比伦、中国。如今埃及的文化已经阿拉伯化了。我有一次跟埃及驻中国、中国驻埃及的两位大使一起谈到“我们都是文明古国，而且文字都是方块体”。埃及大使说：“是的，古埃及的方块体文字，我们正在组织专家破译。”在法国巴黎广场有一块石碑，上面写的是古埃及古文字，当时埃及的朋友说这是法国侵略者从我们古埃及搬过去的，法国说不是，是你们的国王送给法国国王的。我们讲，不管怎么讲，即使放在巴黎也是埃及的。

这块有关古埃及的石碑，其上的碑文无人能识。埃及大使讲了他们正在找专家破译。这就是世界文化的一个现状。现代人需要研究这些古代的文字，它是古代文化的一个例证。说明了埃及文化已经阿拉伯化了。再比如说佛教本来是印度的特色文化，但在释迦牟尼之后，后来的传人都走出来了，达摩一祖到中国传到六祖以后，成了中国特色的佛教文化了，已经完全改变了。什么改变？原来的佛教是渐悟，慢慢地成佛。怎么个慢法？就是要经过三劫，一劫17亿年，三劫就多少亿年了？这是完全不可想象的天文数字。

到了六祖慧能以后就变了，“放下屠刀立地成佛”，“佛法无边回头是岸”。佛在你心中你就是佛，人人可以成佛。身正不需参禅，心正何须受戒。就把中国的修养理念放在佛教教义里面去了，这个顿悟的佛教，融入中国文化了，所以六祖以后的佛教受中国修身思想影响，而成中国佛教文化，现在流传到东南亚、流传美洲去的佛教，大都是以六祖为代表的中国佛教。小乘教，范围反而小了。

中华传统文化，就是以道学为根基，以儒学为主体，吸取优秀佛教文化而形成。六祖贡献很大，胡适讲贡献最大的还是七祖，因为六祖是文盲，他不识字，就像我这样讲完就丢掉了。七祖则是很认真地把六祖的每一次讲话都记录下来，最后汇集成一本《六祖坛经》，各位接触佛教之后都会知道有《金刚经》《心经》，还有《六祖坛经》。对于我们中国人来说，中国的佛教只要是以“善”为核心，尚“和”、讲“让”。让人之美、为人之美、美美与共、和合之美。佛教的思想成了你的行动指南，你就成佛了。

和尚是崇尚以“和”为上，这也是中国儒家思想的一个核心。“和”一直是中国人的指导思想，凡事讲究中和。中，天下之大本也；和，天下之达道也。佛教被中国人接受之后也就变成了中国文化的组成部分。在某种意义上，印度早已有西方文化影响，比如印度的梵文就有德国文字的影响，此后成为英国殖民地，输入的也是西方文化。佛教进入中国，也是中西文化的融合。这次美国攻打伊拉克时出现一个现象：打到某个城市，美国兵就开始哄抢城市博物馆里的古董。后来有美国兵在纽约大街上卖的就是文明古国古巴比伦的国宝。所以一个国家被侵略被欺负那是没有话语权的，就像当年的八国联军到北京一样，什么东西都被抢走。国人找不到圆明园的图纸，哪里去了？现在知道，在法国的博物馆找到了，所有的原图都有，里面还有我们徽州人汪由敦写的《圆明园四十景图咏》，其中一首是乾隆皇帝自己写的。清朝乾隆时代，休宁汪由敦很有影响力和地位。中国历史上“以君哭臣”的只有乾隆皇帝哭汪由敦。汪由敦死的时候，乾隆皇帝一掀开被子看到他死了就号啕大哭。因为皇帝五次请他回来当建设部部长，即工部尚书，目的就是完成圆明园和建设清漪园。清漪园就是现在的颐和园。这些建筑离不开徽州人。

上面讲的，作为四大文明古国的古巴比伦文化、古埃及文化、古印度文化，都没有像中华文化这样，在五千年的历史长河中不断发扬光大，所以中华文化影响之大是很自然的。外国人为什么这么重视中华文化的研究？五千年的历史文化是我们在奋斗中、工作中、生活中、实践中总结出来的物质文明与精神文明的总和，这个总和是一种力量。当年法国的拿破仑讲过的一句话，他说，这个世界有两种力量，一种是利剑，另一种是思想。长远来讲，总是后者战胜前者。我们很高兴，1992年美国哈佛大学教授提出了一个观点，用了一个词叫作软实力。他在分析中国文化时，很自然地想到，软实力大国就是强国，中国的软实力将在更大范围发挥作用，这个作用早些年就被世界精英们发现并被他们总结，被他们认可。诺贝尔奖获得者的宣言中有这样一句话：人类要想在21世纪取得发展，就要回到两千年前的中国先贤孔子那里汲取营养。这是外国人讲的。其实早在第一次世界大战和第二次世界大战时候，就有人提出这个观点，而更早的是在欧洲文艺复兴的时代，就很重视在中国先贤中吸收先进思想。文艺复兴的时候，西方有两个人特别重视中国的传统文化，一个是法国的伏尔泰，另一个是德国的莱布尼兹。他们研究中国在康熙和乾隆时期为什么这么强大，为什么这个国家被治理得这么好，这个国家为什么这么富庶，他们研究来研究去，发现中国有一个特点就是文艺复兴所提倡的思想，即反对神权。中国的神不是类似于西方的神，中国的神是一个实实在在的人，这个人就是孔子。伏尔泰说：孔子一不媚君，二不贪财，三不好色，是真正的老师。中国形成了一个以儒家思想为主体，道家思想为根基，吸取了优秀的佛教思想的中华文化，中华的优秀文化就是这样形成的。习近平主席在欧洲的三次讲话中，概括了中华优秀文化的部分内容。他首先讲中国八德：孝、悌、忠、信、礼、义、廉、耻。孝，百善孝为先，孝敬父母、孝敬老人是中国伦理至高点；悌，是指敬朋友、敬兄弟、敬姐妹；忠，忠于国家忠君爱国；信，就是诚信。而礼义廉耻，礼是规矩，义是意气。礼义待人，徽商讲“利义结合，以义为先”。廉，是敢于担当敢于居正祛邪，正确地善行，反对恶行。

习近平主席还提到仁者爱人，与人为善、天人合一、道法自然、自强不息。还讲了和平、和睦、和谐，以和为贵，和而不同，化干戈为玉帛，国泰民安，天下太平，天下大同。

中国会发展起来，也是西方哲学家们、经济学家早预料过的。有四十年安定，中国一定可成为世界强国。这是20世纪70年代的预言，中国没有花四十年，三十年就够了。中国三十年走完了西方资本主义国家三百年的路程，现在已经跃居世界第二名。这也是文化作为中国有强大的凝聚力、有强大的影响力、有强大的生命力的实际作用。所以习近平主席强调的四个自信中，特别提出文化自信。

从这个角度来讲，四大文明古国只有中华文化得以发扬光大，我们必须珍惜它。习近平主席讲过，不忘本才能发展未来，不忘继承才能更好创新。不了解中国的文化，不了解中国的历史，就不可能了解中国的未来。不了解中国人怎么样生活，就不知道中国人怎么对待世界。以史为镜也是贞观之治时唐太宗的名言。以史为镜可以知兴替，历史是最好的老师。

徽文化与徽学

安徽是文化大省，全省可分三大块文化。北边是诸子文化的发源地。诸子在皖很活跃，老子、庄子、荀子、孔子都留下许多影响，带动了安徽文化的成长。所以研究安徽历史离不开对安徽这个区域的研究。而在长江南北区域，有黄金水道的便利，这里包括了对诗词、戏剧、文学的研究。安徽的花鼓戏、黄梅戏、梆子戏、泗州戏、徽剧、傩戏等，为什么那么活跃、那么发展，就是因为这片土地有地域优势，河流多，交通方便，容易交流。交流的结果促进了艺术、文学、文化的繁荣和发展。这里有一个桐城派，桐城派是很有影响力的一个文学文化流派，在中国的文学史和思想史上都有很高的地位。说到桐城文化和徽州文化的关系，安徽某些人说徽州文化是桐城文化衍生出来的，这个说法是没有根据的。不过，关系密切。我调查了解，当年桐城派的代表人物方苞在徽州紫阳书院当过院长，刘大魁当过黟县教谕，与徽州有密切的联系。文化是在交流中互相影响的。只有相互交流我们各自的才能，方能共同点亮我们的智慧之灯，文化强国必有文化的多样性、包容性。

如果往西走一走，就到了“孔雀东南飞”产生的地方——小吏港。世界上第一部爱情诗就是中国的《孔雀东南飞》。《孔雀东南飞》的奇特之处就是男人为女人殉情，而不是女人为男人殉情。这是世界上第一部爱情悲剧故事，在国际上很有影响，可遗憾没有一个人来写。这里还有著作颇丰的鸳鸯蝴蝶派小说家张恨水。胡适还认为：安徽文豪不在桐城，而在全椒，因全椒有个吴敬梓，写了比《死魂灵》早一百年的讽刺巨著《儒林外史》。这里有“醉翁之意不在酒，在乎山水之间也”的醉翁亭；有“野渡无人舟自横”的名句出处。所以在一个较长时间段内安徽人在文学文化方面的贡献是有全国影响甚至国际影响的。安徽中段文艺方面的工作，展现得还很不够。

徽州文化，它的形成和研究有一个较长的过程。当年我们叫作地方学，因为有徽州两个字。我们忽视了前面所讲的文化的传承、文化的影响。文化绝不受区域之限，只要它丰富、经典，就一定可以发扬光大。而徽州文化虽然有地域文化、乡土文化，但是徽州文化既接地气又博大精深。它不仅仅是一种地域文化、乡土文化，究竟是一种什么文化呢？它是中国优秀传统思想文化在徽州的沉淀与弘扬，是中华文化的缩影，是中华文化的重要组成部分。

应该说，徽州，是中国的传统优秀思想沉淀最厚实的地方，是弘扬最认真深入、普及最广泛的地方。为什么呢？因为徽州有一定的地域特殊性，即徽州是一个山区，当年的北方兵荒马乱，战争频起，朝廷更迭，灾荒连年，人们纷纷向南迁移，一部分到了徽州，这其中既有龙子龙孙、皇亲国戚，也有许多老百姓。这种现象自东汉开始，到了东晋、南宋更多，明清也不少。一批一批的人向南方转移，转移到黄山徽州以后，一看道路不通，消息易断，即便是龙子龙孙，人家也不知道了，就在这里休养生息。而这里是北纬30°，往东走可到魔鬼三角区，往西边走可到金字塔，直到现在金字塔还是谜，连文字都是谜。徽州往西走，不用走多远就走到江西的鄱阳湖。据报纸报道说抗战时期，日本有一个铁壳船走到这里不见了，而当时这里根本没有中国的部队，也没有人有能力打沉他那个铁壳船。哪里去了？派了四个人潜水调查，过了很久很久上来一个人，“哇哇”叫，说不出所以然，说不清人话了。另外三个人哪儿去了？到底什么名堂？现在也说不清楚，有许多迷团。

在华东这些地方，特别是徽州，夹在黄山山脉和天目山脉之间，风调雨顺，百灾全无。历史上发生的地震顶多三级，非常适合休养生息。在这里住下来，种田、种粮食，种什么都长。安定了，去考官去做生意。因为本来就是从中原来的，他自己又向往中原，知道外面还有精彩的大世界，并不满足在徽州的山区终老，因此就要闯出去。想要闯出去可以有两条辉煌的对外通道：一考官、二做生意。怎么样才能考官考得好，做生意也做得好，都要先读书。在徽州读书之风浓郁，“十户之乡，不废诵读”“三间草屋书声响，放下扁担考一场”。徽州还有一句话：“养儿不读书，等于养头猪；一家不读书，一家一窝猪。”客观形势逼着你去读书，所以形成一种风气，世世代代兴教办学育人。徽州办学达到什么水平？我考察过国际上的学校，在历史上很长一段时间，西方只推崇法国的巴黎大学，巴黎大学的前身叫索邦神学院，而徽州办的学院桂枝书院比它早180年，可见读书的风气有多么盛行。

读书之后考官考到什么水平，在北京保和殿考试及格的叫作进士，第一名叫作状元。考试及格不容易，你要熟读47万字，还要做到融会贯通，写出好文章。

徽州人口约占全国千分之一，面积占全国千分之一，而徽州考取的进士占全国五十分之一，每五十个进士就有一个徽州人，状元更多达二十分之一，可见这个读书读到了什么水平。科举制度从隋代开始，那个时候不设状元，到了唐代有状元了。还有一个现象也很有意思，20世纪50年代出版的《中国名人辞典》记载，全国每三万人里出一个名人，而徽州一千三百人出一个名人，可见名人之多。

徽州教育发展得好，还有一个原因，就是有诸子奠定的理论基础。孔子提倡的是六经：诗、书、礼、易、乐、春秋。六经、六艺，是孔子思想的教学要求。由于秦始皇焚书坑儒，乐，找不到了，变成了四书五经了，四书五经成了后世的经典和读书人必读之书。徽州人朱熹写了《四书集注》，成为历朝历代统治者科举制度必读之书，考试必用之书，学者必读之书。

作为孔子的思想，在四书五经传承的几百年中，朱熹起了关键作用。我前面说到的，德国、法国的学者，他们经研究发现，这两个皇帝，特别是康熙皇帝非常认真地读过孔子的书，都是经朱熹注解过的，读12遍背12遍，形成他治国理念的基础，西方非常崇拜。

再早可以往前推，比如黑格尔哲学，就是师承康德，而康德的学说来源于我们《道德经》。《道德经》讲的道生一、一生二、二生三、三生万物，他特别抓住了一生二、二生阴阳，阴阳又矛盾又调和，最后和而生三、三生万物。这个成为西方指导自己发明创造，进行物理学探讨、宇宙探讨的一个指导思想。当然道德经还有人法地、地法天、天法道、道法自然等。

道家的基本学说奠定了中华文化的根基，又以儒学思想为主体，不断地发展丰富，在徽州得到了充分的体现。到徽州的人首先看到的是徽派建筑。徽派建筑首先是山水相宜的环境选择，其次是始终秉持天人合一的理念。住在这里，可以看到飞鸟、太阳、月亮和星星，可以吸取阳光、更新空气，人就可融入自然之中。徽派建筑有四句话。第一句话，山水相依的环境选择。一定有山有水，叫作“无山丁不旺，无水家不富”，没有山就做个假山，没有水就做个池塘蓄水，叫作“无石不稳，无水不活”。第二句话，天人合一的特殊设置。有园林，大有大的园林，小有小园林，没有园林有一个前院也要有花草树木。鲁迅讲一棵是枣树，另外一棵还是枣树。徽州则不是，可能另外一棵是石榴。第三句话，藏风聚气的风水理念。在徽州来讲，不要让风随便进到家里来，堂屋躲在照壁之后，把其他的杂风挡在照壁之外，胡同巷弄，弯弯曲曲。经过层层筛选，冬天刮进来的空气是和风，夏天刮进来的是凉风。徽派建筑有小桥流水，曲径通幽，具有春可游、夏可歇、秋可登、冬可居的特点，这样才是完整的园林建设，也是最适合养生的环境。

当年乾隆皇帝建皇家园林，也就是圆明园，徽州人汪由敦做出了突出贡献。乾隆皇帝非常欣赏喜爱他这个臣子。汪由敦病了，他让人送去龙被、黄枕，盼望借皇家之气，使其病好起来，但仍然无力回天。乾隆看到汪由敦永逝，号啕大哭。汪由敦是清代有名的建筑学大师。徽州在建筑上的理论和实践成就，是有传承的，或者说是一脉相承的。苏州的狮子林、扬州个园都是徽州人的杰作。

徽州人很讲究风水，徽州的风水学也很有成就。有人讲阳光过于充足会导致阳气太盛，男孩子最好不要去这个地方，容易打架。住处太阴凉的地方阴气很重，女孩子最好不要去，容易得抑郁症。阳光、空气、水、地质、地气和心理，六大要素浑然一体，构成了我们的风水学，是有点科学道理的。徽州非常讲究风水，一定要藏风聚气，把好气聚起来，把邪风挡住，生活就可非常安宁、非常健康。

第四句话，是承载厚实的文化沉淀。初到徽州的人，从徽派建筑可以看到文化的繁荣和厚重。有一次国家旅游局（今文化和旅游部）老领导到我们那里去，我说我只给你介绍“承志堂”，大概要两个小时。他开始不以为然，我就讲，这里的木雕就有：渔樵耕读、诗书琴画、唐肃宗宴百官、郭子仪上寿、战宛城、战长沙……讲故事，两个小时讲不下来。徽州文化厚实的沉淀还有一个标志，就是家家户户挂着的对联，特别有内涵、有品位。有的人说徽商和晋商是两大商帮，也是最有影响的商帮，但是徽商跟晋商的区别就是在于文化。雍正皇帝讲过，山右人（山西人）是一等人经商，二等人务农，三等人从军，四等人，看来没指望了——去念书！徽州人则是“几百年人家无非积善，第一等好事只是读书”，完全是两回事。比如，“勿以善小而不为，勿以恶小而为之”，出自刘备托孤。也就是徽商家家挂中堂的《朱文公家训》中的话，习近平主席引用过好多次。

徽州家家挂中堂、家家挂对联、家家有木刻、木雕、砖雕、石雕。里面的故事体现了文化沉淀的厚实，都是学习的最好内容，人生修养的最好环境，这个环境起到了造就徽州人和徽州文化的重要的有利条件。

前面讲到，徽州人一部分去考官，考得很好；有一部分人不考官，就去做生意。徽州人很早就有经商意识。

明代发达的商贸，繁荣的物流交换，徽商起了很大的作用。徽州人做生意从学徒开始。学徒很艰苦，辛苦了几年，老板发现小伙子不错，知书达礼，待人真诚又很有文化，笑脸相迎生意做得很好，发现其不仅交流很好，服务还很好，是个可造之才，就着意培养，当店员，当账房先生，再到后来，干脆给你两百大洋，另外开一个作坊或一个店面吧，徽州商帮就是这样帮起来的。老大帮老二，老二帮老三，互帮就帮出了一个徽帮。有徽州文化有形无形的大量教育和影响，有传承优秀文化的共同品德修养作基础。徽商牢牢记住：君子爱财，取之有道；义利结合，以义为先。家中对联就是：读书好营商好效好便好，创业难守成难知难不难。要学好的，不学坏的，终身奉行。徽商的特质是儒商：以仁义为本，以诚信为质，以包容为性，以和合为象，以和谐为归。这才有“十大商帮，徽帮居首”。

徽文化的影响，是历史的机遇，是客观的存在。它的穿透力、辐射力，它的影响力都是巨大的，所以引起了世界各国的重视。而徽文化是中华文化的缩影，是中华文化在徽州的沉淀和弘扬，是中华文化的一个组成部分。中华文化就是中国的软实力，就是我们民族自信、文化自信的厚重基石，它更给了我们文化强国、文化担当的自信和底气。

中华文化五千年发展史，有许多发现和发明，真可谓灿若星河、博大精深。过去我们把四大发明走向世界引以为豪，因为它确实了不起。现在看来四十大发明也不止，仅我们徽州，能在国际上亮出的文化名片就数不胜数，比如养生，比如徽菜，比如徽剧，比如新安医学，比如新安画派，等等。

庄子在2300年前就写过一本书，叫《养生心》，是世界范围内首个提出了养生概念的人。当今社会，关于养生的提法五花八门，什么饮食养生、运动养生、休养养生都有，而且各有各的说法。我认为，养生从信息上讲，最关键的问题是养心；从物质上讲，首先是养气。

我今年84岁了，我还敢这样一个人全国各地地走，跟我的运作内气养生有一点关系。运气，就是气的运作，也是新安医学提出的一个养生概念。新安医学在中国的医学地位相当高的，中华医学十本名著里有三本是徽州人写的，这些专著是新安医学的集成。

人类生活中对付疾病，第一阶段是自我料理或者叫自我护理，第二阶段开始比较全面地进行调节，就是你的身体需要调节，这个调节当中最关键的一点就是食疗，有病先吃东西，药补不如食补。食疗是很重要而有效的方法。早在2500年前，古希腊医生克拉夫拉底就讲过，你的药品就是你的食品，你的食品就是你的药品。华佗也讲过，有病先以食疗之。以后工业革命的结果，开始了对物质化学成分进行研制的阶段，这就产生了西药。西药与中药一个基本的区别，西药是对症下药，中医讲究全面调理，这个全面调理就是让你自身产生出能力来抗击细菌、消灭疾病。

第三阶段是发明了显微镜以后。显微镜的这个发明不得了，你咳嗽，显微镜一看发现是链球菌作祟；你为什么拉肚子，显微镜一看发现是大肠杆菌问题。这个研究成果为人类维持健康起到很大的促进作用，但是由于实践的结果大家已经认识到了，老吃抗生素，它在杀死有害细菌的同时，也杀死了许许多多有益的细菌，这个病好了那个病来了，所以现在的西方已经怕抗生素了，不敢吃了。现在西方走入了一个新的阶段，要提高免疫，实际上提高免疫力阶段就是黄帝内经讲的治未病，没有病治病是上医，才是真正的了不起的医生。现代社会强调，增强自身的抵抗力、免疫力，也就是四百年前明代的新安医学一个御医汪机讲的“固本培元”，就是调动你内在的积极因素消灭有害因素。

习近平主席把这个“固本培元”的理念巧妙地运用到了干部管理上，要求我们的干部要“固本培元”，天上掉下馅饼地上就有陷阱。所以一定要固本培元，提高我们身体的免疫力，增强我们的体质，提高我们的健康水平，提高我们生活质量、生存质量、生命质量，这一点新安医学在四百年前就明确地提出来了。

我在比利时讲学的时候，他们跟我讲，现在日本的魔针和“汉方学”很有作用。我回来研究发现，其实就是把我们徽州吴昆医师的处方集注拿去用的。日本人认真研究琢磨，然后慢慢发展变了一套处方，变成日本的“汉方学”了。针灸可以治好病，他们很早就走向欧洲走向世界。所以改革开放太重要了，这点，你们海南是打头阵的。我们现在中医开始走出去了，许多国家中医药可以报销了。中医就是能够解决问题，中医理论外国人不懂，我们有的院士也不懂。有个院士信口雌黄，说中医是伪科学要取缔。他不懂又不学，更无知了。实际上中国的医学是国宝、是国粹。毛主席早年就讲过：我们的中医中药值得弘扬。我们讲的新安医学是徽州文化的一个方面。新安医学讲究有病先以食疗，食疗原则在中国被普遍广泛的应用。徽州自南北朝以来，有八百多个医生，七百多部医学专著，所以医学很普及。新安医学与徽菜也有一定关系。徽菜原有的三大烹调技巧：重油、重色、重火功，重油以调味、重色以调兴、重火功以调质，“重”是“重视”的意思。徽菜就地取材，绿色自然为主，绿色食品为主。中国长期的农耕社会积累了丰富的烹调经验，最适合人们的消化，最适合人们的需求，最适合人们的生存。绿色是徽菜的第一特点。五味调和取其中、出本味是徽菜的第二特点。第三个特点是“药膳同源”。

德国学者歌德讲过，中国出现灿烂文化的时候我们西方的祖先还在树林里打猎。打到野兽，用火烧，烧了就吃了，所以西方的餐饮以烧烤为主。烧烤的食品是不能多吃的，不少是垃圾食品。

徽菜已经走向世界，绩溪2000多个厨师中，有200多个在国外，德国、日本、法国都有，外国人喜欢吃中国菜，中国菜很多选徽菜，味正中和，五味调和。味道太重了，只能部分人喜欢，大多数人不适应，就不能广泛推广普及。

新安医学也有一个药膳同源的理念，徽菜就是这种理念的体现。药膳同源不是去药店随便抓一把中药放食品里面。比如放一点当归，药味很浓，但主要适合于妇女补血，并不具备广泛的适应性；小孩拉肚子，妈妈拔一点马齿苋，炒点肉一吃就好了；小孩咳嗽，到山上挖一个野百合放点冰糖一炖，小孩吃几次就好了；风寒感冒，熬点紫苏姜汤喝喝，出一身汗，好了。现代医药学已经证明，这些都有科学道理的。徽州的很多民间偏方在新安医学里都有记载。明代，新安医学就在北京召开过一个医学研讨会，46位医学大师一起开会讨论怎么样发展，影响很大。这次研讨会，比伽利略参加的天体研讨会早70年。说明在很早之前，明代就将医学当一门科学进行集体研讨了。

徽州的文化保留了大量中原文化元素，这些文化的交流融合与碰撞，促进了传承与发展。刚才讲到徽菜，也是正统中原菜。有不少徽商，就是从开徽菜馆开始的。所谓“一根擀面杖打到苏门答腊”。当年有几百家徽菜馆分布在全国各地，上海大中华、大中国、大富贵、新苏，第一春都是徽菜。毛主席喜欢吃的鳊鱼，就是徽菜的做法，蒸鱼，用菜油浇上去，味道鲜美，毛主席吃了非常高兴。但他看不清楚这个油怎么上去的，专门问胡师父做法。毛主席老家湖南，烧鱼把油烧热了，放一大把辣椒，再把鱼放里面炸，就成了。毛主席对于在武昌吃的鱼兴趣浓厚，其实就是我们徽州师傅做的徽菜：清蒸鳊鱼。

多个党和国家领导人身边都配有徽厨，因为他们适应性强，你喜欢吃什么都可以加一点，爱辣加辣，爱甜加糖，而本质上都是徽菜，所以徽菜的影响很大。徽菜因为这个三大优点，所以走向世界是必然的。

再讲一个大家感兴趣的话题，就是京剧的起源。抗日战争期间，上海大舞台上武功最好的是盖叫天，他能从三个桌子上翻下来。而当时一个徽州的农民在旁边听说后，不以为然地讲，我是从四个桌子上翻下来的。是这样，由傩舞、目莲戏到徽剧，已经做、唱、念、打齐全了。目莲戏中有个“破四门”，演员就是从四个桌子上翻下来的。为给乾隆祝寿，四大徽班进京后，徽汉融合，博采众长，使这个剧种表现力更加丰富，于是就有了京剧，并成为国剧。徽州文化包容性很强，它在创造自己东西的同时已经吸纳了很多各地的东西。江苏朋友不太服气，他说我们昆曲是京剧的祖师爷，昆剧比你们徽剧老多了。是的，昆剧老，“东柳西腔，南昆北平”，四大剧种，历史悠久。但昆剧是跟着徽剧进京见皇上的，徽剧大量引用了昆曲，同时大量用了苏腔，江苏的口音。头班进京的曹家班，弟弟是丞相，哥哥是口吃，算半个秀才，能写。他写剧本，提出来，徽剧进京，不能讲徽腔、苏腔，要讲京腔，用徽州人考官用的官话。这，也是徽剧进京成功的要素之一。但是，如果一个徽州人在外面几年回来不会讲家乡话了，老太太就要骂你了，你这个小子出去不两年，咬着个舌头打官腔。徽剧进京讲的就是带京腔的徽州官话，皇帝和老百姓都听得懂。

还有一个成派于明末的新安画派，也是有国际影响的，与西方的那种抽象派来比，完全是崭新的写实派。山水之胜，带来画家的山水之情，情发由衷，很自然产生了一个山水画派，从渐江到黄宾虹。山水带来营养，山水带来激情，山水为画家提供了一个天然的景象，扎根在心中，所以才梦笔生花。

前面讲了，徽州文化是中华文化的重要组成部分，几乎包括了中华文化的所有方面。我在比利时根特大学中国文学院讲了一个月，今天只撷取几个重点做点介绍。

从四大文明古国看中华文化，从三大块文化的丰富内容看安徽文化，从中华文化缩影来看徽州文化，事物的规定性在事物的对比中被认识。文化是一脉相承的。文化是特殊的历史沉淀，文化是人们的记忆符号，是社会发展的史实轨迹，是人类精神文明与物质文明的总和。如此丰富，足以使人感到深深的自豪。

今天讲了三个层次的内容，从具体到抽象，从生动的直觉到抽象的思维，只是提供了一些素材，一些想法。不是讲课，只是交流。《黄帝内经》讲："八十岁，肺气衰，魄离，故言善误。"随想随讲，讲错了的，在所难免，仅供参考，请老乡们多批评指正。耽误了大家三个小时的宝贵时间。

谢谢！

（感谢海南大学詹长智教授的现场记录，提供了这样一份详细材料）

欢迎您到安徽来

——写在'92中国友好观光年之际

近年来，安徽旅游业发展迅速：1989年创汇200万美元，1990年翻到600万。去年虽遇特大洪灾，创汇仍以63%的幅度递增，超过了1000万美元。入境旅客达到14万，居全国第14位。安徽发展旅游潜力仍然很大，黄山、九华山已开始走向世界。在'92中国友好观光年中，安徽将举办一系列具有地方特点、文化特色的节庆活动，为国内外众多的游客服务。

以奇松、怪石、云海、温泉四绝而著名于世的黄山，是一座神山。一步一换景，一时一新容，虚虚实实，云遮雾罩，给人一种飘然若仙之感。黄山已被列为联合国教科文组织世界自然与文化历史遗产名录。在去年成功地举办了首届国际旅游节之后，今年11月15日至18日，将举行第二届黄山国际旅游节，同时举行十多项旅游活动，把以黄山为中心，包括太平湖、新安江、齐云山等自然景色与屯溪老街、黟县古民居、国家级历史文化名城歙县、徽州民宅等人文景观一齐奉献给四方嘉宾。

九华山是我国四大佛教名山之一，历来香火鼎盛。来自朝鲜半岛的金乔觉于唐代开辟地藏道场，在国内外有较大影响。九华山现存寺庙78处，夜夜有佛事，日日有香客。今年8月20日至31日，以九华山的九华街为中心，举办第十届九华山庙会，开展多种旅游与经贸活动。同时，九华山的风光极为秀丽，定会引起中外游客和善男信女的浓厚兴趣。

9月9日至15日，全国历史文化名城亳州将举办首届国际中医药文化节。由于神医华佗是亳州人，所以这里的中药材市场特别活跃，上市中药材有1200多种。古井贡酒，因是中国名酒而提高了产地亳州的吸引力。这里是古老江淮大地的一个缩影，老子、管子等贤哲的故里，楚汉之争，南北朝之战，许多古战场遗迹，也在该市附近。加上左通山东邹鲁泰安，右达黄河中原汴京洛阳，古迹丰富，交通方便。亳州市将成为了解中国黄河流域文化和古都后方的一个很受欢迎的旅游热点。

马鞍山市于10月4日至6日，举办第三届国际吟诗节。唐代大诗人李白，五次到安徽，死后葬在马鞍山市当涂青山。作为诗仙，李白已被列入世界名人。他一生写诗1000多首，在安徽留有多处游踪和传世诗篇。据统计，李白在安徽境内作诗200多首，约占李白诗作的1/5。一年一度，长江之滨，采石矶头，诗人居住过、饮酒赋诗过的地方，举办具有中华文化特色的吟诗会，也是别树一帜的旅游活动。两年来已吸引了数百名日本以及世界各地爱好汉文学的学者名流。日本吟道学院高桥克义先生对我说过，他们的吟道学院已吸引了十几万日本吟诗爱好者，他们对国际吟诗节都很有兴趣，将会分批前来参加。

豆腐，是公认的高档营养食品，又被誉为“美容食品”。豆腐源于中国淮南，“淮南子”刘安是名载史册的最早豆腐制作集大成者。9月15日至17日，淮南市举办豆腐文化节，将以数百种豆腐食品面世。八公山下有珍珠泉，八公山上“风声鹤唳、草木皆兵”。历史文化名城寿县就在此山麓，刘安墓、廉颇墓，皆在此处。这个古楚都城（寿春）至今还保留着古城的风貌。

黄梅戏，一曲《天仙配》已风靡东南亚，载誉国内外。安徽的四大徽班进京形成京剧，可见安徽是中华戏剧发祥的宝地。在安庆，还有古南岳天柱山和浮山胜景。浮山系火山喷发而成，并有500多块摩崖石刻，也很能引起游人的兴趣。安庆市决定于10月6日至12日，举办首届黄梅艺术文化节，获得杂技最高奖——法国总统金杯奖的许梅花等，将登台献艺。11月1日至5日，堪称“中国四大米市之一”的芜湖市，举办芜湖国际菊花节。市内几乎家家有菊花，厂厂有菊展。芜湖濒临长江，四处皆有湖水港汊，“菊花黄，螃蟹熟”，各种水产极为丰富。芜湖历来是物资集散地，商贾如云，车水马龙，十分热闹。

铜陵市是古老的冶铜基地，是我国著名的铜都。炼铜是中国古代的重大发明。10月14日至20日，举办铜陵青铜文化暨亚洲文化研讨会，将吸引一批东方文化学者与专家前来。

今年，安徽将举办各种旅游节庆活动，各具特色，大量旅游者将被吸引到安徽来。

以合肥、黄山两个机场为主，形成了通往全国各地的南北空中通道。京沪铁路、京九线、皖赣铁路纵横安徽，长江黄金水道从中流过，公路更是四通八达。合宁高速公路大部分已通车，驶完全程也只需两个多小时。全省拥有近百个涉外宾馆，可以满足国际游客来皖住宿需要。安徽餐饮丰富多彩，既有吸取众家之长的川菜、鲁菜、淮扬菜，又有驰名海内外的正宗徽菜。加之文物之海、文化之乡、礼仪之邦的浓郁特色，形成文风鼎盛、人文荟萃的特点。在1992年友好观光年中，各地都将开展各具传统的民俗民风活动。如黄山的“抬阁”，贵池的“傩舞”，淮河两岸的花鼓灯等，都将呈现在游人的面前。

安徽各地都做好了周到的安排，届时将以十分的热情，丰富的地方特色和独特的节庆内容，迎接四方宾客的光临。

（在安徽电视台专题为宣传省旅游局确定的安徽省十大节庆的电视讲话）

优秀传统文化是中国旅游的灵魂

世界旅游组织已预测中国将成为世界旅游大国。这显示出中国旅游业30年的高速发展，取决于中国极丰富的旅游资源。优秀传统文化是中国旅游的基石与灵魂。

黄山市的旅游，起步于文化。黄山是因为黄帝在此升天而得名，为发展旅游而立市。但黄山本身就是以自然遗产与文化遗产两顶桂冠列入世界遗产目录的。当时考察黄山的联合国专员桑塞尔博士最有兴趣的是两件事：一是黄山为什么叫黄山？因中国的老祖宗轩辕黄帝在这里采药炼丹得道升天，所以唐玄宗才下诏改名黟山为黄山。二是“立马空东海，登高望太平”，“平”字一笔九米四，此巨幅摩崖石刻是如何形成的？补充版文化遗产，是他提出来的。就是因为这座山处在“如此辉煌”“如此灿烂”的中华文化氛围之中。1989年我提出“众星拱月”的旅游产品结构思想，明确星罗棋布的人文景观与黄山的结合关系，并规划了以黄山为伞尖的“疏通渠道，形成网络，互相促进，共同发展”布局，肯定了徽州文化的诸多景点，如西递、宏村，也要申请世界遗产，因为这些文化闪光点，是“东方文明的缩影”，是“中华文化的缩影”。所以，在黄山的旅游景观开发及黄山整体旅游促销中，都念念不忘文化，与徽州文化的学术研究形成了相互促进作用。徽州文化，成为学者、文人、旅游者的兴奋点，也为推动国际性的徽州文化研究，起到了不可取代的促进作用。

乡村文化旅游是黄山首先实践与进行理论探讨的。由于徽州文化在我国文化中的地位与价值，所以一直得到国际文化研究者的关注，比如美国马里兰州就召开过国际徽州文化研讨会，美国波士顿还建成了徽州文化的博览馆。在黄山本地已先后召开了八次有关徽州文化的国际研讨会。在美国、在国内的海南、东北、杭州、乐平几十个地方，都先后建立了徽州文化研讨会。徽州文化研究的全国化、国际化过程，也是黄山这个古老徽州属地的文化旅游的发展过程。而在20世纪90年代中叶，以文化景点为特点的黄山市旅游景点总收入就已经超过了黄山的收入，已形成“众星拱月”之势。

当然，黄山市以及婺源、绩溪、旌德等地开发乡村文化旅游，也有个漫长的起步—发展—成熟阶段。1986年，黄山市徽州文化景点就开始酝酿开发旅游。在1996年的一次全国性旅游会议上，以旅游扶贫为主题，听取了西递旅游公司与一个农民小组开发的九龙瀑景区的经验介绍。九龙瀑是以一条河沟（小溪）中出了三个状元的文化内涵作为营销重点的。那年九龙瀑的收入是400万元，典型经验给了与会者很大震动。因为那时西递已经是成熟的文化景点，而村民小组的九龙管委会已开始在网络作自我营销了。与会者都从典型经验中看到了乡村文化旅游的远景，而更加兴奋。因此，此次旅游未来学会还发布了一个发动乡村文化旅游的告示以展望未来。

现在黄山市的乡村文化旅游，已瞄准国际市场并着眼于入境者的度假旅游。黄山市市长李宏鸣已与法国旅游部长进行了两次协商与洽谈，制订了一个以徽州文化为个性内涵，以黄山天人合一，人与自然和谐为环境特点的旅游模式。这些，对西方人来讲是神秘的、陌生的、新鲜的。1987年的黟县西递村，自己刻印了门票，两角一张。虽然来游者寥寥无几，但总是有了旅游意识。1989年以后进入开发旅游的规范阶段，导游词、导游队伍已成型，环境卫生与环境文化进入建设轨道。到1992年以后已进入大发展阶段，原先一个三百多户人家的贫困村西递，目前旅游收入达到一个亿。农民的各种税费以至修房早就从旅游收入中支付，完全是一个新型的发展旅游经济的新农村。1994年在黄山市召开全国性的中国旅游未来学会，并以发展中国乡村文化旅游为主题。与会学者作了精辟发言，预想中国旅游会形成遍地开花的现象，肯定了五千年古国的中华文化是960万平方公里内的共同旅游优势，乡村文化旅游的开发，是中国旅游的第二战场，战果肯定会更加辉煌。这种异域文化的吸引力也是不可阻挡的。我们将以东方的亲切感，特别是儒家的和谐思想来构造国际旅游新产品，来开发文化旅游的新领域。既注意到徽州文化美景构成的生活环境中的观赏价值、修学价值、经济价值，同时也要从中国传统思想的包容性出发，考虑到思想价值，以体现中华文化的多重性。我们正在努力中。

（在旅游未来学会上的一次发言）

徽菜的社会地位及其影响

徽菜，这个来源于绿色世界的绿色餐饮，已引起了广泛的重视，并已经在全国各地及国外再次兴起。作为八大菜系之一的徽菜，我们该如何认识，该如何弘扬。徽厨之乡绩溪在20世纪80年代开办中专厨师班，每年人人都被聘，有的厨师月薪已达万元。为了创新，许多餐饮业同人都很想更多地了解徽菜，更深地研究如何继承与发展，这是个好趋势。

一个菜系的形成，是经济与文化发展到一定水平的结果。安徽省名，是因为江北有安庆，江南有徽州，取两地之首字合成“安徽”。徽州历来人文荟萃、文风鼎盛。在以学进仕、以文垂世的指导思想下，“连科三殿撰，十里四翰林”“父子丞相”“兄弟翰林”“四世一品”，都出现在徽州这块古老的土地上。徽州向有“娇儿不娇书，娇书如养猪”的说法。要考官，要走出徽州。而徽商是行商，通过各种水道走向江浙、华北与西南以至漂洋过海。一批批外地人，都是“祖籍徽州”，徽州人，“十三在邑”守家园，“十七在外”闯天下。徽州人不断地进进出出，加上徽州人的辛勤汲取、勤奋耕耘，徽菜，也就作为菜系在全国出现了。

以徽州本土特产为原料，在徽州土地上形成雏形的徽菜，现在已经是一种国菜。在中国餐饮中颇具地位的徽菜的影响，已经遍及中国人的各种餐饮，已经深入世界饮食市场，已经融入喜欢中餐的国际友人的饮食生活中。

徽菜是随着徽商以及徽州官员的生活面的不断扩大而拓展的，是随着徽州人在全国以及海外影响的不断扩大而发展的。徽菜兴起于徽商的鼎盛时期。明清两代，徽商已成为全国十大商帮之首，徽菜也随着徽州人的食俗喜好与徽州人同时存在于全国各地。其中徽菜发展规模较大的地域是与徽商的社会环境完全一致的沪杭苏宁等长江中下游繁荣地区。但徽菜作为菜系在全国最后的定型则是清代与民国时期。

徽州人沿着新安江水系走出徽州，到了杭州、嘉兴、上海、昆山、苏州，由此而至扬州、两淮、临清、北京。另一支由芜湖、九江而至武汉，而至湖南、云南。这些徽州人到达的地域，正是徽菜由点开始发展成为连片餐馆的大饭店，并出现徽州餐饮业兴旺发达的几个地域。大都会上海是徽商创造业绩的地方，也是大量地出现徽馆的地方。当年苏州有八家有名的徽菜馆，南京也不下十余家。武汉更是徽菜在中原的重要基地。这些地方，成了徽菜的前沿出发地点。清朝末年至20世纪40年代，徽菜也随着人流进行大转移，使徽菜向长江上游以及大西南边远地区大推进，徽州人为徽菜大发展抓住了这个时机，使徽菜覆盖了大半个中国。抗日战争后的社会相对稳定，徽菜除了新发展的地盘外也回到上海等长江中下游城市，重振旧业，新老兼顾，大小并举，使徽菜得到了快速发展。这与徽州人不怕艰苦，在困境中坚持创业、立业的精神有密切关系。是“徽骆驼”精神，使徽菜能适应不同社会环境，并不断与时俱进，困难时，反而扩大了地域，扩大了影响，形成了全国人民公认的菜系。

从徽菜的“味”与调味，看徽菜的形成菜系的特殊条件。饮食生活，是人的生理需要与心理需要的综合。两者结合点在“味”。中国的传统饮食历来讲“五味”。“五味调和百味香”。

徽州历来有“东南邹鲁”之称，作为新儒学的程朱理学在徽州影响很大。儒家思想，影响着徽商，使徽商成为儒商的代表，见利不忘义，重中庸之道，讲“仁”。徽菜，一个全国人民共同欢迎的因素，就是讲“中和”的特质：有味使之出，无味使之入，异味使之去，味美取之中。徽菜，辣而不很辣，甜而不很甜，就是保持一种适中、平和，具有广泛适应性的致中和优势。

徽菜的调味，本出发于“以味调味”，如从咸肉添味发展到火腿调味。走向华东沿海后，开始用开洋，继之用干贝，以至用鸡精、味之素。这五个调味阶段的形成，是随着活动范围与招徕对象的变化而变化的。而用鸡汤调鲜，用火腿调味则是贯彻始终而经久不衰的。“金华火腿出东阳，东阳火腿出徽州。”徽州人把腌制方法推广到各地，各种菜肴也在各地流行。火腿炒冬笋、火腿炖甲鱼、焖三丝（火腿、冬笋、冬蘑）即为例子。

其实徽菜即山里菜、绿色菜。徽菜即绿色食品。徽菜也使用香料，但大都取自本地，来自自然，如常用姜、蒜、葱以增味，也采用当地的桂花、桂皮、韭菜花、丹皮等。徽菜最重视的是符合文人雅士要求的清爽、味中、求鲜、求质，特别喜欢徽州山区特有的清香。因此，徽菜更多地采用了荷叶、南瓜叶、箬叶以及竹叶、松枝之类，这是很具地方特色的。至于从西方引进的大香料如茴香、薄荷、马芹子等，以及由穆罕默德妻子从事经营的大香料豆蔻、丁香等，徽菜一般是不入烹调的，因为大香料，会盖掉本味。但徽菜较普遍的还是在做汤以及“鳝糊”之类菜肴中，使用了引进的香料胡椒，因这对提高食欲有促进作用。徽菜首先是在选料上尤其注意发挥各地优势，如武汉的鱼，下江的虾与海产，长江中游的藕与莲子。选料与口味力争与当地糅合，也不时有新的吸取。如苏州徽菜馆做“高丽肉”等最后放糖，仅是在最外层上有淡淡的甜味。进入西南，“天无三日晴，地无三里平。”当地气候潮湿喜欢辣椒活血，就增添了不少辣味菜。特别是后期，发展海鲜味，做出了许多名菜，更是与当地群众及海外朋友口味相一致。可见，徽菜是在不断发展中不断吸取，不断吸取中不断发展的。由于徽菜是在徽州以外的环境中发展，因此经常不断地吸取各地的长处，并逐步适应各地饮食习惯，而有了许多创新。20世纪80年代湖北省、浙江省举行全省烹饪比赛，获得第一名的特级厨师，被选中而进京烹饪，都是徽州人，都是从事徽菜数十年的名厨师。而这种案例不是个别人，是一批人。他们在中央及地方各地发挥种子作用，为徽菜的推广与创新做出了许多贡献。

徽菜已经走向世界。徽菜往往是中国餐馆中典型中国餐饮的代表。徽菜出国有三条路：第一条路是菜谱出国。徽菜的“烧划水”“栗子烧鸡”“炸羊尾”，还有经常用的“竹笋炒粉丝”“炒双冬”等，外国人也很喜欢。第二条路是厨师出国。过去和现在都有一批徽州厨师在外国的中餐厅工作。如日本东京、德国法兰克福等地都有绩溪籍厨师，这种情况随着中国经济形势的发展还越来越多。第三条路是徽菜馆出国。因大多是原“上海饭店”“南京饭店”“新苏饭店”“大中华饭店”“同庆楼酒楼”等徽州老字号，以发扬徽菜传统而走出去的，这方面还在继续发展中。

徽菜——板栗烧鸡

徽菜——清蒸鳊鱼

关于徽菜的前景，徽菜的前途是辉煌的。根本原因是徽菜有三个明显特点：一、味正平和。能为最广泛的食者接受。二、“医食同源，药食并重”。徽菜讲究以食养身，正适合人们健体强力心愿。三、清淡爽口，崇尚自然。绿色食品是徽菜的主体，更适应了时代的潮流。味正平和，是徽菜“味”上的一个特征。徽菜在不同地方出现，各地人民群众都能接纳。过辣过酸过甜之味，就有区域的严重局限性，只部分地区能接受。徽菜是全国以及喜爱中餐的外国朋友共同能接受的菜系，容易在各省各地以及国外扎根。以食养身，是中国的传统。从《黄帝内经》到《本草纲目》都从根本上讲饮食营养。唐孟诜撰的《食疗本草》、元忽思慧撰的《饮缮正要》上，“食养”“食疗”都有明确的论述。而徽州的新安医学中，名医有七百多位，名著有六百多篇，他们不时把药纳入食品，如板栗配料以强肾，韭菜做菜以补血，清炖萝卜以顺气，等等。“红枣枸杞子炖乌鸡”“紫苏炒瘦肉”“素炒野马兰”“冰糖炖百合”都是徽菜中对症下“食”的特色菜谱。在世界范围内，医疗由原始性的、本能性的自我调理发展到对症下药，进而发展到现在主张广泛运用“食补”“食疗”，从预防为主到共同注重回避化学药品的副作用，人们都非常重视对症下“食”和保养就“食”。这对徽菜来讲，也是个大显身手的极好机会。特别是徽菜本就源于自然，取山间田野的原料，成为食物佐料主体。如菇类，就有花菇、蘑菇、平菇、草菇；木耳类，就有白木耳、黑木耳、石耳、高山石耳，另外还有地皮、蕨菜、黄花菜、金针菜、水芹菜，都是野外生，野外长，纯自然绿色食品。竹笋，就有十七种，除一种苦笋需煮开去苦才可以食用，其他皆可用不同方法入菜谱，而且连切法都有区别，配料也不尽相同。就豆腐来讲，有水豆腐、毛豆腐、臭豆腐、观音豆腐、橡子豆腐、腊八豆腐、石花豆腐、箬笋豆腐等。徽菜列入的野味，如野鸡、野兔都可以人工饲养，但都无脂肪厚结，保持野味。至于一直家养的乌骨鸡，似鸭非鸭的屯鸟，都保持着浓浓的野味。徽州人历来喜欢山区食品，各种豆类、玉米、高粱等都是始终被偏爱的食品，因此很早就纳入了徽菜，如玉米糊，八宝粥、红薯糖饴、芋头糕等，并因此也大大发展了徽菜的白案。就在大酒席中也有“徽州米粉”“葛粉圆子”“蕨粉团”“排骨炖芋头”“炒红薯粉丝”，用野花为馅的秋花、嫩椿树芽为馅的香椿馃及豆黄馃等都是别具一格的，在徽菜中都占有重要席位。而其中不少土菜、野菜，在过去是不算豪华，登不了大雅之堂的，而今天却更受青睐，因为饮食本来就是以农业为基础的。以前被看不起眼的野味、野草、野花，在追求自然新鲜与健康的现在，变成最受欢迎的无污染的清爽食品。过去的草，现在是宝。特别是它们的健体作用、减肥作用与美容作用，被人们深入地挖掘出来，野生食物就更成了人们的共同追求了。由于徽菜食谱的原因，徽州人历来吸纳脂肪量较低，大胖子很少，摄入纤维素较多而少有胃肠癌症，而且不少人水色都较好。可以说，徽菜的味、料取向是与时代最合拍的，时代会赋予徽菜更大的吸引力，使它具有更为坚强的生命力。

馃

对徽菜认识的一个偏差。现在徽菜的研究与推广上存在一种严重偏差，也是对徽菜理解的一个误区：徽菜强调三重“重油、重色、重火功”。有人以为重油，就是多多放油。其实，重油是重调味之功。没有油没有味，多放油也没有味，因为徽菜历来主张本色味，徽菜烹调不是去盖住原味而是调鲜原味。比如“爆炒腰花”，要有二两油，但腰花下油不过几十秒钟就要捞出，另用锅炒；比如“清蒸鳊鱼”，是不过油的，只是浇少许猪油以调味。关于重色，中国餐饮讲究“食境五味”：声、光、境、情，再就是色。人赋予颜色以情感：颜色可影响人的情绪、影响人的食欲，可增进人们的美感。重色是重调色之功。如以为色就是加酱油，理解就是片面的。当然酱油，也可以着色调味，但仅是单一色，是不能完成调色之功的。所以徽菜青是青，白是白，黄是黄，特别重视红色，因红色是可以激发食欲的。所谓重火功是重调制之功。这在餐饮中，是最有讲究的，徽菜非常重视。餐饮学家都认为“质”也有五味：脆、嫩、细、酥、软，各具特点。徽菜原来在用火上很讲究，就是要调“质”。比如用柴火烧，用木炭炖，用松油柴爆，用硬木柴熬。在火源上很认真地配合火功调质。即使用现代灶具也不失其特点，采取不同处理去完成调质之功。如果认为重火功就是大火烧，那菜只能一个味，这就成就不了满足人们不同口味、不同食品要求调不同实质的任务，也就成不了大家共赏的菜系。因此，徽菜的“三重”是一种很优秀的烹饪经验总结需要发扬。

徽菜——咕老肉

徽菜——红烧划水

徽菜也像其他事物一样需要改革发展，需要与时俱进。这也正是徽菜过去能在大半个中国以及国外站住脚的原因。徽菜也一定会适应新的形势，继续不断创新。由于徽菜的本质特点决定了徽菜具有强大的生命力，徽菜的发展前途是极其广阔的。

现在北京、广州、深圳、东莞、上海，都有了新的徽菜馆崛起，这是一个很可喜的现象。可以肯定：由于徽菜本质的三大优势，必定会受到新的更广泛的重视与欢迎，徽菜必将再一次兴盛繁荣。徽菜，作为中国餐饮的代表，会引导时代餐饮之潮流。

（在“徽州文化大会”编辑专家会议上的发言）

从“比萨”想起徽州馃

“比萨”是意大利的一种饼，是马可·波罗故乡的一种食品，但其实源于马可·波罗对中国生活十三年的回顾，是中国烙饼、烤饼的演变，是世界上的三大主食之一，也很平价。我去欧洲讲学阶段，过的是较清贫的教师生活，“比萨”店就光顾得多一点。

我吃“比萨”时，就自然想到我们的“徽州馃”，我不单是自豪，更是赞叹：“比萨比起我们的徽州馃来，差距大着啦！”比萨只是半个徽州馃。馃—饼—比萨，是一个发展过程。

徽州，经过千百年的面食实践，具有极大的丰富性与适应性。又香又雅的地方特色面食快餐，对胃酸分泌过多以及“三高”病症，都具有一定食疗效果。

早年徽州馃是适应徽州人外出考官、经商的特殊要求而做的。徽州干面馃，不厚不薄一层饼、两面烤，放上半个月也不会坏。背上馃，路上要上一碗水，或者掬上一捧清泉水，就可从徽州走到湖州、杭州、苏州、嘉兴。

徽州馃品种繁多，除上述的干面馃外还有其他多种。如徽州咸菜馃和徽州豆黄馃，内虽包馅，但都是可较长时间保存。与干面馃一样，都是干烤，而不加油的。加上油，就出现潮软而易于变质。里面稍加肥猪肉，烤制中有由里及外的溢油，味香而不软化。

徽州香椿馃，内馅稍加精肉、肥肉，是徽州馃中具有代表性的高档食品。每年初春，摘取香椿树梢的嫩芽并晒干，这是做馅的主料。在徽州家庭待客中，香椿馃是上品面食。

徽州鲜菜馃，往往是徽州主妇手艺的代表作，一张馃皮，要包进半斤八两豆角、白菜、萝卜等馅，含有碳水化合物、维生素、脂肪、蛋白质之类营养，全靠巧媳妇的精心调理。徽州人说："不会做包馃的姑娘，是嫁不出去的。"像做这种馃与用南瓜、冬瓜等为馅做包（饺子）一样，是要有熟练技巧的。

徽州馃的甜味馃是与咸味馃并驾齐驱的，如芝麻馅馃、果仁果脯馃、甜干馃等。适宜妇女与儿童的甜馃，也具有咸味馃的优点，要吃时拿来就吃，或再加烘烤更好。

徽州由于历史悠久，又处在山水宜人、气候适中、物产丰富的地域，具有明显的地区优势。取之自然，绿色食品，极大丰富了徽州馃的内容，它可以与"比萨""热狗"之类食物竞争并大大丰富世人饮食。其丰富性与可保存的优点，营养性与适应性的优点，都证明徽州馃完全可以占领世界餐饮市场。

徽商走遍全国，到了南洋西洋，徽菜已作为国菜一起走向各地。徽州馃，原来是徽州人的"两头"食品，即创业起步时，离不开徽州馃；成就事业后回到故乡或定居某地，慢慢品尝家乡特殊风味，还是离不开徽州馃。

现在，已面临徽州馃大兴旺的时候，因为人民适应面食，时代需要速度，营养需求增强，健体素食正流行。马可·波罗的故乡，创新比萨的原形——中国的饼，古徽州的馃，今日的徽州"比萨"，正呼唤明天的辉煌。

关于杭州旅游发展战略的建议

——在首次杭州发展国际旅游城市研究会上的发言

杭州，历史古城、文化名城。“上有天堂，下有苏杭”，把杭州提到了一个极高的地位。杭州，也是我国旅游兴起最早的城市，又是一个旅游大城、旅游名城。1997年，全国旅游排名中，杭州居第一位。这使得我们各地对其十分羡慕、十分向往。十年前我担任黄山市副市长，分管旅游和黄山管委会工作，第一个走访的城市就是杭州，第一个合作开发“名山名水之旅”的也是浙江杭州，原因是看到了杭州在旅游业中的推动作用与牵引作用。

建设国际旅游城，是杭州的发展目标。关于国际旅游城，旅游理论界一般都有个内容上的范定。硬件与软件环境都有具体要求，就杭州本身来说，我觉得要解决以下两个问题：一、城市模式的确定；二、根据城市模式的建设要求，分析自己的个性、特性，确认实现模式的主要条件。

（一）

杭州的旅游产品结构中，要在大旅游观点指导下挥动大手笔。

杭州有着明显的区位优势，是沿海与内地的前沿联系点，历来有内外交流与汇集的作用。在现代交通条件下，半径可以大大延长。旅游产品的丰富性、多样性，使杭州成为最优、最全面、最具中国代表性、最具吸引力与招徕力的旅游中心城市。杭州的旅游产品结构，应该是：“一点四线，点线相连，各具特色，五彩缤纷。”

“点”，是中心城市杭州市。国际旅游发展中都必须有一个功能齐全、交通便捷、景点丰富的中心城市作为依托。杭州，能担此重任。当然也要为使杭州成为国际旅游热点作新的努力：一、硬件建设上的滞后，与国际旅游城比较，明显存在问题。如没有国际博览中心、国际度假中心、国际娱乐中心，也没有国际信息中心等。而不同的硬件决定不同的游客与不同的旅游模式。二、软件上的准备，因我没有考察四、五星级宾馆，谈不出更多意见。但景区中的导游、餐饮中服务，特别是全民素质、外语水平等，还是与国际旅游城的规定标准有差距的。

作者出席本次会议并在主席台上就座

而主要的，我还是认为：杭州的旅游发展，主导思想还要进一步明确。比如杭州市的旅游发展模式是什么？杭州不同于夏威夷也不同于日内瓦。夏威夷是在美国海军基地基础上发展旅游业的，度假性特点很浓；日内瓦是国际会议云集而发展起来的国际会议中心。杭州，历史文化内涵丰富，自然景观著名，“上有天堂，下有苏杭”，“欲把西湖比西子，淡妆浓抹总相宜”。在中国旅游发展的三大阶段中，杭州经历了全过程，“爆发性增长阶段”，杭州就迎来了大批游客，与他的名气底子、接待底子很有关系，而黄山则没赶上这个阶段，因为开发较晚。观光型，杭州具有优势但仍嫌之狭小，比不上维也纳的成批古建筑的特色；度假型，杭州有所准备，但没有更大的度假余地，比不上夏威夷的海滩、阳光；会议型，杭州有一些条件，但还不成气候，比不上中立国瑞士带来的历史优越。但是，杭州有别处不可取代的自己的独特优势：如在古老中华文化、悠久中国历史中占据的灿烂一页，有自然赋予的北纬28°～30°的地理优势，处于北温带最优地段，山清水秀、物产丰富、四季分明、雨水丰富带来特殊的自然风光。特别是她处在景点极为丰富的地域中心，拥有不少旅游城所不具备的旅游发展优越条件。因此，我觉得需要先决定下来：杭州的城市模式是世界旅游休闲与会议中心。这样，杭州本身这个中心点，就要依此来调整开发与布局。比如西湖，是杭州的象征与代表，肯定要做大西湖文章。观光、休闲中心的各景点，绝对防止人声嘈杂、人员拥挤、建筑臃肿，而是要成为清静、清新、清爽、清凉的清清世界。西湖的文章，还要突出一个水字，围绕一个湖字。当年南宋极盛的灯会、弦歌，也是水上做的特殊文章。而水上要大力开发夜间景点，在灯光上策划。西湖亮起来了，西湖就活起来了，做大一个水字，做活一个亮字，西湖大起来了，会大大增加观光、休闲游客容纳量。西湖是袖珍小湖，要免除门票，扩大招徕。保持相对集中，山水一体，水陆兼顾，以形成不易代替的特色旅游。

从杭州为中心的“点”，还要放长半径、撒开大网，做好四条主线，“一点四线，四通八达，四面来风”。

1. 西线：一直是一条最佳、最重视的黄金旅游线。向西进发，十年前两市共同开发出来的吸引台胞为主的“名山名水之旅”，至今还是一条热线。由杭州千岛湖至黄山，特别是台湾朋友推出的“告别三峡游”，成了此线的精彩延长段，而三峡是告别不了的。黄山与杭州旅游总量上差距很大，唯独胞数量相近，就是因为有这条不老的常青线。这些年，徽州文化成为世人注目的一个焦点。一次全国徽学研讨会、六次国际徽学研讨会都在黄山召开，多达一万一千多处历史古迹的大量遗存中，出现了多种中华文化之“最”。徽州文化是国际国内游客的新的兴奋点。组合完善产品、立意创新开拓，修学、考察、研讨徽州文化旅游，会使西线更加活跃，更加壮大。而杭州一批名人也是从这条线走出来的：明末到杭州的张小泉，清朝兴业于杭州的胡雪岩，成名于杭州的大画家黄宾虹，都是徽州人，从新安江江头走向江尾，历史上的徽杭就是紧紧联系在一起的。同饮一江水，同赏一江景。四季不同景色的“水上长廊”，还有古树、古桥、古民居等，是一个待深层次开发的难得的世界少见的旅游资源，因此应重点开发西线。

2. 东线：“都会旅游”是购物天堂，购物是旅游者普遍兴趣之一，但不是全部。打开东线，联通上海，引进“都会旅游者”的余兴，会大大充实旅游者的精神世界。而嘉兴“南湖第一船”，有开天辟地的重大影响。

3. 南线：世界60亿人口，36亿信教。佛教进入中国之后，特别是六祖以后，成为中国传统文化的一个组成部分。宁波的庙，在东方有影响，特别是普陀山“不肯去观音”，不仅是四大佛寺之一，又是中国四大佛教之一“大慈”的代表，广泛吸引四方信士、信女，香火极盛，绵延不绝。还有鲁迅故乡的乌篷船，王羲之的鹅湖，大禹会诸侯的名山会稽，都是游人不舍离去的一个个闪光点，都得以杭州为进发地。

4. 北线：太湖、长江，苏州、扬州。一条古运河，有多少故事、逸事与传说，有多少知名人士留下游踪。开拓出皇帝出巡、名士传简、将军出征、南国水上风情，那真让人叫绝，因为它是世界最长的大运河。

“一点四线”，是一朵盛开的花，又是一个个耀眼的花环。“一点四线”，打开了杭州四扇大门，四方连线，四面开花，四方迎客，四路财源。中华文化五千年历史一以贯之，是他国之不可比：现埃及已经被阿拉伯化，古埃及方块文字留在巴黎协和广场的碑文上，包括埃及人也不认得了；印度已被西方殖民化了；古巴比伦在地图上也找不到了。中华文化，是中国成为世界旅游大国的基石。丰富的中华文化景观，也是杭州成为世界旅游城的基石。四条线上闪烁出绚丽光辉的中华文化是中国文明的精彩表现，是炎黄子孙的认同磁石，是了解中国的无数生动的具体例证。“一点四线”的杭州旅游产品，将成为世界上的特A级产品，我是十分坚定地这么认识的。

（二）

旅游城市的建成，首先是因为她的旅游产品的存在。旅游产品又以景观为基础。景观是旅游观光者的对象，没有可观性景观，就没有旅游者出现。但也只有经过培育、组合、形成产品之后，才具有真正的吸引力。有了产品，并不等于就拥有旅游者，还有许多工作要做。杭州市已经做了许多工作，才成为中国的旅游明星城市。但更上一层楼，欲穷千里目，创建新的辉煌而堂皇进入国际旅游城还必须做到以下几点。

第一，在国际上切实提高知名度。切实抓好“一点四线”的旅游促销。杭州有名，西湖有名，这是相对地讲的，应该说在世界上的名气还很不够。如在欧洲，不少人知道南京不知道杭州，知道青海湖不知道西湖。前几年，我在德语区宣讲时，想借杭州西湖宣传黄山，结果台下听众茫然不知，还是讲“离上海南京很近”有效。现代旅游一出现，就表现出国际性，中国开放较晚是个现实，“养在深闺人未识”，一经露面满座皆惊。黄山是这样，杭州也是这样。国际上知名度对国内游客是个带动。这里有三个问题要解决：

（1）国内游客与国际游客不是对立而是互补，不是相悖而是促进。国内游客在旅游业中还是稳定多数（但人口少的欧洲国家，也有入境游客超过国内游客多少倍的)，但国际游客，能创造更高的效益与提高旅游品质。国际促国内，促进力很强；国际带动国内，带动力很强。

(2)国际游客以近邻为主，不排斥远客，促销要全面发动。杭州的入境结构也不十分理想。从类型上讲，绝大部分是观光旅游，滞留时间很短，入境旅游团不够广泛。像伊斯兰国家对中国有“先天性”好感，又有许多是石油富国，但来旅游的很少。就近处的中国台湾来讲，杭州的招徕力量还弱，所以总量与速度都没达到应有水平。

(3)促销对象要有新的策略。杭州对外旅游宣传起步较早，但求更大发展要有新的开拓。从对象上讲，过去一般是对旅游批发商，现在应该扩大到一般旅游商、广大旅游者，特别是大公司大企业的旅游部。我们在这方面几乎是空白。一个个旅游部还在和本国旅游商讨价还价，还是付了高价。我们一打进去，割断他国旅游商的中间联系，就肯定成功。而且，要有充分自信心，看到中华文化的吸引力。

第二，做一个切实的工作，将杭州的自然景观与人文景观结合，进入联合国教科文历史遗产名录。这是一种知名度，也是一个品位，即进入世界级品位。联合国教科文组织官员桑塞尔博士就对我说过：“你们有个桂林山水甲天下，他们还没有申请。”“喜马拉雅山四分之三在中国，中国没有申请。”这是件很有意义的工作。

第三，扩大与国际国内的宣传联合。杭州早已开始做此项工作，但要有新内容、新花样。如最近浙江省与黄山管委会再宣传名山名水，就显得乏力，因为创新是招徕旅游者的重要条件。名山名水要作深层次开发。在完善产品的前提下，国际上要在四门打开、四线开发上，作联合宣传。在许许多多旅游商心中(包括国内)，对杭州点线构成的特A级产品还是不甚了解。而省会城市，作为旅游的中心依托，有这个责任在联合中发展自己。延长线的选择与开发，往往被联合的对象有自己的见解，这是一种很好的丰富与充实。贵在创新，创新的根据是产品特色与旅游者需求。

（本文系作者在首次杭州发展国际旅游城市研究会上的发言。这次会议是杭州召开的第一次专家研究重大课题的会议。作者系杭州市旅游局特殊邀请的外省四位专家之一。接受邀请后，作者极为重视，作了认真的深度思考，列出了提纲在会上发言。会后按口头发言整理梳理，形成本文。当时就发表于杭州、天津两地的刊物上）

抓紧水与文两个点

——在岳阳首次旅游战略研讨会上的发言

湖南，人杰地灵；岳阳，久负盛名。湖南岳阳在发展大旅游的思路中，展开旅游战略研究是非常有必要的。

一个好的规划，是工作的根据。既是一个方向，又是一个操作过程。作为一个系统工程，岳阳市的旅游规划，全面、细致，又适当超前。主要特点是扎根在现实基础上。我读过之后，认为是实际可行的，是应该肯定的。

岳阳是发展旅游的地方。地处北纬28°～29°之间，一江四水交汇，二线三省贯通，岳阳具有特殊区域优势、交通优势、水文气候优势。

岳阳曾隶属巴陵，湘北门户，古迹遍布，重点文物众多，文化底蕴厚实，是长江沿岸对外开放的历史名城。中华文化是中国旅游的特色，文化的个性有不可替代性，旅游业最大吸引力的内涵是文化。岳阳又是文化名城，具有文化优势为特色的旅游产品优势。

岳阳历来是鱼米之乡，“湖广熟、天下足”。现在又具有多处国家级产业基地，具有经济优势。

全国旅游形势，从爆发性增长到竞争性增长的进程中，不少旅游城都出现了明显的马鞍形，而岳阳由于具有区域优势、交通优势、水文气候优势、文化优势、产品优势与经济发展等六大优势，岳阳十年旅游业是一个逐步稳定上升的形势。这个形势，不仅是肯定了过去，也会肯定未来的岳阳旅游会有新的可喜的发展。

岳阳发展旅游，在产品内容上要突出两个字：“水”与

“文”。岳阳的旅游产品，不少是水“托”起来的，从水上“浮”起来的，这就形成岳阳旅游的一个鲜明个性。

君山，从水中浮出来，离不开龙王的故事；岳阳楼，从洞庭湖波浪涌出来，离不开对于水景的欣赏；屈子祠与粽子，跟汨罗江联系在一起，这里的龙舟竞划，才显得正宗、古老。

岳阳的古迹，有着丰富的历史追述与趣谈，无论风流韵事或是气壮山河的故事，皆是中华文化的储藏，是中华文化的辉煌。文化的底蕴，是岳阳景点景区的价值所在。一个岳阳楼有多少学问要做，有多少古人值得缅怀，有多少精品值得琢磨，有多少故事值得品味，是一堂历史课、文化课，是一出出精彩的戏曲，又是一首首绝妙的诗歌。《岳阳楼记》名篇的溯源，“岳阳楼记”书法的变迁。“先天下之忧而忧，后天下之乐而乐”名句的现实意义，都是广泛引起兴趣的。这仅是举一例，以见岳阳旅游产品文化内涵的丰富性。

旅游资源构成旅游产品，产品在于精而不在多，岳阳结构旅游产品的重点应该是：

一条黄金旅游线——长江。借“江”发挥，招财进宝。

一个锦绣多景湖——洞庭湖。即从“水”上，从“文”上做文章。

自然景观是旅游产品的组成部分，而五千年历史的中国几乎对所有已经开发的自然景观都加上了浓郁的文化色彩。没有文化的景点是苍白的。而岳阳景点的优点，就在于富有文化。

异项组合，即组织不同性质的点连线；同项组合，即依据同一范围的“小差异大一致”组合以加深印象。还有旅游类型的多种组合：如三国故事游、历史名城游、人物故居游以及个体修学、治疗、休闲，等等。岳阳在结构产品中，也不必太局限于本地区，要大胆延长半径，“借名出名”，如拉张家界进三峡，以“造桥留客”。推介三峡旅游线路、张家界旅游线路，庐山、黄山旅游线路等，以岳阳为枢纽，以至更长的半径。在宣传别人时宣传自己，在方便别人中方便自己，在发展别人中发展自己。在旅游业发展中，是必须具有的扩大视野、增加附着力的战略思想。硬把游客划在小圈圈中，游客往往不上圈套。只有扩大了吸引力，才能吸引更多的游客。流量大，不是人都流光了，而是增大了容量。上海、广州、北京流量都很大，他们没有可能也没有必要去限制流量，而是要努力去扩大人流。

岳阳的旅游发展战略大体要分两步走。岳阳是中部的交汇中心，旅游发展要有个阶段性。第一个阶段应以观光为主、国内游客为主。

观光旅游是旅游的完整阶段，又是最初阶段。在人们旅游观光中，逐步丰富旅游产品，创造更完善的旅游条件，充实更丰富的旅游内容，为度假旅游从基础设施上、服务水准上奠定基础。开始阶段先是国内为主，从总量上也永远是国内为主，国际旅游发展的一个共同规律：国内开始到国外，近邻开始到远客。岳阳的旅游发展从建旅游局开始计算，要比桂林等先进旅游城晚十多年，与黄山市几乎同步，因此有个“发育”过程。第一阶段，要着大力于国内观光旅游，注重文化特色。应是湖、江一线带一片，一点（如君山）带一圈。还有一个闪光点，会带动一大片：那就是我写的“天下第一家村”——张谷英村，发展旅游潜力很大，值得认真培育、宣扬。张姓，姓氏文化有兴趣的，都会来的。

这个思想明确之后，就可以确定我们的工作重点，如接待准备、促销宣传、吸引对象、线路确定，都会有个正确根据。同时作部分度假旅游与国际旅游的实际工作，为向第二阶段——大力发展国际度假旅游创立新条件。

第一步是第二步的基础与先导，第二步是第一步的完善与发展。当然，前面讲的只是重点问题，并不排斥，因国际游客也有档次、追求等方面的区别，同时会小比例地进行的。这可看作一种自然现象，好现象，加以扶植，以加快向第二阶段发展。

为此，在确定宣传策略时，要抓住长江一线、洞庭湖周围一圈的城市宣传。国外注意近邻为主的原则，如日本、韩国、经济复兴后的东南亚。还有中国港澳台地区。在汉文化圈中的大量湖南老乡与华侨，更是招徕的主要对象。

关于城市建设。旅游已经是世界第一大产业，是一个举世瞩目的朝阳产业。中国近十年突飞猛进，稳居世界前十位。旅游的收入，是不少国家创汇的重要渠道，中国也在向支柱产业迈进。岳阳是个上档次的旅游城。人文景观与自然景观相结合，山水相依，历史相承，古今结合。城市的总体规划要按现代旅游城来考虑布局。景区、景点要卫生、清静、洗练、精粹，最讨厌的是杂乱、臃肿。城区要从卫生城、文明城来建设，并注意到国际游客进入之后的行动指引、生活提示。

硬件准备与软件准备要同时进行：在爆发性增长阶段，我们许多首先发展旅游经济的城市都有接待饱和之感，如当年桂林韩市长对我说："此阶段是'桂林山水甲天下，来到桂林睡地下'。"岳阳的这个阶段已经过去，适当提高接待档次，特别是要丰富项目，如国际（国内）娱乐中心，国际（国内）会议中心，博览会、展览馆之类。硬件中的交通是个大头，发展国内旅游还可依靠水上运输、普通客运汽车、火车，提高档次后，国际游客的时间与旅游习惯都要求空中通道与高速公路这两大交通渠道的保障。软件准备也是多方面的。旅游开展三大基本要求：社会安定、经济发达、人民友好。就人民友好来讲，精神文明建设工作也是多个方面的。在岳阳发展旅游中，要同时考虑这个要求。同步建设的成就，也是一种招徕，会吸引更多回头客。

岳阳的旅游是充满希望的。我对岳阳旅游的发展也是满怀信心的，我接触到的岳阳旅游界的朋友，都有一股雄心壮志与对事业的执著精神，这就成就了事业的一半。我衷心祝愿岳阳旅游日新月异、蓬勃向前。明天的岳阳肯定更美好!

（一九九七年六月二日匆草于岳阳。会议发言后，岳阳要求成文，当即整理付梓。我对张谷英村考察有着极浓郁的兴趣，我当即给定名为：“天下第一家村”。返回后，即以此名写稿推介，台湾《桃源旅游》杂志及国内一些旅游报刊都已发表。我是岳阳市旅游顾问，这也是我的责任）

实施东西部旅游互补 开辟我国旅游新天地

（1998年参加西藏旅游研讨会议的论文）

中国历史如此悠久，中国地域如此广阔，中华文化如此丰富，文化特色又如此浓郁。中国东部与西部互补条件极优，互补性很强。在相互映衬、相互充实中相互促进时，东西部靠拢的结果是大大促进各地经济的发展与社会的进步。

旅游产品的构成离不开景点、景区。这里既有人文景观，也有自然景观。人文景观中有历史人文也有现实人文，有人造景观也有原型景观；自然景观中有自然景点也有人工自然景点。自然景观中有山景水景，也有山水结合景观。山中有自然山，有文化山，有自然文化山。门类多样，多彩缤纷。旅游产品结构中，还有近些年特别红火的田园风光和民俗、民风。这方面在56个民族的中国，就更显得斑斓灿烂、无与伦比。

从我国旅游结构产品的主体来讲，分为人文景观与自然景观两大类。欧洲最初为了适应产业革命，生产力成倍、几十倍提高之后，满足人们精神生活、物质生活的综合要求，旅游行业开始进入起步发展阶段。此时，游客主要是观光，观光的重点是古建，如皇宫、王宫、古堡等，维也纳奥匈帝国皇宫、古罗马各种古代建筑，还有巴黎罗浮宫、凡尔赛宫，市内的凯旋门、铁塔、巴黎圣母院等。德国路德维希二世的行宫，许多古城堡，以及科隆教堂，等等。这些，至今还是欧洲人观光对象中的主体。

此后，由于西班牙的沙滩、阳光、海水三个“S”的发展，度假旅游兴起，人们有了新的兴趣点。没有古建可参观的美国，一百年的古桥也被纳入旅游观光，而“迪士尼”“好莱坞”等人文景观的兴造，也适应了人们观赏的新要求。同时，他们也不失时机地开发了黄石公园、尼亚加拉大瀑布、科罗拉多大峡谷，黄石公园和科罗拉多大峡谷列入世界七大自然奇观之一，都成了旅游热点。这些也深深地激发了中国旅游工作者的工作热情。中国最早推向世界的是北京皇宫等古建，显示出古老帝国的风采。兵马俑的挖掘，震动世界。欧洲各大旅行社开始只打一张中国牌：兵马俑，作为文明古国文化与历史的唯一代表。此后外国游客才涌向桂林、西湖以及黄山等以山水见长的地方。随着中国改革开放政策的深入，一个个新旅游产品、新景区出现之后，使各国旅游者眼花缭乱，极为赞赏。国内旅游业也蓬勃发展起来。

与西藏唐卡艺术家合影

中央提出发展中西部经济时，人们更加领悟到东西部旅游的协调发展对发展经济的重要性。而旅游的实践也提示了大家：东西部携手必须开始，前途也必定辉煌。

形势为什么如此看好？因为前面讲到东西部有极好的互补。到了拉萨，更有这个深切体会：互补，会形成旅游产品的全面性、丰富性、多样性、不可拒绝性。

对古老中国的探奇，一次是不够的，越探越奇；对辽阔中国的了解，一次只有一角，越看越感觉广大；对中国浩瀚文化的理解，一次不够，越看越觉得摸不到底、找不到边。东西部互补体现了完善性而更加深了以上这些感觉。我们可以在大跨度旅游的发展中，使中国旅游业创造新的辉煌。

东西部互补优势，主要表现在：

1. 满足旅游者学习新知识的要求，实现文化上的互补。中国东部沉淀较久的儒家思想是主体文化，在各地形成齐鲁文化、吴越文化、黄河文化，以及在新儒学指导下，近来已崭露头角、引起各方重视的作为中华文化的一个缩影的徽州文化，是新旧儒家的继承与发展，这些文化汇集成为炎黄文化的主脉，体现了五千年历史的灿烂辉煌。西部文化中有个性鲜明的藏文化、敦煌文化、西夏文化、大漠文化，历来是中华文化中有特色的部分，它们自古就与西域文化沟通联系，有一定的融合而又保持着自己的特点，东西部文化内部与外部都体现同一性与相异性，两者都是并存的，中华文化是中国成为世界旅游大国的基石。中华文化，对文化相近的东方人来讲，明显具有相承性，是亲切的、大同的、本源性的；对西方人来讲是神秘的、陌生的、新鲜的、异型的。其实，这是一般的说法，因为主要是指儒学为主体的思想体系与文化特色来讲的。如果把中国东西部文化放在一体上考虑，就应该既是同源性的又是异型的。就宗教来讲，佛教是东西部俱存的，而且与许多国家是相通的，如禅宗与密宗的互补，道家与佛家的融合等，也都满足了旅游者的追求。实际上，文化，成了取之不竭的知识源泉。

2. 满足旅游者对观赏大千世界的多种要求，体现东西部在地理环境感受上的互补。东部濒海，海拔才几米，到西部海拔七、八千米；东部雨水充足，山川钟秀，诗韵书香，空气湿润，而西部缺水少雨，空气干燥，游牧为主，豪爽奔放；东部丛山绿色环抱，有田园水乡，西部白雪盖顶，有戈壁沙滩，等等，极大地丰富了观光客的观赏内容。如从华东去西藏的旅游者不少人是去了解一下高寒地区，空气稀薄而“天更蓝”“云更近”的环境特点的。当然不少人是去了解喇嘛教的圣地——布达拉宫的。去内蒙古，不少人是想看看一望无际的大草原，听听百灵鸟歌唱的。感受气温、气候、地理环境的变换，也是旅游者的一种共性的探奇追求。

3. 满足旅游者扩大个人生活视野，体验新生活的要求，实现东西部生活习俗上的互补。一处一乡风，东西部在这方面差别很大，正是旅游者最赏心悦目之事。如东西部饮食上的差别很大，八大菜系不能概括东西部在饮食上内容不同，吃法不同，营养摄取也不同的各自特点；穿着不同，就地取料，制法有异，穿法有别，向往与追求也不一样。而骑马、骑骆驼，坐竹排与漂流，采茶、打年糕，海浴、观鸟，天池濯足，听松涛，观潮弄潮等各种游乐活动，都是旅游者有着浓厚兴趣的。许许多多各具特色的参与性活动，因其东西部不同，而更加焕发旅游者的游兴。

4. 满足旅游者对购买新奇物品的追求，实现东西部旅游商品上的互补。走进东西部的旅游市场，会看到东西部生活习俗、社会经济形态、文化特质各异的总体反映。吆喝满街，摊点林立，奇货耀目。东部的文化用品、文房四宝，西部的古玩、波斯首饰；东部的丝绸软缎，西部的驼羊毛织；东部的灵芝、珍珠，西部的红花、虫草，都形成物品特色，市场各自形成的特点。新奇土特，各自表现，丰富了市场，满足游客需求。转赠品、纪念品、陈列品，以各自个性，转入游客手中。

东西部，从旅游角度的四大互补，就是内容上的大丰富、大充实，就是对游客的大满足、大如愿。国际旅游方兴未艾，国内旅游蓬勃发展。东西部互补的大跨度旅游产品，正适应了现代旅游者求新、求异、求乐、求知的要求，推波助澜，使旅游产业进一步成为各地的支柱产业，为地方经济做出更大贡献是历史发展的必然。旅游的经济效益，是具体的、有形的、可捉摸的。直接效益，一个是门票、车票、食宿等收入，一个是往往占旅游收入总量一半以上的购物的收入。间接效益，包括了对关联产业如加工、轻纺、食品、精细地方工艺业的巨大推动，也包括了“三流”（人才流、信息流、资金流）随旅游涌进。因此，促进东西部旅游互补，是促进地方经济发展的重大手段，是扩大内需的重要途径，在不少城市还是起龙头作用的。促进东西部互补，也是文化上相互补充与映衬。文化是一座金色桥梁，加强人民之间的联系；文化是一条彩色的纽带，密切彼此间的关系。文化是民族团结的一种巨大的凝聚力。所以，我把这个问题提起来，首先纳入旅游工作者的工作内容，在中国旅游新天地中，符合客观发展需求地把我国东西部大跨度旅游轰轰烈烈地发展起来。

在广西北海市“朱熹思想与德治”研讨会上的总结发言

作者在本次研讨会上发言

朱熹思想研究已出现一派大好形势。北海会议，到会一百多人，十省市地区有意兴起全国性朱熹思想研究年会，十家轮流做东，各定主题，以促使朱熹思想研究的更加深入，形成诸家共演一场戏。如广东是社联，广西是大学，福建是三家一起上，更轰轰烈烈。福建抓住朱熹生在福建，大做联谊活动与学术活动相结合的文章，年年有新拓展，范围也在不断扩大；广西一批学者，认真与企业联合，为不断办会，相互支持，形成合力。在内容上，历史唯物主义的观点更鲜明了。总而言之，对朱熹，言必攻之的时代已成过去。比如什么“饿死事小，失节事大”，扣在朱熹头上许多年，已有新的考证，新的说法。北京方面，也有新提法。在南宋，内忧外患中重视“节”，不单是妇女的节，包括对外族入侵的节，民族气节，这是大节，不是小节，这也是南宋最重要的，当时最缺乏的是民族气节。至于“三从四德”，不是程朱发明的，程在河南用过，朱子没有讲过，而是东汉班固的妹妹班昭讲的，是女性自己讲的。光武中兴之后，出现了一段繁荣，是男女有所分工，男对外、女对内的情况，从女性高修养角度（即富有牺牲精神方面）提出来的，是公元前一百多年前后的事。明显，此事就有正本清源的必要。当然现在也有人议论：如果老离婚，老“换届”，家庭破落，小孩被抛弃，社会肯定会出现更多混乱。为了人类发展，为了家庭幸福，为了小孩健康成长，担负着繁衍人类重任的妇女，是有着特殊使命的，不能抹去这种特殊性的特殊要求。

最关键的还在于朱熹讲过：“存天理，灭人欲。”这是攻朱熹的重要靶子。当然，较长时间中也存在两种观点、两种思想的辩论，是辩论朱熹思想的一个焦点。其实，朱嘉的核心理论，可总结性地概括为六个字：“正君心”“平民心”。在儒家的“修身齐家治国平天下”的中心思想中，朱熹特别重视：“君”要首先正。君要“正”，正在一个点子上，即《朱文公家训》第一句话：“君所贵者仁也。”当皇帝，要关心爱护人民，百姓是根基，仁者，爱人也。孔子《论语》有一百零四处讲仁，这就是人本思想。所以，朱熹老想教育皇帝，可皇帝只想享受，只把“杭州当汴州”，歌舞升平，花天酒地，哪听这一套。所以，朱熹一辈子只当了四十天朝官，他自己一生政绩在“平民心”，总把百姓放在心里，到一处就致力于搞现在讲的保障体系，提高抗灾能力。他的“存天理，灭人欲”，往往，存天理，还易理解可接受，抓住的是“灭人欲”，不准人有欲望。这个思想的提出，不能离开当时皇帝偏安江南、只图享受的现实。人的欲望，是不可能灭的，人要生存，生的欲望是第一个欲望，朱熹从来没反对过，而且提倡、保护、爱护天理。他讲过：夫妻是天理，三妻四妾是人欲。对一大批统治阶级的穷奢极欲的奢欲，是真正需要“灭”的。真正意义在这里，提出六个字的客观社会存在，是不可忽视的。他的“综罗百代”之心，“正心诚意”之志，才是朱熹的思想主旨。所以他所说的“吾平心所学维止四字”即“正心诚意”。

朱熹是普及儒学的典范。他自己是一个杰出的教师，到处兴教办学，这个祖居地、讲学地，都讲徽州人是最自动地把儒学融入群众生活之中，纳入人们行为规范之中。朱熹是代表性人物，是思想性、创新性、头领性人物。他到六十岁以后，很大精力用在研究“礼”。“礼”就是秩序，人间秩序、家庭秩序，无礼则乱。当然，更主要的是《四书集注》，具体体现仁、义、礼、智、信。仁者爱人，诚乃圣人之性。人无恻隐之心，非人也。通过儒家思想的《朱文公家训》及其后裔写的《朱柏庐治家格言》。讲节约：“一粥一饭，当思来之不易；半丝半缕，恒念物力维艰。”讲人品：“勿以善小而不为，勿以恶小而为之”“不取不义之财”“见长者敬之，见幼者爱之”，凡此等等。这些成为我国人民的生活、行为准则，才构造成和谐社会。诺贝尔奖获得者有个“宣言”，当时还没有中国人获奖，他们却说：“21世纪人类要想求得继续发展，就要回到两千五百年前，从中国的先贤孔子那里吸取营养。”这些，都是世界人民共同的营养素。7世纪穆罕默德讲：“知识远在中国也当往求之。”求什么？求真经、求道、求德、求法。讲儒学、讲伦理、讲包容、讲共存，以至讲和而不同。提到善心待人、和平共处，还是要讲朱子的。因此，我们再不能把宝当草了。存在就有合理性，而朱熹思想存在八百年，成为指导思想，存在合理性的内核，需要寻找，需要弘扬。中华文化是以汉学为主的传承。黄帝当时就提出：至德安天下，即以德治国的观念，五千年一以贯之，发扬光大。我们要在与时俱进中去发展、去弘扬，这是一个伟大的历史使命，尤其是朱熹思想研究者的重大责任。

感谢多方的支持、关心，热心投入朱熹的研究，我们也有必要进一步加强联谊活动。安徽的魏心一省长，以及作为安徽省首任朱子学会会长和现任会长的龙念省长都十分关心朱熹的研究，与朱氏的联谊。婺源，从成立那一天就属于徽州（740），这个城市有一千多年的很深的徽州情结。朱熹的父亲就是生于婺源，朱熹写序题匾，都加上“新安朱熹”。新安江源在徽州，在休宁县六股尖。现在的福建、江西、安徽，要进一步加强联系，发挥合力作用。在研究朱熹时，与全国专家、学者通力合作，携手向前。

历史会进一步告诉大家：对于朱熹的研究会越来越深入，朱熹的影响会越来越大，关于这方面的事情，也必定是大有可为的。我们会在新的高度、新的领域、新的成果中再见！

谢谢大家！

徽派民居建筑中的生态文化特色

——在全国生态文化研究会高峰论坛上的发言

生态，是指生物在一定的自然环境下生存发展的状态。这个状态的核心内容，就是主体应该在和谐的客体之中。生物为主体，环境就为客体。讲的是主体、客体的一致性、和谐性，他们的统一、协调、适应。生态的概念，现在很红火，在于人类已经意识到：人类生活的这个环境，人类要为自己的生存和发展去爱护它、维护它、呵护它。相反，破坏它、干扰它，结果是害人类自己。工业化的发展，给人类带来了许多福利，带来了物质的丰富性，人类也给自己找了许多麻烦。极端气候常态化，就是对人类的严重威胁。本有京都协定、有巴厘岛路线图，西方国家不执行，美国不签字。中国是一个负责任大国，我们国家经过许多年摸索，找到了“和谐”二字，这也是中国传统思想的至高境界。这个和谐，是讲一切关系的和谐：家庭和谐、社会和谐、整个地球村的和谐、人与自然的和谐、人与社会的和谐、人与人的和谐、社会与社会的和谐。

三十多年前，中国要建设、要崛起、要发展，西方领袖在一起讨论过，中国崛起对我们西方是不是形成威胁？西方鹰派认为：历来赶超、发展后就要发动战争，无产阶级革命输出就是武力改变西方。也有人认为，中国就是强大了，对我们没有威胁，因为现在中国人没有“脊梁骨”。这好像是对我们的污蔑，其实那个时候这种看法是有道理的。“文革”是一次文化的大破坏，什么是中国人民的精神支柱？说不清。三中全会后开始厘清，现在有了。作为五千年文明古国，有自己的精神财富，有自己的思维规律，有自己的思维定式，找到了“和谐”，找到了中华五千年文明传统中的制高点。实际上这是认识了真理、认识了规律。英国马丁教授、美国南因果教授等都曾著文肯定：“中国人是和平崛起”，“是建设文明国家”。不是掠夺兴国，不是民族至上主义。

我们讲生态，最重要的是人和自然的和谐。关于生态文化，有人说，是人类的文化积淀，是民族、地区的生活方式，发展方式。也有人简单地说，是人类统治自然的文化过程。其实，人类从来没有统治自然，只有规范自然、规范环境。人类生态，有自然环境、社会环境与规范环境。文化生态包括人的思想道德、人的观念意识、人的行为和文化素质。这里，包括了传统的沉淀和外来的冲击，包括自然属性和社会属性，因为人是自然人，更是社会人。

在这个前提下，就好讲我的专题：“徽派民居建筑中的生态文化”了。因为在这个前提下，徽派建筑中的生态文化，或许还有一些启示。

徽派民居，是人民群众居住的地方，是徽州人生活依赖的重要载体。

人类居住，从洞穴—干打垒—干栏式—四合院—徽州民居，每一个发展阶段，都有人类为了扩大生活领域，产生生活适应性的民居的杰出代表。人的生存与发展，必须注意到环境的适宜性。被美国人特殊重视过的福建“土楼”，还有“金山伯”创新的“碉楼”，都说明了中国人的智慧，以及对环境的高超适应性。

徽派民居，已经成为与皇家的彩绘、琉璃瓦相互映衬的中国建筑的一个代表，并已走向世界。

人类居住空间，既是自然空间，同时也是一个人文空间。人文空间就是带有鲜明的历史传承性和鲜明的民族特性，直接作用于人性，影响着人的素质和品格。

文化，既是人类生存发展中创造的物质文明与精神文明的总和，又对人类自身的生存发展产生重大影响。

徽州，主体就是现在的黄山市。康熙六年（1667），设立了安徽与江苏两个行政管理机构，叫布政司，管理上兼顾了江南、江北。嘉庆元年（1796），取消江南省，正式叫安徽省。安徽就是取安庆府、徽州府两个府之首字而连成，但徽州比安徽历史悠久得多。正式成立徽州，是1121年，宋宣和三年。管辖六县：歙县、绩溪、黟县、休宁、婺源、祁门。直至现在八百年没有大变。八百年的沉淀，八百年的延续，八百年的交流，八百年的发展。

徽派建筑在实践中形成，在生活中完善，有许多特点。我简单地讲四点。

一、是山水相宜的环境选择

徽派民居非常重视环境。生态环境中生存发展状态的一个重要条件是水。徽派民居环境第一个注重点是水。无水不建房，无水不建村。水是生命之源，水是绿色之源，水是财富之源。徽州建筑，因有“无山丁不旺，无水家不富”的认识，建村建房，往往都是依山傍水。青砖黛瓦马头墙，朴素淡雅山水间，黑白二色相交，点缀在青山绿水之中，首先给你一种安静、安宁、安详、安定的感觉，人就会因此进入一个真正的桃花源里人家。境慰人、人慰境，心境与环境，就这样协调起来，融合起来。新安大好山水，关键在好山好水，就有好空气，就充满绿色，就是好环境。

对比一下，汽车轰鸣，飞机轰鸣，人声鼎沸，在一片水泥森林之中，这又是一种什么感觉。吴敬琏最近还在批评那种摊大饼式的建筑大城市，进行的是非绿色发展、非绿色增长，可见，绿色是我们人居环境的一个中心点、突出点。

徽派民居，正保持了这个特点，就在家中也会有小花园，有条件的还有过道、庭院、百花园。再小，也有盆景，或则“一棵是枣树，还有一棵也是枣树”，“一枝红杏出墙来”，也可赏绿、看花、闻果香。生活在绿色之中，十分养眼、润肺，不断带来新鲜空气。

二、天人合一的特别设置

徽派民居，发展了四合院的形式，又保持了对内开放对外封闭的民居特点。天井、高墙、照壁，在安全环境中，保持空气新鲜、阳光充足、光线柔和，冬暖夏凉，而且在家中与阳光、月光、星光，与飞鸟、雨水、雷声都处在一体中，是天人合一的理想环境。天井，是徽派建筑中一个非常特殊的元素。天井在交换空气，天井在折射光线，天井在调节室内气候。天井让人和自然形成一体，既在高墙之内，又在自然之中。徽派园林，徽州的庭院，在徽州非常普及、普遍，清代统计有二百七十多个私人园林。明代统计更多，一个黟县就有二百多处，大小结合，高低交错，前后左右因地制宜，不同设置，极其丰富。虽大部分毁于农民起义，但前花园后绿地（有竹有草）还是处处可见。资料中，留下明代私家园林之最：“环翠堂”。而在外地还留下徽州人的园林：如苏州的“狮子林”，扬州的“个园”，等等。当代，要建筑最适人居的、最人性化的别墅，我看必然是“徽派园林式别墅”，这才能达到人文与自然结合的最好境界。

三、藏风聚气的风水理念

徽派民居很讲究风水，特别注重风水。有“无村不卜，无居不卜”之说。这不全是迷信，实际上就是讲风、水、地气、阳光、地势对人的作用，不是唯心，而是唯物的，比如徽州建筑，首先注意方向。

北风凛冽，北风呼啸，不会把大门正向北，而且把东北角说成“恶门”，小孩不住东北角，男孩女孩住房各有不同。实际上讲的是“风”与阳光的影响。徽派建筑中特别讲究曲折。风，是空气的流动，不能直吹，风有大风、小风、狂风，还有冷风、热风，有熏风和恶风的区分。徽派民居中有照壁，门有一道、二道、三道，都不在一条线，不在一点上，一般也不开中门。老百姓非常讲究，要回避过堂风，用建筑来改变风的方向、改变风的强度。直吹，就是空调、电扇、自然风也都不宜。中医把风说是六淫之首、百病之长。讲风邪致病，很有道理。吹久了，腿疼了，腰直不起来了，嘴歪了……而徽派建筑讲究“曲则生情，直则生煞”。一定要避免“煞”，一定要丰富“情”。

善用风，使空气更新、流动，所以建筑要曲折，而不开面门直通。

善用阳光，阳光是好东西，增加VD补钙，强身健体。老在高墙中，不见阳光，不好！所以民居重视天井外，还有走廊，有边厢，有庭院。而徽州园林就更有其丰富内容与优秀传统：小桥流水，曲径通幽，讲漏景、叠景、重景、透景，讲疏风、理风、挡风、透风。

无山不稳，无水不富。无山加假山，加石。徽派庭院中石的地位很高，四大名石都入园。像扬州“个园”，徽商黄应泰的私人花园，则用徽州的四季石，造就四季园林：春可游，夏可歇，秋可登，冬可居。一个大园林，首先是一个大围墙，围墙套围墙，是最大最明显的内外阻隔。

四、承载厚实的文化沉淀

建筑是无声的音乐，建筑是文化的载体。徽州建筑，沉淀了最厚实的中华传统文化、优秀文化。人们认识徽州，认识徽州人，往往都是先从徽州建筑中开始的。

一个“承志堂”，要讲木雕、砖雕、石雕故事：四水归堂、渔樵耕读、唐肃宗宴百官、郭子仪上寿、战宛城、战长沙……起码要两个小时。对联、中堂：“读书好营商好效好便好，创业难守成难知难不难”，“第一等好事只是读书，几百年人家无非积善”，“治家万事皆宜忍，教子有方莫如勤”，“忍片时风平浪静，退一步海阔天空”，等等，励志求学，做人做事，从小定下标准，成为徽派建筑最有文化吸引力的重要方面。以儒家思想为主，包涵道家和释家，形成的中华优秀思想，在徽州沉淀最厚实，保留最丰富，展示最充分，群众的普及性、认可性最强，正心诚意，修身齐家治国平天下的理念最流行、最广泛。

在徽州，首先是推崇朱子，不讲他的“正君心、平民心”的思想，讲在徽州普及的“朱文公家训”。他六十岁以后着重讲礼，理出社会的一个规矩，成为徽州和谐社会的共同思想，成为社会的一种行为规范，写在居室里，挂在正堂前，人们记在心坎上：“君之所贵者仁也，臣之所贵者忠也；父之所贵者慈也，子之所贵者孝也；兄之所贵者友也，弟之所贵者恭也。”“勿以善小而不为，勿以恶小而为之。”“不取不义之财！”，等等。

人文规范，是以思想行为规范为内容的。中华民族五千年，是文明社会的发展与延续：郑和下西洋，互赠礼品，留下友谊。不比西方海盗，杀人放火，征服了，当奴隶，竖起他的国旗。在徽派建筑中，民居中，表现出的中国人的行为法则、思想规范，是形成和谐社会的思想基础。徽派建筑充分体现了中华文明，在1986年我的文章中就讲“这是东方文明的缩影”，体现了中华民族的精神支柱。走向文明国家的今天，这是中国告诉世界，“中国向何处去”的一个范例。这个范例的内在思想、思维定式，大都通过民居建筑中的文化加以体现，加以说明的。文化的沉淀，正说明中华民族的传统，正说明中华文化是厚实的软实力。而徽州沉淀厚实的和谐文化、包容文化、规范行为的守礼文化、伦理文化，正是中华民族生命力强大的原因。也正是，中国作为一个负责任大国，在生态文化的弘扬、研究与发展中，会在世界上起导引作用的原因。因此，就更有现实意义了。欢迎大家来徽州走走，先考察考察民居，可以先看看这里面的丰富的文化内涵。我想，这会更激起我们的民族自信心、自豪感，更加深我们对软实力的理解与重视。因为她在自然环境与人文环境上，全面注意到适应人类的生存与发展。徽州，现在黄山市，本是一个具有典型性的宜居胜地。

在主持黄山市程朱理学研究会第一次理事会上的开场白

市“新安朱子研究会”更名为“程朱理学研究会”，是为了拓展研究范围，探讨二程到朱熹整个理学形成过程、原因作用，使思想研究达到一个新的深度和高度，同时也扩大了程朱宗亲联谊的范围。今天我们在屯光开会，二程与朱熹祖居都在这里，在篁墩，在屯溪，在黄山市，这里叫“程朱阙里”。二程的子孙来祭过祖，朱熹自己来祭过祖。1995年韩国朱姓朋友经黄山只知道朱熹是江西的，但不了解朱熹手稿、题字一律书上“新安朱熹”的原因。到了这里，我们作了介绍才知道新安即徽州，这才有了亲切感。而从740年到1934年之间的一千多年，婺源也一直属徽州。现在，还要告诉他们程朱都是这里人，这里才是他们的祖居地。

当然，主要还在于内容。唐代出现了贞观之治，叫盛唐。历史往后推进了二百年，到了唐僖宗时，朝廷腐败，官逼民反，爆发了席卷大地声势浩大的黄巢农民起义。后来，朱全忠干脆杀了唐昭宗，诛杀唐宗室三四十人，唐朝已成历史，朱全忠篡唐，改国号梁。后梁、后唐、后晋、后汉、后周，五代十国，出现了全国大分裂时期，频繁更迭的小朝廷，犬牙交错的割据政权，历史纷乱，错综复杂。人民群众饱受战乱，民不聊生。赵匡胤适应了形势，陈桥兵变，黄袍加身，不动干戈当了皇帝，征南战北，取消割据，统一全国。杯酒释兵权，改成文官知州。朱熹后来说，宋太祖把地方的“兵也收了，财也收了，赏训刑罚一切收了”。宋太祖还提出了“不杀士大夫与上书言事者”的主张。太宗、真宗也作为“太祖遗训”而遵守。因此，出现了一个政治思想比较宽松的时期，不同学派展开热烈争辩，儒学也因此进入一个崭新的阶段。

作者在本次研讨会上

北宋早期，黄老思想占上风，宋太宗还讲，“清静政治，黄老之深旨也”。如民间故事中的“吕蒙正赶斋”。吕曾经穷得没饭吃，化缘饱肚子。他就在这个时期当过宰相。崇奉黄老无为而治的吕端，就是毛泽东主席讲过的“吕端大事不糊涂”，大事认真对待，小事不去计较的吕端。他连任太宗、真宗二朝的宰相。后来，从汉朝起就奉为正统的“独尊儒学”的思想抬头。以儒学为主流，同时吸取了道释思想形成儒学诸家。我看实质上是一宗二派四家：一宗是以儒家为主，二派之一是王安石。王安石的“新学”在北宋有重大影响。他的特点是认真吸纳法家思想，时有争论，后来由于秦桧推崇新学，反受其害，以致泯灭。其他为一派的是周敦颐的“濂学”（他住庐山下濂溪边，有濂溪医学堂而称“濂溪先生”）。关内张载的“关学”，再就是程颢、程颐的“洛学”。兄弟同心，观点一致，共同立学。二程文集共同阐述理学，影响很大。当时伊川、洛阳在帝都之侧，地域影响也大。这一派由北宋而南宋，百年延伸，师徒相传，而真正集大成的是南宋的朱熹。他是程颐的四传弟子，他不仅继承了濂学、关学、洛学诸家之说，而且随着新形势加以创新，形成了理学理论体系。而被引为统治阶级的正宗，也经过了一个漫长阶段，得到宋理宗的推崇。此后，以二程思想、朱熹思想为主体构成了我们大家所讲的新儒学。七百多年来，一贯被视为儒学正宗。为中华民族一统、人民群众内聚力的增强，起到了时代性的巨大推进作用。这里，当然还有朱熹本人务实笃行，重教兴学，为民呐喊的个人品行方面的影响。现在，国际学术已共同注意到孔孟与程朱的传承性与拓展性，从中华民族五千年历史一以贯之、不断发展的现实中，更加有兴趣于中国儒学的研究，包括了中国伦理学的研究，如朱熹的理与序，朱熹的仁、义与徽商的诚信等，这都成了有国际意义的共同课题。所以，我们提出：徽学学者的责任要研究徽州文化在中国思想史的发展过程中处于什么地位？徽学研究从传承中华文化中，从程朱思想方面有哪些合理的内核与精髓值得弘扬？为此，我们打算在今年年底前召开一次国际性程朱思想与徽州文化的研讨会。今天，请大家来参加这个会，从组织到活动内容，有很多事有待于与大家议定。感谢程水宁市长、姚邦藻校长，社联各位主席、区镇乡级领导都亲自来参加会议，给予指导！感谢各位理事踊跃参加会议，给本次理事会以最有力的支持。

文化是艳丽多彩的友谊纽带

文化是知识，是力量，文化又是友谊的桥梁、感情的纽带。我在工作期间以文化为特点的交流很多，略举数例。美国纽约市市长助理谭女士访华到黄山，当时我正担任黄山市副市长，陪同黄山市人大主任胡云龙同志宴请她。开始有些拘谨，我打听她“从政前从事何种职业”引起话题。她欣然回答：“从事声乐。”我再问：“是哪个流派？”这个问话太具体了。她落落大方高兴地唱了一小段，并询问我熟悉不？我不懂外语唱词，从唱腔我猜是意大利古典歌剧咏叹调。我的不完全答复，她也很满意，进一步说明这是意大利古典歌剧，法国小仲马《茶花女》唱段。大概是对我这个不是搞声乐的市长居然猜出是意大利歌剧很有兴趣，故继而提出：“看来，您熟悉声乐，您也唱一个。”我很自然地介绍徽州是文化之乡、礼仪之邦、文物之海，京剧源于徽剧，四大徽班进京形成京剧，随后唱了一段京剧。外交场合，互相唱起来，气氛宽松，感情融洽，介绍悠久的文化极其自然，既是一次弘扬民族文化的机会，又密切了友谊。

有一次国家旅游局（今文化和旅游部）介绍了日本通讯社四个记者来进行旅游采访。我介绍了黄山市的自然景观与人文景观，特别介绍了日本平安朝嵯峨天皇很喜欢的《渔歌子》的作者、唐朝诗人张志和家就在黄山市的祁门，现在还留有张村。而《渔歌子》已经成为日本的一个诗词派。由于谈诗，记者们要我给他们写诗。我当即为四个记者各写藏头诗一首，因名字都是四字，恰好四句的五言。如，给花岛尧春先生写了一首：“花溪水涟涟，岛上语绵绵。尧舜今亦在，春风满人间。”那日，正好是在处于半岛的花溪饭店会面，花岛尧春等人非常高兴，并要求我写成书法条幅。这种交流反映出徽州古文化的底蕴，很有作用。

作者在亳州中药材市场考察推介三国文化、中医药文化

有一回，联邦德国美术家协会主席在省画院同志陪同下到了屯溪。因黄山市与德国来往极为稀少，是个宣传交友机会，故决定和他会晤。在屯溪华山宾馆六楼会见他时，我介绍明清古民居之后，他先肯定了黄山地区文化发达，又随即说：“那是哥白尼时代，您对哥白尼是什么看法？”当时翻译也觉得客人提得突然，但还是轻声地翻译过来了。我即回答说：“作为太阳中心学说是一个历史的进步，我们当然肯定他这一贡献。”客人不再往下讲了，讲起他原是搞音乐的，后来改学绘画。我顺着他口气讲了句肯定的话：“你改得好，会更有成绩。”他反问：“为什么说改得好？”我说：“音乐是由节奏与旋律构成一种较抽象的音乐形象，而绘画是通过线条与色彩来表现的，直观性强。”他很高兴地表示赞同。当讲到艺术要讲究和谐、对称时，他拉我到窗前，指着花溪

饭店说："这个不和谐，是不是钱的原因（指合资企业投资不够）？"我说："整体不和谐是存在，但不是钱的问题而是整体规划的原因。"特别引起重视的是会见开始不久，他就讲了一段："我们德国的市长，是很有学识的，往往有好几个博士头衔，有自己的专著。这样，市民才拥护他，选举他。"话中有一种不可言明只可意会的意思。我不得不介绍："黄山市的几个市长，也都学有所长，有学工科的，有学教育的，有学农业的。"他直问我是学什么的？我说："我是学文学的。"其实我半生在军队，是行伍出身。"当然，我偏于中国文学，对世界文学包括德国文学也有所了解。如歌德的《浮士德》《少年维特的烦恼》《十四行诗》，我都读过。尤其是他与青年诗人席勒的友谊，给我留下深刻的记忆。要不是青年诗人席勒的创作激情感染了他，我们还看不到《浮士德》。由于友谊之深，他们才死不同时而同穴。"他也很直爽地说："我只知道他俩关系好，但不知是同穴。"此次会见，他一直很高兴，觉得遇到了知音，席上就要作画。我当即允诺，并且说："艺术家凭激情与灵感来创作。"结果，把季家宏市长宴请的日本客人也都吸引过来，最后共同在台布的画上签了字，共同度过了一个非常和谐愉快的夜晚。据说，他在合肥讲："此次来贵国，最使我激动的经历是在屯溪。"事实也是这样。

1990年5月，各国驻华使节团进黄山，是在黄山市进行的档次较高、人数较多的一次外事接待活动，是一个极好的宣传黄山、宣传中华文化、宣传社会主义中国的机会。首先，他们获得的印象是"黄山奇秀"；其次是"社会安定"；接下来便是"人民富裕、轻松"。由于其中不少是中国通，他们讲汉语，写汉字，有种对中华民族的油然互通之情。如印度大使与夫人逛古朴典雅的屯溪老街，看到人民友好，物品丰富，一再走进商店自由挑购物品。一条一公里长的商业街，一个多小时迟迟未能走出。任嘉德大使对我开玩笑说：

"我的夫人不想走了。"南斯拉夫、民主德国、英国大使等都操一口流利汉语，上了黄山，就想多跑几处，甚至带上面包，自己去观赏更多的黄山风光。因为事先他们都了解了有"飞来石""光明顶""鳌鱼峰"等。一天之中，有的还打算到玉屏楼，只是在分析路程、反复劝阻之后，才依依不舍返回住地西海饭店。晚上，他们用中文给大家签名，有的还画了几笔黄山松石画。荷兰大使杨乐兰见我在写字，前来索字，我问写什么？他说他属马，请我定。我就提笔给他写了"马年黄山会马写马赠马祝事业马到成功"，并写了一个大大的甲骨文"马"字。下了黄山，他又坚持去古徽州府所在地歙县。他说他父亲于1936年到过黄山和歙县，盛赞黄山之绝，徽州文化之盛，这次他要多跑多看，绝不枉此一游。我看他对歙县有"李白访宿野鸿儒许宣平"的传说很感兴趣，便赠诗一首："太平桥畔太白楼，横山卧看练江流。宿野鸿儒今何在？金竹深处有云头。"他最近来了信，说这是他首次到黄山的珍贵纪念品，并已裱褙张挂，欢迎我到北京见面。在他调任驻日本大使时，又来电话，相邀去东京时要到他大使馆看看，还寄来了《荷兰诗选》《中荷交往史》等书籍。文化交流，心心相通，增进友谊。以至送他走时，过来和我热烈拥抱，以表深切的盛情。只是当时我还没这个思想准备，动作上显得迟钝了些。

这种文化型交往的作用是很大的，体现了中华文化博大精深、徽州文化氛围浓郁的特点。这本身就是一种弘扬民族文化、加深理解的行动，有不少朋友，我们之间交往的友谊也由此而深化。

中华文化

——中国旅游业的基石

21世纪，中国将成为世界最大的旅游市场，这种预测是有依据的。一是对大部分西方人来说，中国是一个“陌生地”，有很强的探索性；二是中华文化的神秘感，对外国游客有很大的诱惑力；三是中国旅游资源丰富，能满足不同层次游客的需求；四是中国地域广袤，旅游产品层次丰富，可以梯级开发，对游客的容纳性大；五是中国改革开放后的巨大变化，对世界有强大的影响力；六是中国政治、社会稳定，经济发展，人民友好，发展旅游基础条件不断完善，等等。在上述各种依据中，对中国成为世界最大旅游市场影响力最大的是中华文化。如果没有中华文化，中国旅游的吸引力将大大减弱，开发的旅游产品，也会是苍白的。中华文化是中国成为世界最大旅游市场的基石。

一、中华文化的博大精深，极大地丰富了中国旅游市场的内涵

中国幅员辽阔，民族众多。中华文化历史悠久，源远流长。中国是世界“四大文明古国”之一，有五千多年的文明史。中华民族是智慧、勤劳的民族，在人类社会发展的进程中，创造了许多举世瞩目的光辉业绩，为世界文明的发展立下了不朽的功勋。早在一百多万年前的原始社会，我们的祖先就在创造着原始文化。在漫长的原始社会中，经历了“元谋猿人文化”“蓝田猿人文化”“北京猿人文化”“丁村人

文化”“山顶洞人文化”“仰韶文化”“龙山文化”“红山文化”等。古史传说中的燧人氏、有巢氏、伏羲、神农、黄帝、尧、舜等都标识出原始文化的发展轨迹。进入奴隶社会，由原始文化跨入了文明社会的门槛。在奴隶社会到封建社会晚期的四千多年中，中华文化逐步发展成熟，成为世界上独树一帜的东方文化的代表。中华文化的丰富璀璨、博大精深，从社会生产活动和生产力、社会生产关系、社会制度、社会心理和社会思想体系五个层面上充分体现了出来，也在大量丰富的文化现存中得到了很好的体现。五千年中华文化的现存，是我国旅游资源的重要组成部分。在几乎所有的旅游产品和旅游要素中，都有中华文化的“影子”。从国家旅游局（今文化和旅游部）公布的“1992中国友好观光年”的249个国线景点、13条专项旅游线、113个节庆活动名录中，可以发现没有一项不包括中华文化。在即将推出的1997中国旅游年王牌产品的五绝、五奇、五美、十九胜和十条旅游专线精选中，五绝和十条旅游专线精选全部以人文景观为主体；十九胜，人文景观为主体的占了一大半，其余以自然景观为主体的景点中，人文景观也都有存在，这里列举中国旅游专线精选中“长江三峡游”的景点组合一例，以证明中华文化在丰富旅游市场内涵方面的地位与作用：

长江三峡游

四川成都：杜甫草堂、熊猫公园、武侯祠，都江堰；

重庆：渣滓洞、白公馆、红岩村、火锅；大足：空顶山石刻、北山石刻；万县：白帝城、瞿塘峡、孟良梯、夔门、小三峡、巫峡、神女峰、孔明碑；

湖北宜昌：西陵峡、葛洲坝；沙市：荆州古城、万寿宝塔、文星楼；武汉：东湖、黄鹤楼。

可以看出，在这条以自然景观命名的精选旅游专线中，共组合了26个景点，其中只有万县境内的瞿塘峡等五六个景点是自然景观，仅占景点总数的百分之十几。其他以人文景观命名的专线就更不用说了，“文化”的含量肯定更多更重。所以，在未来世界旅游业发展中，中国旅游产品必将随着中华文化与自然景观的多重组合和中华文化内容间的相互优化组合，而不断得到开发与优化，其品质与品位也随之不断提高，中国旅游市场也会因此而不断扩大，不断发展。

二、中华文化的鲜明个性，增大了中国旅游市场的吸引力

与世界其他文化相比，中华文化的个性十分鲜明，具体可表现为：

（1）古老久远。中华文化是世界文化的主要发祥地之一，是东方文化最古老的代表。不论是文化的起源还是以后的发展，中华文化的领先性都是十分明显的。早在原始社会的后期，我国的天文、历法、治水之术就有了相当的水平；在封建社会，如天文、地学、水利工程学、历法、数学、医学、农学、物理、化学、生物学、印刷术、冶金、铸造学、机械工程学、建筑学、文学、艺术、哲学、伦理学、法学、宗教、教育学，等等，都已达到当时世界的最高水平。天文方面，关于日食、彗星的记录都是世界公认最早的。洛阳灵台是我国古代天文学发达的象征。河南登封观星台是我国现存最早的天文台建筑，也是世界上现存最古老的天文台遗迹之一，它比公元前二三世纪所建的亚历山大天文台和罗迪斯观星台都要早。数学方面，勾股定理是三千多年前由周朝的商高发现的。祖冲之的圆周率，作为世界的最高纪录，保持了将近一千年。

算盘在我国已经使用了一千多年，即使在当今的电子时代仍充满着青春活力。万里长城，北京故宫，圆明园，布达拉宫，京杭大运河，秦始皇陵等建筑工程，更是中华民族智慧结晶，是中华文化多方面的综合体现，在世界建筑文

化史上均称一绝。此外，中华文化的古老久远还体现在它是日本、朝鲜、韩国及东南亚许多国家地区的母系文化或“姻亲”文化。

（2）区域特色。文化的发展必然受到特定地理环境的影响。由于中国幅员辽阔，地理环境千差万别，加上古代交通欠发达，地区之间文化交流受到一定的制约，因而文化的发展也呈区域性散布，也因此最具有鲜明的个性，如中原文化、蒙古族文化、西北的穆斯林文化、西藏的佛教文化、云南的少数民族文化、东南沿海的客家文化等都具有很强的区域性。特别是藏学、敦煌学和徽学作为中国显学，已为世界充分重视并逐步形成了研究的热潮。仅举徽州文化为例，在宋以后的几百年中，徽州文化在徽商资本和官宦资本的直接扶持下，异军突起。新安医学、程朱理学、徽州朴学、新安画派、徽州篆刻、徽派版画、徽剧、徽州刻书、徽菜、徽派建筑、徽派盆景、徽州漆器、徽州竹编、徽州民俗、徽州方言、文房四宝等都独树一帜。这些文化的遗存已成为各地与黄山等自然景观交相辉映的王牌旅游资源。

（3）丰富多样。中华文化的多样性，从它的起源就已充分体现出来了。中华文化的发源地，除中原文化外，还有良渚文化、河姆渡文化、马家滨文化、大溪文化、屈家岭文化、湖北龙山文化、三星堆文化、马家窑文化、齐家文化、北辛文化、大汶口文化、山东龙山文化、燕辽文化、红山文化，等等。这些具有特色的文化，相互影响，相互融洽，共同组成中华文化，成为中华文化与其他文化起源不同的一大特征。同样，在中国古代思想体系形成中，这种多样性也表现得十分明显。春秋战国时期的诸子百家，如儒、道、法、墨、名、兵、阴阳、纵横、农、小说、杂家等，就孕育了中华文化发展的一切类型的雏形。在以后的发展过程中，儒、法、道及佛学，构成中国古代文化思想体系的四大主干。

再从中华文化的发展和分布来看，其多样性也相当明显。如文学发展，有唐以前的古风、乐府、散文、唐诗、宋词、元曲、明清的章回小说。近代的白话小说、杂文、新体诗以及现代文学的多重并举。古代运兵布阵有十大阵法、十八般武艺、三十六计等；现代主要戏曲就有京剧、黄梅戏、越剧、粤剧、豫剧、昆剧、沪剧、汉剧等107种之多；饮食文化方面，仅汉族就有川、粤、鲁、湘、浙、苏、徽、闽八大菜系等。

中华文化的鲜明个性，对西方人来说，是神秘的、陌生的、新鲜的，这种异域诱惑力是难以阻挡的；对东方人来说，是亲切的、大同的、相承的，这种本源吸引力是割不断的。它既符合西方人的猎奇心理，也符合东方人的寻根意识。人们可以从古老的中华文化中看新的变化、从古老中找到启示、从古老中寻找中国发展的轨迹。这也就自然反映出北京旅游人数最多、西安旅游发展最早。因此，中国旅游市场的吸引力，主要源于中华文化的这种鲜明个性。

三、中华文化的多重价值，增强了中国旅游市场的生命力

一是观赏价值。中华文化的许多方面和各种文化载体都具有很强的艺术性和观赏性。万里长城、南京古城是中国古代建筑和战争史的见证；北京故宫、沈阳故宫是封建王朝宫廷文化的综合体现；汉族三大传统节日（端午、中秋、春节）、傣族的泼水节、蒙古族的那达慕、白族的三月三等各种民族节庆活动也成为旅游的重要内容。

二是修学价值。旅游越发达，单纯的观赏性旅游也越来越小。中华文化的博大精深，令世界各国人民所向往，许多人不仅是到中国来看看这个伟大的国家，更有学习、体验一下神秘的中华文化的欲望。针灸、气功、武术、汉语、中国书画等都已成为西方人引以为豪的学习项目。许多西方学

者，更是对中国的历史以及各种文化史料爱不释手。儒教作为一种世界思潮，一种指导思想，已从日、韩推行到东南亚各国，并一直延伸到欧美等地，传经布道也有相当的市场。

访日本藤井寺市，与会者合影于敬老厅

三是经济价值。中华文化的经济价值，在国内也许有很多人还不以为然，但在国外已被广为引用并创造了巨大的经济价值。《周易》《老子》《孙子兵法》三大经典中的辩证思维方式，已被国外广泛运用于科技、军事、商贸等诸多领域；《三国志》之所以在日本被推崇，不是它的史学价值和文学价值，而是其经济价值。

四是宗教价值。中华文化的发展历程，相当一部分也反映了宗教的发展历程。佛教、伊斯兰教以及道教等对中华文化的发展和现存有相当的影响。四大佛教名山、四大道教名山、穆斯林的清真寺，也都是旅游景观。宗教融入中华文化，中华文化与旅游的结合，又发展了宗教，充分展现了中华民族的巨大包容性。

中华文化的多重价值，既是历史的、现实的，也是未来的。当今世界的旅游，不再是纯观光的活动，而是集观光、修学、探险、度假、商贸等多种组合的活动。中华文化的多重价值，正适应世界旅游的发展趋势。因此，中国旅游市场在未来世界旅游中的竞争力和生命力，就都是不言而喻了。应该肯定，中华文化在中国未来旅游业的地位和作用是举足轻重的。中华文化的博大精深，中华文化的鲜明个性和多重价值，在其自身不断地发展、与旅游不断结合过程中，将保持巨大的潜力和动力，始终是中国旅游市场的坚实稳固的基石。

（在十六地市交流会上的发言）

文化生态保护，徽州重任在肩

文化部和省文化厅的领导和专家，各兄弟省市的领导和专家，不顾路远迢迢来参加徽州文化生态保护高峰论坛，是对我们的支持和关心。发言中的许多真知灼见，给我们许多启迪。作为老徽州，十分感谢！文化生态保护，我没有作专题研究，个人认为关键是两个问题：定位和到位。首先是认识到位，再就是管理到位。到不了位，一切无从谈起。

从文化来讲，我们爱惜国粹，弘扬国粹，但我们不是民粹主义，认为中国一切都好。我们还要学习外国先进文化，包括西方的先进文化。可我们也不是民族虚无主义，认为外国的月亮比中国圆。众多的思想障碍，使我们并没有认真去认识自己的文化的珍贵。所以说，头一个问题，是认识问题。

到底是小题大做，还是大题大做；到底是可做可不做，还是必做，不可不做。我国是一个文明古国。世界上四大文明古国，如今的埃及已经阿拉伯化了，他的古文字方块体碑文在巴黎协和广场上，谁都不认得了。印度已被西方殖民化了，佛教是印度国教，在中国六祖慧能以后，融合了修行思想，提出："心正何须操戒，身直不用参禅。""佛在你心中，你就是佛"，提出顿悟思想。佛教发展了，影响更大了。古巴比伦已不复存在，而伊拉克战争他们最大的损失，是博物馆的损失，不可弥补。

只有中国五千年历史，一以贯之发扬光大。这还没有把河姆渡、红山、龙山等文化放进去。就讲五千年，中国文化中华影响，体现出巨大凝聚力，吸引力。党的十七大报告，胡主席引用了美国哈佛大学约瑟夫·奈1990年提出的软实力，强调软实力的实际作用与影响。这正是因为我国是软实力最大最强的国家，这正是我们国家的一大优势。其实，德国歌德早就讲过："当我们的祖先还在森林里徘徊的时候，中国已经出现灿烂的文化珍品。"他还说："中国人生活更明朗，更纯洁，更符合道德。"法国伏尔泰比较西方哲学，发现"孔子诉诸德行，不宣扬神道"，赞扬"中国人是具备完美的伦理科学，而这是所有科学中属第一位的"。德国哲学家莱布尼兹甚至说："东方的中国，竟然使我们觉醒了。"

我讲这些干什么？是因为徽州，是以儒学为主的儒、释、道思想文化，沉淀最厚实、保留最丰富，展现最全面，传承最充分，弘扬最实际的地区。

徽州是东南邹鲁，是又一个儒学圣地。因为，儒学在徽州表现出大家都无法否认的三性：群众性、普遍性、认可性。这是因为徽州人本是中原移民，带来了黄河文化、中原文化、齐鲁文化。徽州，最适合保护自己，关山阻隔道路不通，消息易断，皇帝的龙子龙孙都可保护起来，其他人更可以保护起来，而地处北纬30°的徽州，切切实实的四季分明，雨量充足，适合万物生长。退，可以自保；出，可谋求发展。新安江成了这样一条生命线。

徽州人来自中原，本有着开放的思想，了解外面的世界很广阔，外面的世界很精彩，就要打出去。考官，考出了全国最高水平，状元进士人数均居全国首位。经商，经成了"十大商帮，徽商居首""无徽不成镇"。

朱熹，历来被标注上"新安朱熹"。这里是朱熹思想的辐射基地。

新儒学整合了共同的理论基础，徽商打下了厚实的经济基础，使徽州这块土地上，钟灵毓秀、人才辈出。经典性的传统思想，在徽州沉淀、积累、弘扬、发展，而且有鲜明特点。文化底蕴最厚实，存在的物质的与非物质文化遗产最丰富，使世人所震惊。而黄山进入世界遗产时，是当年联合国官员主动提出来，黄山不仅是自然遗产，也是世界历史文化遗产；西递宏村，作为中国乡村文化旅游的排头兵，引起多方关注，联合国教科文没有任何分歧的批准它成了民居、古典乡村的第一个世界文化遗产；还有新安医学，全国十部巨著中，三部是徽州人著的，八百多个医师，七百多部专著。世界上第一个自然科学学会组织，是徽州的明代御医徐春圃在北京创立的，他召开的“一体堂宅仁医会”比伽利略参加的天体研讨会还早七十年；新安艺文，没有徽剧就没有京剧。没有“新安大好山水”，就没有新安画派；徽州教育，几乎是代代兴教办学育人，处处兴教办学育人，人人兴教办学育人。徽州桂枝书院，比巴黎大学的前身索邦神学院还早两百多年，所以徽州人才济济。既有今天的多个国家领导人，也有徽州三巨人：朱熹、戴震、胡适。中国三夫子：孔夫子、朱夫子、陶夫子，徽州占两个。特别是徽派建筑，是可观性的徽州文化，是徽州文化的载体。法国传教士致诚讲道：“中国建筑使我们钦佩他们的天才构想！”而徽派建筑，现在已经扎根德国法兰克福等地，是作为中国建筑的代表性符号展现的。同济大学陈从周教授，多次到徽州考察建筑，他说：“世界各国建筑，都会共同遵循徽派建筑中体现的艺术法则。”而日本黑田教授，甚至感叹地说：“多次参观徽州，从建筑中感受到了厚重的中华文化。真不了解，日本人怎么会侵略这么一个不可战胜的国家！”

当然，最有影响的是徽商，他们影响一大批人，影响一个社会，影响到世界。徽商是公认的“儒商”，加入WTO之后，如何弘扬徽商精神是一个有普遍意义的议题，这里不讲徽商的可取经验，只提一下，徽商是儒商，吸取了那些中国传统优秀思想文化之精华。儒商是通过徽商的行动表现出来的。徽商生在徽州，从小经受儒学的滋润、培育。综合起来，徽商秉承儒学传统思想，其最大特点正如师大老校长张海鹏所讲：“中国历史上还没有哪一个商帮像徽州商帮那样对社会公益事业如此关心，并蔚然成风，代代相传。”孔子《论语》中讲仁有一百零四处。仁者，爱人也。孟子讲：“无恻隐之心，非人也。”徽商，生财而有道，利义结合，以义为先。居家俭而好施，殷富而好礼，为民解困为国排忧，积德向善，乐善好施，有无数事例佐证。而且蔚然成风，代代相传。以仁义为本，以诚信为质，以包容为性，以和合为象，以和谐为归，是徽商儒商特质的说明。当然，“商人荣枯系于国运”。八大商帮都重新奋起，是因为有了今天的大好时代。诺贝尔奖获得者，还没有中国人，他们的“宣言”中都提到：如果人类要在21世纪继续生存下去，就必须学习两千五百年前的孔子，从中吸取中国先贤的智慧。徽州，是这么一个圣地，来走走、看看、听听、想想，就会吸取到先贤的智慧，使我们更睿智起来。

所以，我认为：保护先要有足够的认识。认识到了才会主动保护。保护还在于保存，保存了才有保护对象。不保存，慢慢都消失了，也无所谓保护了。保存已存在的还要挖掘尚待展现的。挖掘了，才更有保护深度。徽州是个文化宝库，待开发项目甚多，在非物质文化方面更是这样。而做到这些，最重要的是需要有推动力的条件：

一、整体性的提高认识；

二、全区性的行动纲领与步骤；

三、有一个统一的，合法的，有实际推动能力的行政领导体系，只鼓与呼，不领不导，时机只好流失。时机到了，应该考虑成立一个徽州文化旅游特区。文化的辐射力、影响力，在太平、旌德、石台，尤其是绩溪、婺源。我们没法否定徽州，没法摆脱徽州。这些地方的先人，如苏雪林所说：“我们徽州”“我们徽商”，有割不断的历史联系，割不断的山水依依，割不断的人文血脉。成立的是一个中国传统思想文化名牌，是一个中国特色文化旅游胜地，是一个大好山河中天人合一的环境典型。

因此，这个徽州旅游文化特区，必将成为中国打向世界的、最富有内容的，最为响亮的名片。

（在全国文化生态保护研讨会上的一次发言）

儒学与华商

主办单位提出召开今天这样一个会议，以儒学与华商为主题，非常好，既有鲜明的时代推进作用，也有历史的传承意义。学史明智，古为今用，推动各方事业的发展，推动社会进步都具有现实意义。我认为，首先提出来把儒学与华商结合起来加以议论的想法，就是很睿智的，是出自对历史的深刻了解，是出自对中国传统思想中儒学重要地位的了解，是出自对中华软实力的深度了解而决定的。

儒学与华商，首先是两者的一致性、一体性：华裔、华商、华人，历史的辉煌与今天的灿烂相结合，迸发出发展新时代的火花，五千多年文化的传承，是一个举世无双的伟大存在。如今埃及已经阿拉伯化了，他们的历史文化已出现中断。古埃及古文字也是方块体，现在在法国巴黎协和广场上还有一块古埃及碑文，是一个例证，但是谁都不认识了。我最近见到埃及驻中国大使，他也讲他们国家正在派专家集中研究，想揭开古埃及古字之谜。印度，西方殖民化了。它的传统文化已受到很多影响，包括宗教文化。比如佛教是印度国教，传到中国之后，六祖慧能已汇入了中国传统思想，改变了原来需要修行三劫，一劫十七亿年才成正果，而创新地提出了顿悟。“放下屠刀立地成佛。”《六祖坛经》是中国化的佛经，它提出“心正不需参禅，身直何须操戒”，成了中国式的佛教文化。古巴比伦找不到了，而伊拉克战争是一个不可弥补的损失，古巴比伦留下的珍品，在博物馆被偷被盗一空。唯有中华文化，五千年历史一以贯之，发扬光大。这还不包括河姆渡文化、红山文化等。儒释道三者互相补充，而不是排斥，组成中华文化的主要内容，其中又以儒家思想为主体。鲁迅说中华文化的根底在道学。孔子也曾谦虚地向年长的老子“问礼”。儒家在思想的融合中，体现的是吸取与包容。道学的人法地、地法天、天法道、道法自然，天人合一，道生一、一生二为阴阳、阴阳合而生三、三生万物的观点，儒家认真吸取并发展了天人合一的思想，也融入众妙之门。释迦牟尼大孔子十三岁，小于老子，他们可说是同一时期的伟人。佛教思想传入中国后，融入了儒家的修身思想，慧能才提出“自修自行自在佛道”，“佛在你心中，你就是佛”。儒家思想，经过长期的反复实践，比如北宋前三代是强调“无为而治”，以后又重新认识儒学。我概括为一宗两派四家：儒学为宗，王安石的新派与张派、濂派、洛派的正统儒家的四家，四大儒学门派各抒己见，各自宣扬自己的观点，到南宋朱熹集大成而成新儒学。被西方十分崇拜的康熙大帝，他评价朱熹是“倡千百年绝传之学，开愚蒙而立亿万世一定之规”。统治中国思想八百年的新儒学，已经影响过欧洲文艺复兴。17世纪，德国哲学家莱布尼兹，研究过康熙与朱熹，他感叹地说：“东方的中国，竟然使我们觉醒了。”现在，各国经济在发展中，大家在思考世界向何处去？21世纪该如何走过？为此，本会议的重点在于认识儒学与华商的相互依存、相互促进的关系。

儒学两千多年来，一直引导着中华民族向前，形成中华民族巨大的内向力、凝聚力。儒学的包容性成为中华民族的一种性格特征，儒家的“和谐”，成了当代思想一个制高点。我这里集中介绍一下“徽商”，因为徽商是典型的儒商。徽州是朱熹、戴震、胡适的老家，是王茂荫、程大位、洪钧、陶行知、吴健雄的老家。徽州最大的特点是历代重视兴教办学育人。做生意、考官、做人都要有文化，才有了“十户之乡不废诵读”的社会乡风，才能提出来“读书好营商好效果好便好”。学好的当清官，徽州的谏官、御史特别多。当了太守自己种青菜，知县卸任回家，向朋友借盘缠的清廉典故很多。做生意，东晋就有新安商人说法。那就是说，徽商已实践了一千多年。明清是徽商最活跃、最发达时期。徽商是一个生命力极强的社会集体，明大兴，明末垮掉。清又大兴，清末又垮掉，民国又起。抗日衰落，战后又起。这是因为徽商本身具有五大优点：1.艰苦创业，节俭守业；2.诚信守义，以义为先；3.开放开拓，两个市场并举；4.面对实际，市场权力并重；5.规范合同，温情管理。最重要的是徽商具有儒商的特质：从小学习经典，遵循人间情感，情商与智商并重。所以才有“几百年人家无非积善，第一等好事只是读书”。以中华优秀思想教育自己与子弟，所以才形成徽商生财有道，利义结合，以义为先，殷富而好礼，居家节俭而好施，救灾济困的特点。史载苏北水灾百余万人赖于徽商救济而存活。徽商桥、徽商堤，屡屡可见，而且蔚然成风。不是一代，而是代代，不是一人，而是一个集体。所以研究徽商的安师大张海鹏校长赞叹：没有任何一个商帮，能像徽商这样为民解困、为国解忧，积极向上、乐善好施。徽州相对稳定，又大都是中原移民的徽州人带来中原文化，经典性传统思想，在徽州的沉淀最厚实，展示最充分，普及最自觉。儒学与徽商的结合使得整个徽商在一定深度上反映了以仁义为本，以诚信为质，以包容为性，以和合为象，以和谐为归的儒家特点。事例很多，这里时间问题，不能展开。徽商，是一个拥有极强经济实力，又有较高的文化修养，思想素质的商人群体，是大量做公益事业以构建社会和谐的商人群体。这是1904年陈去病在《五石脂》中就论述过的。

我很高兴地看到诺贝尔奖获得者，在宣言中就提道：“如果人类要在21世纪继续生存下去，就必须回到两千五百年前的孔子时代，从中吸取中国先贤的智慧。”这个智慧，就是中华优秀传统思想，就是儒学为主的经典思想。这也正是华商所要吸取与弘扬的：仁义、诚信、包容、和合、和谐。以弘扬中华优秀思想文化传统为己任，在发展儒商精神中，儒学与华商一起走向世界的新纪元。

恩格斯讲过："中世纪的欧洲，只知道一种意识形态，即宗教与神学。"欧洲的一批先知者、精英，不约而同地从东方古国吸取新的知识与营养，构成自己的人文主义和理性学说。世界在运行中，往往有奇妙的巧合。今天的世界，特别是美国经济危机的启示，人们开始反思，在资本主义的国家的自由经济发展了几百年的今天，以"私""自我""国家主义"为核心的西方思维的主导地位发生了动摇。同时，西方思想带来了内在空虚、孤独、不安，只追求狂热、偶像、金钱，只指望高消费、发大财、做高官。为社会、为他人、为民族做大事的道德之根、文化之根被拔出来了，人就浮起来了。今天，各行各业，都有以人为本，以文为根的问题。今天的会议正是在这个根本上，引起大家的思考，是非常有必要的。

我的以上见解，很是肤浅。随想随说，未必妥当，请专家们指正！

（在上海召开的"华商与儒学研讨会"上的发言）

与竺沙教授夜论徽学

日本大谷大学教授竺沙雅章先生，是日本一位颇有名气的研究中国宋史的专家。他说，研究宋史不能不涉及徽州。那时，特别是南宋，建都临安，徽州是腹地，是军需饷银的来源地。我补充说，程颐程颢到朱熹，逐步定型的理学，我们称之为“新安理学”。集大成的朱熹，历来表明自己是“新安朱熹”。新安，是他的故乡。同时，新安是他传播新儒学的主要阵地之一。新安而歙州而徽州，也是宋徽宗时开始定名徽州，一定就八百年不变。徽州这个地区中，朱熹的治家格言与以后的朱伯庐治家格言，如“不义之财勿取”“一丝一缕恒念物力维艰”，等等，几乎是家喻户晓，特别深入人心。竺沙先生对此很有兴趣。“朱柏庐何许人也？”他生于明万历四十六年（1617），死于1688年。1636年就已载入《考亭朱氏文献全谱》。考亭，即福建建阳朱熹讲学之所。可以推断，朱柏庐是朱氏后裔。实际上，朱氏这些格言，已经是世人尤其是当时徽州及江苏、浙江、福建、江西一带人们的共同行为规范。

竺沙教授非常感兴趣的是徽商的形成与衰落。他说：“许多文章都讲徽州山区地少贫瘠人多，从而要走出去经商。”而今天，我的观点对他另有一种启示。

我讲到，过去徽州人尽一切努力走读书致仕经商致富的路子走出徽州，有一个内在原因：徽州人大部分来自中原。不少是中原的名门望族，由于战争频繁，朝廷更迭，一批批辗转逃往南方。到了徽州，一看这里是关山阻隔、道路不通、消息易断，可隐姓埋名。因山清水秀、气候适中而适合休养生息。但他们了解外面的世界更宽广，一有机会，就要走出徽州。所以，徽州人是十中有三在邑，十中有七在外闯天下。

我列举了许多地方如苏州潘姓、扬州江姓、湖州张姓，都是当地大姓，但都是徽州人。而现在黟县、歙县、绩溪许多姓胡的，原本姓李，是唐昭宗的幼子被乳娘带回徽州（一说是皇后化装为民妇带出来的）而改姓胡。太平县崔姓是唐崔护国后代，徽州张姓是张良后代，苏姓是苏东坡弟弟苏辙后代……竺沙教授不断点头，他说："有理有理，说徽州人从商是由于徽州地贫地少，我没到徽州之前以为这是主要原因，到这里一看，徽州的田够肥的，这里的地也宽广的。起码比我们日本宽阔，而且还有不少是平地。山地也翠绿丛丛，好地方。实在不能归因为地瘠地少。反正，不是主要原因。"

讲到徽商的儒商气质。他询问："现在的徽商，还有没有讲义而不讲利，讲利不忘义的？我不否认有求利不止而忘义之人，但历史的继承性，'祖宗的传说'，后人往往是念念不忘的。"我向他介绍我看到的一件事。在西递村参观，大家都看到"读书好营商好效好便好，创业难守成难知难不难"对联这一家。这家女主人也摆了小货摊。竺沙先生到过这家，很有印象。我介绍道对联中的"效好"是动词不是名词。效，是学习效仿之意，不是效果的效。中国对联中是非常讲究对仗的，词义、词性都要求严格对仗。"效好便好"相对的是"知难不难"。学好，学的什么？学仁、学义、学德性。这家女主人在找顾客钱时缺两元。客人说："算了，算了！"女主人却讲出了一番动人的话："我出的价钱，您接受了的，这是我应得的。这两元是我不应得的。我祖上胡贯三老人讲过'不应得之财不可取之。取之则谓取不义之财。取不义之财则为不肖子孙。'"便跑到邻居家换回零钱退给了客人。巧就巧在当时我就在现场。竺沙先生听了频频点头，对导游说："我又了解到一份新徽商的资料。"

导游洪蔷，原是康辉旅行社的导游。考取日本京都大谷大学之后，竺沙雅章是她的导师。老师对学生的要求是很严格的。当学生把一些导游中常谈到的传说神话作为徽州文化的资料使用时，常常受到老师善意的驳斥。因此，才想起特邀我作叙谈。而我认为一个外国人热衷于徽州文化的研究，对中国学生如此认真负责，那我是义不容辞地要多提供资料并多阐述自己的观点。

徽州文化研究的世界影响，也可从竺沙教授的教学内容及此次旅行的经历得到证明。他说："这几年，徽学的概念，在日本提得很响。不少大学，似乎都有了这个结论——如果研究中华文化，研究明清历史，研究中国艺术，都不能不研究徽州文化。"

我告诉他：已开过一次全国徽学研讨会、多次国际徽学研讨会。又分别开过戴震、朱熹、胡适的国际学术研讨会，每次都有日本朋友参加。我们还打算召开朱子思想国际研讨会，到时欢迎他来参加。他表示非常乐意来学习、来研讨。我想：在研究徽州文化中，我们会再聚会的。我深情地感谢一批批不是徽州人的徽州乡亲，他们是那么热爱这片土地，热爱这片土地上的灿烂文化。

（本文原载于《人民日报海外版》2004年06月16日第七版）

徽州文化不仅是地域文化

徽州文化有地域特点，但不是地域文化；有乡土文化内容，但不是乡土文化。徽州文化是中原文化、齐鲁文化、黄河文化在徽州的沉淀与弘扬，是一种综合性文化，是中华文化的重要组成部分，是中华文化的一个缩影。

徽州是个移民社会，因为战争、灾荒、工作等原因，人们从中原到了徽州，而带来了文化的传播与继承。

徽州原名歙州，古名新安郡。所以过去提到“歙”，就指整个徽州。如郑振铎讲“时人有雕，必找歙工”。明、清两代有精雕细刻之事，就要找徽州工匠。更多的地方用新安，如新安郡。此地水系为新安江水系，新安江—富春江—钱塘江一水相系。再如“新安”医学。中医十部著作里有三部徽州人写的，学中医第一本书《汤头歌诀》，休宁人写的。世界上第一个专家研讨会是徽州人徐春圃（御医）在北京主持召开的中国医药研讨会（宅仁会）。西方认为第一个天体研讨会是伽利略参加的那次，当时伽利略才9岁（我国要早七十年）。

“新安”商人。徽商最早始于东晋，时称“新安商人”。徽商，十大商帮，徽商居首。徽商是儒商，讲仁义结合，讲利义结合；讲诚信，“货真价实”“童叟无欺”；讲包容，讲和合，和气生财，合作发展，所以徽商发展很快。明末垮掉，清又起；清末垮掉，民国又起。不仅长江三角洲，到全国，远达欧洲如英皇室的绸缎布匹，喜欢的红茶、松萝茶，都是徽商经营的。

徽派建筑，是中国的建筑代表，已在德国等地出现。

徽剧，京剧之祖。四大徽班，由扬州进京。

徽菜，来自自然，讲中庸，味正平和。讲究药膳同源，吃菜保健与治病。

“新安”画派，山水见长，因为有黄山山脉之秀峻奇险，有新安江景色画廊给画家以灵感。

以朱熹为代表的新安儒学，在徽州最普及、最深入，至今还是沉淀最多，表现最充分的。

绩溪的“桂枝书院”兴办于1007年，比欧洲的法国巴黎大学前身索邦神学院还早一百八十年。徽州人就生活在这样环境之中。讲究忠孝节义，讲究礼义廉耻，讲究诚信、仁义、包容、和合。世世代代，兴教办学育人。

（一次讲课时的半页纸提纲）

小议徽州武术文化

20世纪90年代，一次我在讲徽州文化时，一个皖北朋友和我开玩笑说："你们徽州人，就是读书、考官、做生意，打架不行。"一下引起我兴趣了，我说："来，捏捏我的胳膊。"他一抓，"呀，七八十岁了，还这个硬，你练过武术？"我没有，只能说参与过。因徽州人，普遍注意从小强身健体。这才引起了我关心徽州武术文化的话题。

中华武术是国粹，是中华民族在与兽斗、与人斗的长期生活搏斗中，逐步形成的。汉代以来叫"武艺"，到清代改称"武术"，民国时称"国术"，中华人民共和国成立后统称"武术"。

武术的体育化，是随着冷兵器时代的结束，适应人类健身强体的需要而逐步系统化、规范化、系列化、专门化的。由于中国武术技巧的全面性，技击的全能性，技法的多样性，使"中国功夫"随着中国崛起而成为世界上几十亿人口共同关注的内容。五大洲四大洋都卷入了"中国功夫"热。2008年北京奥运会，武术虽不作为正式比赛项目，但首次被列入表演内容。武术，是中华文化的重要组成部分。中国武术界已"天降大任于是人也"。而文化如此厚实，如此灿烂的徽州，武术事业也必定更加兴盛。当务之急，是挖掘整理有关历史资料。我也曾和市武术学校舒云泽校长及世强、许琦等人一起去绩溪、祁门、屯溪等处走访武术界传人。一方面组织传授、传承、传业、办班，一方面要组织组织，确定队伍，了解传人，弘扬传统。努力做点既有历史意义，又有现实意义的工作。因为，这也是徽州文化研究的一个重要的补充与丰富。

徽州武术的形成和发展，与徽州的特殊环境有关，经商、考官是徽州人努力谋求的两条重要生活出路。当然，不是“只是”，而是“条条道路通北京”，“大路通天，各走一边”。徽州也有武状元，如程灵洗的后裔程鸣凤就是一个代表。还有更多的武举人。随着徽商的发展，像山西太谷祁县一样，大批富商也聘用了大批拳师“护航”，甚至直接掌管“镖局”。到过内蒙古与张家口的人都了解晋商的镖局。而山西祁县的心意拳，太谷的形意拳最后形成了两大拳宗。徽商首先到达的杭嘉湖及扬州两淮等地，也都可见到武术高强的徽州人，伴随徽商一起发展起来，起到护卫作用。在徽州本地也有一批人，持之以恒地从事武术活动，一个绩溪老乡，常年在上海滩担当保安工作，还能二指禅。但在前两年，去世了。我才急于组织人下去调查徽州武术界现状。从中了解到：像祁门的王新华创立了适应徽州环境且具有徽州特色的“方式太极”；绩溪的“板凳花”；徽州广泛流行的“柴挑”“担柱”，都有自己的特色。专家们普遍认为：中国太极创立人有四家：有明代说，如陈派；有清代说，如杨派；河北和派，是清末更晚；时间最早还是徽州的南朝篁墩程灵洗与唐代歙县的许宣平。他们是创立太极拳的老祖宗了。而武当派拳宗张三丰也死在齐云山。少林拳，特别是少林棍法，也是因程灵洗的后裔整理成套路而得到传扬的。中国拳法的集大成者，则是徽人兵部尚书胡宗宪领导下的戚继光完成的。可见徽州武术的影响，其源更远，其流更长，影响更大。而与徽商一样，都受到儒家思想影响，注意品行修养，注重德行，不夸耀、不声张，更不逞威。这方面，更值得认真研究、挖掘。

徽州武术历史悠久，而且很有特色，一般有四个特点：一、练武为了防身，因此招数突出后发制人。徽州人从山区走出去考官，尤其是经商，在动荡的社会中，为保自身安全的需要，都练几手，以防万一。二、因基于防身，一般不带武器。徽州人大多数不是讲十八般武艺样样精通，而是以宋代形成的棍棒手法为基础而形成的以“扁担”“担柱”为主，练就防身本领。身上的粗布“腰带”，也是外人根本不注意的徽州人制胜的武器。只要爆发力强，沾水之后，很具威力。历史上有生动的例证，三个徽商走街串巷卖布，五个强人持刀劫布，规劝无效，领头徽商将布匹摔进路边水塘，强力拽回，打倒两人。强人傻了，见其他两人，已手持扁担、担柱，一看气势不好，只好乖乖逃跑了。徽州民间还练出一种特殊的可又常备不懈的手段，比如以家用长凳为武器，打击打劫入室强人，形成了颇有名气的“板凳花”。绩溪的陈仲圣与我们见面时，还耍了几手，动作熟练气势逼人。三、低打高。习武中，有强人从岭上冲下来的特点，先防冲击力，避强而击弱，避实而击虚，四两拨千斤。徽州人个子一般比较小，因此，还有小个子打大个子的特殊手法。四、强身健体。这是越来越成为习武练艺的主体追求与习武目的。徽州人在日常生活中，有系列练武多种方法，如抛石锁，举秤砣，双手攀竹竿，空中走竹林；耍钢叉，举头旗（注一），舞“担柱”，柴挑刺（注二），等等。这些，过去在民间相当普及。徽州自然环境、人文环境的许多特殊性，形成了一种有特色的徽州武术体系。

徽州武术有本源性、地域性、民间性等个性，是中华传统武术精华之一。我衷心祝愿徽州武术在徽州文化中占有她应该占有的地位，产生应有的影响，在全民健体中，在发展旅游经济中，发挥应有的作用。徽州武术界任重道远。

注一：徽州多种庙会中如送汪公大帝等，都有大旗手。一根完整长毛竹，单手、双手举起前行。平时练，用时举。旗约两层楼高，非一般臂力所及。这个旗手，往往是村里著名的习武高手。

注二：挑柴火用的挑竿。用时以尖穿柴火上肩。特点是两头尖，可两面向敌。

（在市武术界会议上的发言）

谈徽商精神及当代意义

改革开放以来，我国当代徽商企业乘势而上，艰苦打拼，在社会主义市场经济的发展中贡献卓著，影响不断扩大。在当下世界经济动荡低迷、危机重重，国内经济发展面临困难和严重挑战的大环境中，当代徽商企业怎样才能发挥自身优势，应对挑战实现可持续发展？党的十八大坚持中国特色的社会主义道路，坚定不移地推行改革开放，为我们的发展提供了强有力的保证。除准确把握市场经济发展的规律等重要条件之外，当代徽商企业要实现可持续发展，还必须始终坚持发挥自身独特的软实力优势，也就是坚持高扬历史上徽商创立的徽商精神，坚持开拓创新、团结奉献，这样才能在风云变幻的市场经济大潮中，勇立潮头，攻坚克难，实现可持续发展。

在中国经济发展史上，中国的“商”始终面临艰难而坚韧地发展。明清时期先后兴盛的晋商、徽商等十大地域商帮作为封建体制内的新型生产关系，不仅对中国经济的发展，而且对中国社会的转型、观念的更新，都有各自的影响和贡献。曾经雄踞中国商界数百年的徽商，凭着丰厚的徽州文化历史底蕴，抓住了历史的机遇，在商海艰苦打拼，不仅创造了中国经济发展史上的奇迹，而且造就了一代儒商百折不挠的奋斗精神、敢为人先的创新精神、贾而好儒的人文精神、爱国利他的奉献精神。徽商精神传承“仁、义、礼、智、信”的中华文脉，凝聚了彪炳千秋的一代中华商魂，是至今仍值得我们努力传承和弘扬的宝贵精神财富，是我们当代徽商企业需要传承和弘扬的软实力。

与老首长、老朋友闫同茂司令员谈徽商，并于他家宅院中留影

百折不挠的奋斗精神

产生徽商的古徽州地域，黄山、白岳、新安江山川秀美，物产丰富，最宜人居；但另一方面，它又是“八山半水半分田，一分道路和庄园”的丛山环抱之地，土田贫瘠，不利稻粱。自宋以来徽州山多，田少，人多，生存不易的现实，使徽州人义无反顾地要“十三四岁，往外一丢”，“经营四方，以就口食”，走出徽州做生意，闯出一条发展的新路。“往外一丢”置之死地而后生，几分无奈，几分悲壮，这是一条生存新路的开辟，这是一种思维方式的转换，这是一步很了不起的迈进。这些沿新安江、徽杭古道走向商海的徽州商帮，“非生而善贾”，亦“非席富厚而贾”，他们布衣草鞋、包袱雨伞、涉水翻山、负贩南北、小本经营、勤俭起家，有许多艰难困苦、玉汝于成的生动故事。歙县徽商江遂志经商

路上忍苦发奋，屡遭挫折而不丧志，最后在金陵、淮扬贩盐起家，“一贾不利再贾，再贾不利三贾，三贾不利犹未厌焉”；歙县徽商鲍志道身无分文，从小伙计做起，克勤克俭，终于成为盐业总商；休宁徽商程汝概随父历尽艰辛，经商涉齐、鲁、燕、赵之郊，逾瓯越至闽海，历漳、泉，与蕃船贸货而还；歙县许尚质子承父业，“负担东走吴门，浮越江南，至于荆，遂西入蜀”，“往来荆湖，又西涉夜郎、牂牁、邛筰之境”，历尽艰难，辛苦创业；在绩溪开徽菜馆的徽商，把徽馆从家乡开到杭州、上海，开到武汉、重庆。抗日战争期间，伏岭下邵天民等一大批绩溪徽厨大师，带着店伙，紧随湘桂铁路工程队艰难设摊谋生，铁路修到哪里，生意就做到哪里，备尝艰辛，在衡阳、柳州、桂林、金城、宜山、独山等地开办徽馆二十多家，邵天民亲任十三家徽馆总经理，成为享誉西南的“徽馆大王”，以“一根擀面杖打到苏门答腊”的气概把徽菜事业做得十分红火。这些走出徽州闯荡商海的“徽骆驼”“绩溪牛”，把经商创业作为“垂裕后昆”的大丈夫之志，“俭甲天下”，含辛茹苦，从小本经营开始，做到扬州盐业八大总商，歙人“恒占其四”，“全国金融业几可操纵”，“其货无所不居，其地无所不至，其时无所不鹜，其算无所不精，其利无所不专，其权无所不握”，“足迹几遍域内”，终于创下了“钻天洞庭遍地徽”“无徽不成镇”的历史辉煌。

徽商百折不挠的艰苦奋斗精神，是中华民族勤俭美德的传承，是自强不息、开拓进取、吃苦耐劳的中华民族精神的弘扬。百折不挠、艰苦奋斗、自强不息、坚忍不拔是中华民族经历千百年历史风雨锤炼成的精神品格和生命意志。在当下我们面临世界经济政治风云众多严重挑战，为实现中华民族伟大复兴奋力拼搏的征程中，我们仍然需要大力传承和弘扬这种自强不息艰苦奋斗的精神。

敢为人先的创新精神

在统治者一贯“抑商病商”“天下之民寄命于农”的中国封建社会，徽人勇于“十三四岁，往外一丢”，走出小农经济的藩篱，实现经济发展方式的战略转变，“寄命于商”，这是一个了不起的创新。徽人在明清时期，“十三在邑、十七在天下”，其财富“十一在内，十九在外”，在徽州本土之外拓展了一个更为广阔更为优越的人才培养平台，拓开了一片更为优良的发展空间，这又是一个了不起的创新。

徽人经商，其资本积累走的是不同于西方资本发展血腥掠夺原始积累的路子，其经营之道以孙子兵法为指导，创业眼光锐敏，善于审时度势，在经营理念、经营方式、经营管理、经营机制等方面都重视与时俱进，有不少创新之举。比如在长期的交易活动中，徽商把诚信和契约相结合，“空口无凭，立字为据”，留下了大量徽州契约文书。“商书”的广泛运用，无疑是徽商的一个重要创新。徽商根据市场需求，创造了许多影响中国和世界的知名品牌。像明代胡正言发明的饾版印刷术、程大位的“算法统宗”对中国珠算的发展，以及休宁万安罗盘制作、新安文房四宝制作、张小泉剪刀制作、享誉京城的张志和豆腐、香飘大江南北的胡玉美豆酱、著名的屯溪螺钿漆器，等等。仅徽茶就有名传天下的松萝、屯绿、毛峰等特色品牌。出身徽商世家的“中国理财官”王茂荫坚持币制改革，发展了中国货币理论，其创新性的观点受到马克思的关注，被写入《资本论》巨著，为科学社会主义思想体系的构筑提供了营养。在16世纪世界海洋贸易刚刚兴起的时候，汪直一类徽州海商冲破了朝廷“片板不得下海”的禁令，造船出洋，占岛称王，挑战海洋，尝试和国际接轨。其伟绩至今仍引人关注。

贾而好儒的人文精神

徽商贾而好儒，经商中“一以朱子为依归”。坚守儒学“诚信”理念，“本大道为权衡，绝无市气；协同仁于信义，不失仁风”，坚持以义为利，先义后利，以做“种德”的大贾为人生追求目标。婺源茶商朱文炽在珠江贩茶，老老实实，陈茶就按陈茶价格卖，即使囤滞二十余载亏耗数万金也一点不后悔；歙县米商胡三，在大灾之年坚持不在米中掺假坑害灾民；歙县西溪南盐商吴一新，坚持宁可守法经营而少赚钱，也绝不搞歪门邪道求大发；绩溪胡雪岩开办杭州胡庆余堂，以“戒欺”昭告天下，为百姓做良心药。正是许多徽商坚守货真价实的诚信商德底线，才为徽商事业的辉煌撑起了一片蓝天，诚信成为徽商事业大厦的基础。

徽商贾而好儒，对中华儒学“致中和”的“天下大道”有深刻的理解。和气才能生财。徽商做生意，善于发挥亲缘、乡缘、地缘、人缘优势，建立起广泛的人际合作关系。他们在经商所到之地，热心社会公益，积极融入当地社会；他们创办会馆等多种民间组织，以众帮众，发扬互助的团队精神；他们坚持把顾客当上帝，以良好的服务取信于民众；他们不搞内讧，讲和为贵。在扬州，徽商还发起筹资建立商人互助机制。徽商坚持和谐理念，讲“职虽为利，非利不取”；讲“吃亏是福”；讲经商应该“存好心，行好事，说好话，亲好人”；讲“吝取却赢为廉贾”，有高尚的人文理性追求。徽商鄙视贪得无厌的“卑卑求富”之徒，主张节用资源，反对杀鸡取卵，竭泽而渔，对保护自然生态环境，人与自然的和谐做了许多贡献。

徽商贾而好儒，尚文重教，他们对文化教育的倾情投入，促成了儒、官、商的良性互动，徽商成为优秀传统文化的传承者和创造者。徽菜技艺因徽商而走向全国，徽戏因徽商而得到提升；许多徽州文化名人，因徽商而得以成长。徽商贾而好儒，塑造了一代中华儒商的形象，其不懈的人文品质追求，锻造了一代中华商魂。

爱国利他的奉献精神

贾而好儒的徽商对儒学“修、齐、治、平”思想心仰行随，富而不奢，会聚财，更会散财，许多富比王侯的徽商“处心积虑，常以汲汲济人利物为心”。他们日常积极输资助学，修桥筑路，救济孤寡，回报父母之邦，感恩报本，反哺家乡农村、农业、农民，建设徽州美好人居家园。像黟县胡贯山，就独资修建齐云登封桥，歙县鲍志道等徽商捐巨资修葺紫阳书院，宏村汪氏徽商精心营构了“中国画里的乡村”。徽商对徽州古民居、古祠堂、古牌坊建筑的倾心投入，不仅仅是封建性投资，而且是对宗族支持行商的回报。在经商所到之地，徽商热心社会公益，倾情慈善事业，黟县吴翥捐资六万银圆修造无锡桥，不惜工本，不建木桥而建钢桥，“吴桥”的建造长久为百姓提供了方便。黟县李宗媚斥资修铜陵江堤七千数百丈，保护民田民舍，费银万两。一遇灾年饥馑，许多徽商更是纷纷慷慨解囊。捐输展赈，救灾民于水火。歙商旅扬州的汪应庚，灾荒之时，屡捐巨资，活人无数。大徽商鲍淑芳在黄淮大水时聚众输银三百万两以佐工需。在国家急需之时，徽商更是捐输军饷，修堤筑坝，全力以赴。徽商以自己的社会担当，开中国慈善事业之先河，他们爱乡爱国，利他奉献，有无数感人的事迹。

以上简要述说了徽商百折不挠的奋斗精神、敢为人先的创新精神、贾而好儒的人文精神、爱国利他的奉献精神。对于徽商精神，徽州学界不少徽商研究专家有深入精到的探讨，有从各种角度的总结概括，有各种不尽相同的表述。但是以上四个方面，是徽商精神的基本内容。这些徽商精神，集中地承传和弘扬了吃苦耐劳、艰苦奋斗、自强不息、厚德载物、开拓创新、和谐中道、利他奉献的中华民族精神，把“仁、义、礼、智、信”的中华传统文化作了淋漓尽致的发挥，是徽商留给后人的重要精神财富。

当然，徽商作为一个产生在封建体制内部的庞大群体，深深地烙着那个时代的胎记。有的徽商也有假冒伪劣、坑蒙拐骗，但就整体而言，比较而言，徽商的确发扬了中华传统美德，提升了中国“商”的理性层次，萌生了许多新的时代内容。历史地、客观地对待这份遗产，了解它、善待它，从中吸取营养，十分必要。

在当下世界经济危机，我们面临严峻挑战的形势下，以战略家的胸怀面对市场多变的风云，我们当代的徽商企业，更要有中华当代儒商的修为，坚持艰苦奋斗，开拓创新。中国儒商有文化有社会担当，要撑起21世纪的脊梁。在风云变幻的市场经济大潮中，民营企业家不仅要靠经济实力支撑，开创大事业，还要特别重视文化软实力的作用，实现可持续发展。黄山市五福置业有限公司以大手笔在徽商故里着力打造世界徽商论坛永久会址，就是面对新的世界经济格局，立足于发挥文化软实力的作用，为当代徽商企业、为天下儒商提供一个永久的汇聚和发展的平台，就是要让徽商精神影响中国、影响世界；就是要充分发挥中华优秀传统文化软实力的作用，助推当代徽商企业的可持续发展。

1988年世界诺贝尔奖获得者们发表21世纪宣言，认为人类要在21世纪生存下去，还需要回到两千五百年前，去吸取孔子的智慧。当年徽商贾而好儒，发挥了儒学软实力的作用，实现了历史的辉煌。我们当代的儒商，也一定能在徽商精神中得到启发，受到感奋，高扬中华民族精神，冲破艰难险阻，为中华民族的伟大复兴，实现党的十八大提出的“中国梦”，建设美丽中国，创造不朽业绩。

（本文系作者在国际徽商会上的发言）

关于徽州文化的几个猜想

近日，徽学专家张脉贤走进休宁的海阳课堂，条分缕析上下千年文化之事，也就徽州文化的一些内涵进行了猜想。比如，他认为，黄帝死于黄山、朱元璋是徽州人，等等。当然，猜想只是猜想。要让猜想变成事实，必须有翔实的史料作为佐证。但是，猜想同样提供了一个看待历史、看待文化的独特视角，为我们的研究打开了另一扇门。诚如哥德巴赫猜想催生了陈景润一般，或许张先生的猜想也可以催生另一道风景。

对徽菜认知的“历史错误”

人们都知道徽菜，且知道徽菜有一特色叫“重油、重色、重火工”。张脉贤说，在对徽菜的这一理解上有个“历史的错误”，张脉贤先生认为，徽州文化的研究首先是还不太深入，同时还存在对徽州传统文化的理解的诸多谬误之处。很多人都知道徽菜“重油、重色、重火工”，于是很多人就解释为徽菜是一种油很多，色彩比较鲜艳，火工比较好的菜，由于现代人生活方式的改变，普遍注重饮食的清淡，因此徽菜有些落伍了。既然“重油”就是多放油，“重色”就应该放很多颜色，“重火工”就应该高温烹饪，因此他认为徽菜传统的烹饪的理解应该是“重视放油、重视色彩、重视火工”，从语法和逻辑上这样来分析才是成立的。

刚到黄山时，到绩溪拜访，与研究徽学的老师们合影

朱元璋是徽州的第四代孙

张脉贤认为朱元璋就是徽州人。从一般的研究方法上，从六代之后就不算祖籍了，经朱氏后裔研究，发现朱元璋是徽州人的第四代孙。张脉贤说：我们这个地方没有人说朱元璋不好的，关于他的传说基本上是我们徽州人、徽州这个地方如何帮助朱元璋渡过难关的，不像有的地方，说他带来了灾难。而且历史上朱元璋也好几次给徽州免去贡税。这是为什么呢？后来发现朱元璋的第四祖是从休宁的月潭出去的。而且朱元璋来过徽州，说明朱元璋对徽州有着特殊的感情。比如：对朱升，是“上朝为君臣，下朝为父子”。皇帝认了干老子，绝不是只他讲了三句话。

徽州人武功很高

徽州既然是礼仪之邦，则肯定缺少“尚武”精神，武功肯定不高。但是张脉贤认为，徽州“武状元”，徽州人武功是很高的。

徽州的武术是最有特点的武术，它有四大特点：其一，不以武术为谋生的手段，大部分用作防身的手段；其二，徽州武术没有专用的武器，而是以随身携带的物品作为武器；其三，着重练习以低打高，因为徽州人的个子相对较矮，另外强人大部分也是从山上下来的；其四，以健体为主。

黄帝死于黄山

作为炎黄子孙，黄帝的思想影响了我们几千年。对于黄帝有着特别的崇敬，因此探讨黄帝之死也别有意味。现在关于黄帝之死有很多种说法，张脉贤提出了自己的猜想：黄帝就死在黄山。

张脉贤认为，从黄山名字以及有关黄山的神话故事中我们都可以看到黄帝的影子，那么黄帝死于黄山的论据是什么呢?

他认为，这不仅是从历史传说中设想出来的，而是可以从现有的史料中推论出来的。根据历史文献的记载，打败了蚩尤之后，这个时候遭遇了共工，当然最后黄帝打败了共工，但这次胜利的战役却给了黄帝很多意外的发现，也导致了黄帝的南下。

黄帝最开始并不是共工的对手，因为炎帝和蚩尤用石头做的武器，到了黄帝的时候他发明了比石头还厉害得多的玉武器，因此黄帝有武器的优势。但是到与共工对抗的时候，共工是从南方打到北方去的，用的是铜武器，这比石头武器、玉武器厉害得多了。但是黄帝以德安天下，所以最终凭借人数的优势以百万之众战胜共工。这时黄帝发现江南比江北更发达。因为南方已经开始出现了冶炼技术。当黄帝发现了南方的发达，“黄帝决定向南方进发并且最终定居于南方”

变成很自然的事情。

到了南方之后，黄帝已经年老，他自己的天下已经交给了更为有才能的孙子了，此时的他则追求超俗、追求上天，这是历史书籍里经常描述的，因此他来到黄山的推论也非常符合他的思想。

黄山位于南方，而他到了黄山后很快被这里的风景迷住了。

根据地质学家的研究表明，黄山这个地方原来是海洋，是地壳的造山运动导致它不断地升高的。尽管黄帝时期黄山已经成为从海水里升出的一座山，并且周边有了绿地。但是大部分地方应该还是水洼，那时候的黄山人主要是依靠打鱼为生的，甚至还把鱼作为自己的崇拜对象。一心想超脱、想成仙的黄帝到了黄山后，这里的水网造就的云雾吸引了他。现在黄山也有云雾，而且云雾缭绕的时候确实很像古书描写的仙境，那个时期云雾的效果应该更为明显。再加上那个时期南方已经开始用最先进的技术采药炼丹，于是很多人开始想要炼出一种永远不死的长生药。黄帝应该也是深受影响的。长期服丹导致黄帝的皮肤变白了，头发变白了，最终在黄山成仙那只是一种传说，但是他死在黄山是完全可能的。

没有徽州人汪由敦，就没有圆明园

对于圆明园，中国人有着特别的感情，但是圆明园的建设却离不开徽州人。张脉贤说，没有徽州人汪由敦就不可能有圆明园。

休宁人汪由敦生于清圣祖康熙三十一年（1692），卒于高宗乾隆二十三年（1758），享年六十七岁。乾隆间，累官至吏部尚书。卒，加赠太子太师，谥文端。汪由敦学问渊深，文辞雅正，兼工书法。张脉贤说，乾隆皇帝讲过汪由敦一生中的三件事：西师，南巡，建立皇家公园。其中的皇家公园包括圆明园和颐和园。乾隆皇帝四次把汪由敦请回去当工部尚书，最终建成了圆明园。在建设圆明园的过程中离不开徽州人，甚至可以说，没有徽州人圆明园就建不成。当初想恢复重建圆明园的时候，有人四处寻找资料，结果在徽州找了一百多个墨模，那里有关于圆明园的很多珍贵的资料。汪由敦是建设皇家公园的最高领导人，在圆明园工程上他使用了很多的徽州人，因此徽州人对圆明园非常了解。现在从法国的档案里面可以查到，在圆明园建设中，除了乾隆皇帝自己批的字以外，其余的字都是汪由敦的字。四十首关于圆明园诗中，一首是乾隆皇帝自己写的，另外三十九首都是汪由敦写的，说明汪由敦在这项工程中的重要作用。

最后汪由敦病倒了，皇帝送给他一床自己的皇家被子驱邪。汪由敦死了，皇帝大哭。皇帝哭臣子，传为历史上的佳话。可见，汪由敦在乾隆皇帝心目中的重要地位。

徽州文化与中华文化的关系

张脉贤以为，徽州文化是中华文化缩影，是明清时期中华文化的重要组成部分。它的丰富性、全面性、生动性，它的历史的传承性、文化的经典性，都是中华文化最具有代表性的。

以儒学作为徽州文化的理论基础，是典型的对中华文化的历史传承，而这种传承只有在徽州这种特殊的环境下才可以保存下来。徽州是中华儒、释、道文化的最厚实的沉淀区之一。因此，徽州文化就带有中华文化的全面的内容。

徽州文化是明清时期具有进步意义的文化。因为，它是适应了当时的历史发展需要的，当时在北方一直处于战乱之中，只有徽州这个地方具备了沉淀文化的客观条件。徽州文化是与时俱进的文化，是被一部分社会精英首先认识的文化，是中国传统思想中的儒学圣地，尚没有一个地方在文化的广泛性、群众性方面可以与徽州相比。

千分之一的人口对应二十分之一的状元

从隋代开始，到光绪三十一年（1905）停止科举，前后1200多年中，休宁一个县出现了十九个状元。徽州以千分之一的人口比例，却出现了将近二十分之一的状元，这的确是一个值得关注的现象。

为什么会出现这种情况？

张脉贤认为，徽州是一个重视文化的地方，办校、兴教、育人是徽州的三件大事。徽州最早的书院桂枝书院建于1007年，比欧洲最早的巴黎大学早两百年。这种浓厚的兴学氛围催生了状元文化。

状元文化是高品位、高档次、高素质的文化，是以高智商、高追求来奉献社会的文化，是重教、励学、育人的具有中国特色的文化，是徽州人的对朱熹思想的一种弘扬。

状元文化是徽州文化的重要组成部分，是徽州文化的顶峰性文化。徽州文化是中华文化重要组成部分，弘扬状元文化，就是弘扬中华文化。五千年中华文化各自在自己的特点上加以弘扬，就能让中华文化更好地立足于世界之林。

（潘俊辉记述）

在安徽省徽学会第二届理事会上的讲话

杜会长、郭老、马副会长、刘副会长以及上下午诸位专家学者的发言，充满激情，饱含智慧，很受启发，我都赞同。我们对徽州一往情深，对学习、宣传徽州文化，也始终不渝，这是因为徽州有一些奇特性，而徽州文化的确值得珍惜、值得重视。徽州文化的研究，硕果累累，但总的来讲，还是任务艰巨，任重道远。对于此种现状，我们省的徽学会责无旁贷。主持人王校长叫我发言，我讲三点：徽州文化研究还要从广度上挖掘；还要从深度上创新；还要从实践上求效。想起第一点，是因为这么几件事：1.安徽成立省份，我之前说是康熙六年（1667），是不对的，嘉庆元年（1796）才出现“安徽”，以前一直都是“江南”；2.我常讲徽州有绿茶，不发酵茶，有全发酵茶红茶，但没有半发酵茶。此种说法也要订正，清代祁门就有半发酵名茶：白毫乌龙。再加上我讲课时，有人提出来，徽州崇文，没有武术。我们最近调查结论：徽州武术很普遍，还有四个特点：防身为主、不带武器、重低打高、健体为本。其实，关于乡音方言，民歌民调，原生态文化的研究，还有很多没有涉及。徽州文化是文化的钻石富矿，还要认真勘探，还要积极采掘。

第二点，是我参加了上海会议而想起来的，现在还有人否定徽商是“儒商”。“儒商”，是张海鹏校长、王世华校长研究徽州文化的第一个重大成果，是不容否认的。我觉得有人讲得对：现在重视徽州文化研究的，还是一批社会精英。在座的专家学者，都是这样一批精英，首先表现在对保护与研究的高度自觉性上。对于徽商的认识不够，是对其没有认真研究的现状的原因。比如对徽商，越了解越深入，就越肯定他的儒商特质。当然，要认识深度，必须提倡比较学。事物的规定性是在事物的对比中被认识的。首先看看四大文明古国，如今埃及阿拉伯化了，印度被西方占领多年，古巴比伦找不到了，只有中华文化五千年历史一以贯之发扬光大。而徽州文化是中华文化的一个缩影，是明清时期的先进文化代表，其突出的成就很具有世界范围内的重大意义。如徽州人在北京召开了第一个科学家学术研讨会，比伽利略参加的科学研讨会早七十年；徽州兴办书院是在1007年，比欧洲巴黎大学的前身索邦神学院要早两百多年。而世界医学发展到当前的第四个阶段，又回到徽州明代御医汪机的“固本培元”理论上来了。至于戴震，作为中国的启蒙思想家，与法国启蒙思想家研究过“赵氏孤儿”的伏尔泰，几乎是同一个时期。提高徽州文化研究成果的说服力，就要扩大研究对象，扩大研究范围。

第三点，是从思想、行为规范上来说。前些年欧美国家在研究中国发展起来能不能形成威胁时，铁夫人却认为，国人没有脊梁骨，形不成威胁。因为那时的中国的确缺乏精神支撑，没有建设自己的精神家园。而现时，诺贝尔奖获得者虽然还没有一个中国人，但在他们的宣言中却讲“人类要在21世纪继续取得发展，要回到两千五百年前到中国先贤孔子那里汲取营养”。在党的十七大报告中，胡锦涛总书记还引用了美国哈佛大学教授提出的“软实力”概念。我觉得，我们就是要从建设我们的精神家园，弘扬我国“软实力”的角度来认识徽州文化。徽州是中国儒、释、道交融，并以儒学为主的传统思想文化，沉淀最厚实的地区，是儒学的群众性、普遍性、认可性最强的地方，也就是传承得最生动，最具体、最丰富、最自觉的地方。所以才称得上“东南邹鲁”，这就是特殊性。要弘扬传统思想文化的经典性，就要认真研究徽州文化。比如我觉得，徽州文化中的徽商文化中，传统优秀思想就比较集中得到体现：以仁义为本，以诚信为质，以包容为性，以和合为象，以和谐为归。所以，张海鹏校长、王世华校长才得出结论：历史上没有一个商帮，能像徽商这样关心社会公益事业。这才真正体现了中华优秀文化的传承与弘扬。当然，我们还要努力发展徽州文化产业，特点鲜明，传统工艺多，如古雕三绝，特别是木雕，都具有广阔的前景。

当然，我们在重大问题上，已不必作什么争论，还是切切实实做事。努力去发展徽州文化产业，发挥徽州文化中作为经典传承文化的社会影响，这是我们的责任。山西没有争论，出了“乔家大院”，出了“立秋”。乔家大院我住过的，很了解。他们抓得紧，有了积极影响。我们的实践，亟须抓紧。古为今用，学史明智，研究的目的，在于推进社会进步，经济发展。

至于文化生态保护问题，我在专题会议上已讲了个人想法的两点建议：一、要系统全面地申请徽州文化为世界文化遗产。这是徽州文化所具有的生动性、丰富性、综合性、传承性、经典性决定的；二、要建立文化旅游特区。没有一个统一的行政领导体系，说来说去都要落空的，这方面，这里不再赘述。

简单讲以上三点，欢迎批评指正。

关于徽商

徽商研究已普遍受到重视，是因为徽商是一个特殊的社会存在。他具有非常顽强的生命力，具有特殊的适应性，含有充满生机勃勃的内涵。今日，商贸空前活跃，加入WTO之后的现实更引起人们对徽商的研究兴趣，这是符合历史条件与现实要求的。学史明智、以史为鉴、古为今用，徽商的研究是会有利于推动今天融入世界游戏规则的共同要求的商贸事业发展的。

十大商帮，徽商居首。“无徽不成镇”，胡适还加了下句“无绩不成街”。徽州人“十三在邑”“十七在外”，除了当官的，经商的比例是最大的。徽商虽有艰苦创业，即所谓“前世不修，生在徽州。十三四岁，往外一丢”，从倒夜壶、上门板开始到站柜台，以至发展成账房先生，或多种原因另起炉灶别创新业的。也有是被家族带出去的，也有是念书当官不成或由于种种社会因素的影响而从商的。但有一点是共同的，读书是基础。徽州有“十户之村不废诵读”的特点，从商做官都要有文化。读大学、中庸、论语、孟子，读朱熹讲的“不取不义之财”，“儒”成了共性，徽商是社会认可的儒商。利他人而求利，求利不可忘义。因儒学是仁学，仁学是人学。两千年前中国人就提出了以人为本的思想，在徽商活动中是能够充分得到体现的。他们沿新安江、运河、长江分布开，乃至漂洋过海，贸易到日本、韩国。到今天还能听到各地老人说，当年我们当地就流行：“宁好徽帮不好当地。”当地人赚钱都花掉了，徽帮赚钱为我们修桥、筑路、浚河挖渠。而“童叟无欺”“真不二价”等，也为增强徽商在群众中的信誉起了作用。南宋时，徽商在东南、在京城，已有非常大的影响，明代更为兴旺。明末没落，清三代又再起。五百年不断繁荣，清末再落。而当年，晋商就赞叹：徽商干得出色。雍正皇帝说山西人是一等人经商、二等人种田、三等人行伍、四等人读书。而徽州人是“第一等好事只是读书”，读书识理，有文化而提高的认识能力、辨别能力，造就了徽州人。读书考官，人口只占全国千分之一的徽州，进士占全国五十分之一，状元占全国二十分之一。做生意做到全国各地，做进了外国市场，以至渗入其他商帮造成全国性影响。如宁波帮的黄姓、方姓、周姓，本就是徽商。如周姓成了跨国的油漆大王，20世纪90年代还不忘祖居徽州，返乡祭祖，创新地用油漆漆周氏宗祠。

值得思考的：做生意做成二品官的胡雪岩，适应商贸交流发展的新形势大胆提出改革思想的王茂荫，四百年前率先行动开拓对外物资贸易强调打开国际市场的王直，以布衣接天子，在扬州六次接驾的江春，还有集珠算之大成于一身的程大位，等等。为什么都出在徽州？因为山川钟秀而人才辈出，更主要的是宋末、明初发展商业中已经首先发展出了作坊，雨后春笋般的作坊，不断地扩大了物资交流。明代，交换得到跨越式发展。发展商贸是顺应了中国社会发展新形势的一种新生事物。

当然，徽商，终是商人，会有明代小说中看到的奸商；徽商也是人，也会有纸醉金迷的奢侈挥霍者。但追求利润勤俭者也大有人在，如四百万两家财，还只点一根油灯捻，不愿点两根。儿子们花的钱是一把一把去取来的，也有更奢侈者。这样的徽商后代，也不乏其人。但从主流来看，从徽商发展的史实来看，我简单地概述一下，徽商非常独特地具有以下几个特点：

一、徽商是利义结合的儒商。作为儒商，徽商秉承了中华优秀思想文化。经典性的儒学内容，徽商可以说得到了集中体现。概括起来：以仁义为本，《论语》中讲仁109处，以诚信为质，以包容为性，以和合为象，以和谐为归。徽商重教兴学育人，文化底蕴厚实，承继了中国的优秀传统讲仁义礼智信，以诚信为本；诚乃圣人之性、乃圣人之本。那么，学儒之人则当然讲诚是为人之本、为商之本。讲究有恻隐之心，多同情他人、多为他人，以善字当头。所以才有“读书好营商好效好便好”关键在这个“效”字，你学好的就好，效法好的，当官成清官，效法好的，经商成儒商。学不好的成奸臣、成奸商。朱子家训明确不取不义之财，要求从商都要学好，就七十二行，行行出状元。要学坏的做坏事，不仅肯定引出坏结果，而且要得到坏的报应，所以才有“几百年人家无非积善。”徽商经商重德，开仓扶困，扶危济贫的善事大量存在。许多徽商成为当地人们的称颂对象。原因是徽商特别重视“诚”“义”二字，徽州商会、徽州会馆中也多了一个祭祀的人，就是朱熹。

二、由于有内在联系，就是友谊与竞争并存。竞争中发展，竞争中生存。没有竞争就没有事业的推进力。但是徽商在竞争中不忘友谊。友谊就是还要做人，人与人相处要讲德行讲伦理，特别是徽州人受朱熹影响大，凡事要讲礼，讲理，讲序，讲人品。这是个素质问题。徽商多义举多善行，是很有典型性的。徽商也有不少是一个家族出去的，一荣俱荣，一衰俱衰，因此非常重视团体力量。老大垮了老二帮，老二垮了老大帮，相扶相助涌出一批有影响力的财团，而形成徽帮。利益一致而深扎友谊之根，也是一种求生存、求发展的强大力量。

三、徽商是一直重视市场与权力的相互作用的。即市场与权力并重。中国几千年都有个统一的社会，都有个社会统治，不重视这个权力存在是经不了商的，是从不了业的。这些年大家发现在整个社会的旅游业，没有政府的主导作用是绝不行的。徽商历来重视权力的作用，比如始终注意“政府”在干什么？“政府”有什么要求？“政府”希望我干什么？如胡雪岩被左宗棠看中，就是他的才干与聪明。他了解左大帅最需要解决的问题是“米”，而且帮他解决了。一般人认为这是徽商圆滑之处，如放在历史与现实背景中认真思索一下，应该说这是徽商聪明之处，所以徽商在明代的发展，在清代的再发展都是又快又好，规模又大的。

四、徽商是两个市场并进的。王直是其中一个典型。徽商在开拓国际市场时注意两条：一是投其所好。国内外市场一样都要了解顾客要什么、喜欢什么，然后投其所好，就是现在的满足“上帝”的要求。比如：当年英国人士最喜欢中国绸布，清代苏州徽商“汪益美布号”一年经销百万匹，二十万匹出口，其中二万匹运进了英国皇宫。他们是两个市场一起抓的。二是用我所长。即人无我有的，要培养他的兴趣，宣扬我之优点。如红茶是1915年才评为世界博览会金奖的，是1875年发明的新饮料品种。而打进英国市场是在得金奖之前。法国小仲马“茶花女”就有台词：“他是喝不起祁红的人。”说明红茶那时已是欧洲的贵族饮料。其他诸如哥德堡号沉船中打捞出来的松萝茶以及横纹茶、黄山毛峰等早已进入国际市场。

因此，徽商才能创造出一个辉煌的历史。

徽商终于衰落了，这是有徽商本身原因，但更有其外部原因。如果能渗入外国资本，形成你中有我，我中有你，同兴同亡，进入国际大循环则可能优胜劣汰，能者永葆青春，这当然是微乎其微、少之又少的。因大都不可能摆脱整个社会的政治、经济背景，在政治腐败、社会混乱、资本涌入中，又有几个中国民族资产阶级能逃脱衰败的命运！

有人洋洋数万言，论述徽州文化与徽商。集中起来就是两句话：一句是徽州文化孕育了徽商，另一句则是徽州文化扼杀了徽商。这正像鲁迅讲过的：扬之可上青天，抑之必下黄泉。这种文化决定论的观点，国内外理论界都早已被否定了，现在却变成时髦的了，以创新观点的面貌，出现在报刊上，是会发生导向偏差的。文化的发展是经济发展的产物，但文化不是消极后果，是一种巨大的凝聚力、促进力。

我们还要从政治力量对比、经济力量对比中进行分析，不能认为政治与经济这些是不屑一顾的，只有文化是万能的。徽州文化，使徽商具有儒家特点成为儒商，但徽商的发展离不开当时已经出现资本主义萌芽的社会状态，离不开整个社会向商品、向交换迈步的社会现实。不是这样，一百个儒家也发展不起徽商。徽商的衰落同样离不开社会原因，统治者的腐败，资本涌入，再加上以“劫富济贫”为使命的农民起义，首先打击的是社会财富的占有者——徽商，这也是有许多史料佐证的。红顶商人胡雪岩的失败，是蚕丝市场占有的原因，也因为政治斗争：李鸿章与左宗棠的斗争，他是不可能逃出这个厄运圈的。而他的“戒欺”经商思想又是何等的好，因为“戒欺”的仁与对人，又包含着丰富儒家思想的合理内核。但这并不能改变胡雪岩被社会毁灭的命运。所以说，“商人荣枯系于国运”。

今天，时代变了，社会变了，一个强大的祖国，一个强大的经济实体，正是走向世界、融入世界的大好条件。只要我们像当年徽商那样：保持儒商诚信重德的品质，保持艰苦创业精神，盯着两个市场，重视市场与权力并重（现在即注重国际法的限定及各国政策规定），讲究友谊与竞争并存打造团队，吸取徽商敢于开拓，敢于创新的优点，对我国商贸、经济在全球的蓬勃发展，肯定是有巨大的推进作用的。

（2008年，在一次徽商座谈会上的发言）

徽州文化的现存及其原因和价值

康熙六年（1667）以后正式撤销江南省，分为安徽、江苏二省。安徽是因江北有安庆，江南有徽州，取二地之首字而称安徽。徽州，公元前221年就有歙县、黟县两个大县，明清时更为昌盛。徽州文化，以其广博深邃的内涵正越来越受到社会科学界的青睐，同时也引起了经济界的关注。这三年中，我有幸参加并主持了一次全国徽学研讨会，两次国际徽学研讨会。各地、各国专家学者踊跃参加研讨，表现了高度的热情。老徽学研究者对我说："我卅年前就加入徽州籍了。"一些教授专家，几乎一生精力倾注于徽学。徽州文化能够引起国内外的如此重视，足以见其存在的重要和价值。研究徽州文化，对弘扬中华传统文化，促进地方经济和社会发展都具有十分重要的意义。

一、徽州文化的内涵

谈到徽州文化，我们有必要先了解一下徽州。徽州，作为一个地域的名称，有着悠久的历史。其前身经历了从"三天子都"—"蛮夷"之地—属吴、越、楚—秦置黟歙—新都郡—新安郡—歙州的漫长历程。宋徽宗宣和三年（1121）改歙州为徽州。在此后的866年中，徽州的名称一直沿用，直至1987年国务院批准成立地级黄山市时为止。现在我们讲的徽州地域包括：黄山市的歙县、黟县、休宁县、祁门县、屯溪区、徽州区和黄山风景区；宣城地区的绩溪县和江西省的婺源县等。尽管千百年来，朝代的不断变更，名称的不断变化，但徽州的地域相对稳定，这就为徽州文化体系的形成和发展创造了良好的条件。

徽州的文化内涵十分丰富。徽州人在文化领域里建树、创造了许多流派，这些流派几乎涉及当时文化的各个领域，并且都以自己的特色在全国产生极大影响。主要内容有：

1. 新安理学。这是程朱理学的正宗流派，奠基人程颢、程颐及理学集大成者朱熹，祖籍均系徽州篁墩。它从南宋前期到清乾隆年间，在徽州维系了600多年，对徽州社会经济文化都有很大的影响，新安理学的核心是伦理纲常，同时也倡导“穷理之要，必在于读书”的重学思想，“天理为义，人欲为利”，“正其义不谋其利，明其道不计其功”的求利讲义思想和“修内政”“攘夷狄”的节义思想。

2. 徽州朴学。也就是徽派考据学。其主要代表人物是婺源的江永和屯溪的戴震。它作为乾嘉学派中的皖派，直接继承了汉古经学，把经学研究从纯考据的藩篱中解救了出来。

3. 新安画派。开先河的为元代的程政，明朝开始形成新安画派风格。明末清初，江韬（渐江）、查士标、孙逸、汪之瑞“海阳四家”异军突起，有力地冲击了王时敏、王鉴、王翠、王原祁“四王”画派在中国画坛的统治地位。他们主张师法自然，寄情笔墨，大胆创新，给明末清初画坛带来新的生气。近代的黄宾虹，主张“先师古人，再师造化，而以自然为归”，丰富和发展了新安画派。

4. 徽州篆刻。徽派篆刻始于明朝的何震。其后著名的有汪关和以程邃为首的“歙中四子”、以黄士陵为代表的“黟山派”。徽州篆刻讲究用笔运刀，刀随意动，章法整齐活泼，一改当时篆刻庸俗怪异、擅改篆字形义、趋向屈曲乖谬的风格。

5. 徽派版画。它是画家、刻工、印刷通力合作的产物。

肇端于墨模镂刻，于明万历始兴。徽派版画以歙县虬村黄姓为中心，有“徽刻之精在于黄，黄刻之精在于画”之说。从明万历到清初的近百年中，黄姓有300多人从事刻书，其中三分之一从事版画镌刻。徽派版画以白描手法造型，典雅静穆，抒情气息浓厚。明代胡正言（休宁人）印刷的《十竹斋书画谱》《十竹斋笺谱》为徽派版画的最高成就，以至今日法国巴黎还有徽派版画收藏。

6. 徽剧。它是徽州艺人在明清时期在地区说唱上吸收弋阳腔和西秦腔以及昆曲等曲调后，经过衍变形成的。到清代中期，徽剧风靡全国，已经形成了一个唱、念、做、打并重的完美剧种。“四大徽班”在徽州人的培育、爱护下由扬州进京给乾隆皇帝祝寿，把徽剧推向顶峰。经过多年吸取磨合，道光年间，徽剧与昆曲、汉剧结合，产生了京剧。当时，活跃在城乡的徽剧社班有47个，大的社班有艺员180多人，可谓声势浩大，繁荣昌盛。

7. 徽州刻书。它始于中唐，盛于明，万历年间达到鼎盛。至崇祯年间，徽州刻书跃居全国之首。徽州刻书有坊刻、官刻、家刻和书院刻。从事坊刻的有歙西鲍宁耕读书堂，于天顺年间所刻的《天原发微》5卷，现存于北京图书馆；从事家刻的有歙县汪启淑的飞鸿堂，刊有自撰的各种图书12种，近300卷。家庭出版社在古徽州各县都有。

8. 新安医学。自北宋起，盛于明清，从宋代至清末，涌现著名医家543人。历代御医有几十人，共撰医书460多部，其中部分东传朝鲜、日本。著名的有宋代张杲撰写的《医学》10卷，这是我国现存最早载有大量医史人物传记和医学史料的书籍，也是第一部较为完整的新安医学著作。祁门汪机撰《石山医案》3卷，学宗的丹溪之医理，临床不拘一格，精于望诊、切脉的“固本培元”理论至今仍发生重大影响。歙县江瓘编辑《名医类案》12卷，搜集上自扁鹊、仓公、华佗，下迄元明诸名医验效医案，内容十分丰富，是我国第一部汇集历代名医医案之专著。明代徐春圃在北京召集了世界史上的第一次医学研讨会。

9. 徽派建筑。它集徽州山川风景之灵气，融风俗文化之精华，青砖黛瓦马头墙，朴素淡雅山水间。风格独特，结构严谨，雕镂精湛，不论是村镇规划构思，还是平面及空间处理、建筑雕刻艺术的综合运用都充分体现了鲜明的地方特色。尤以民居、祠堂和牌坊最为典型，被誉为“徽州古建三绝”，为中外建筑界所重视和叹服。它在总体布局上，依山就势，构思精巧，自然得体；在平面布局上规模灵活，变化无穷；在空间结构和利用上，造型丰富，讲究韵律美，以马头墙、小青瓦最有特色；在建筑雕刻艺术的综合运用上，融石雕、木雕、砖雕为一体，显得富丽堂皇。

10. 徽菜。南宋年间发端于歙县，是全国八大菜系之一。菜系的形成是经济、文化发达的结果。徽菜重（讲究）油、重色、重火功，而且选料精良，制作考究，尤其注重原料的产地、季节、鲜度、部位、品种等，擅长炒、炸、烧、炖、溜、焖，加上火腿佐味，冰糖提鲜，料酒除腥引香，使徽菜的风味更加鲜明。名菜有：火腿炖甲鱼、红烧果子狸、清蒸石鸡、虎皮毛豆腐、凤炖牡丹、红烧划水、香菇盒等。

徽菜的三大特点，即味取其中、绿色、食疗，使徽菜流行很广。1949年以前，烹调之乡的绩溪县，到外地开饭店有222家，如上海的大中国、大中华、大富贵，武汉的大中华等皆是。

此外，还有徽派雕刻、徽派盆景、徽州漆器、徽州武术、徽州竹编、文房四宝（徽墨、歙砚、“澄心堂”纸、“汪伯立”笔）、徽州民俗、徽州方言等，这些都是徽派文化的重要内容。这些文化的内涵，不仅体现了中国最正统的儒家思想，也受到了佛家、道家思想的深刻影响。因此，徽州文化是中国传统文化的典型反映，是中华文化的一个缩影。徽州是儒家、释家、道家文化的一个厚实的沉淀区。

二、徽州文化的现存

徽州文化的内涵是十分丰富的，徽州文化的现存也是非常广泛的，最能表现的是大量古文物的现存。全市有地面文物5000余处，市县馆藏50000余件，藏品有玉石器、陶瓷器、铜器、金银器、竹木漆器、骨牙器、钱币、丝绸纺织品、文具、书画、图书、契约文书、建筑雕刻构件等。其中市博物馆收藏各类文物14000余件，古籍50000余册，明、清契约28000张。另外，民间还有大量传世文物收藏。因此，徽州又被誉为“文物之海”。

在地面文物现存中，最有特色的是大量古建筑的现存。据不完全统计，境内现有古建筑4700余处。古建筑中最多的又是古民居的现存，有近4000幢。著名的有：潜口明代民宅博物馆（全国重点文物保护单位），它是将散落在各地的十座典型明朝建筑集中于一处形成的明代山庄。黟县西递村，该村至今仍存有明清民居300余栋，保存完好的有124栋，街巷布局依然如旧，建筑古朴典雅，被国内外一些建筑学者誉为“世界上保护最完好的古民居建筑群”“世界上最美的村镇”。黟县宏村，这是一个建筑设计非常独特的古村落，人称“牛形村”。村西头的雷岗是“牛首”，村口的两棵参天古树是“牛角”，前后四座横跨吉阳水的桥梁谓“牛腿”，数百幢明清古建筑为“牛身”，环绕全村、盘曲流过家家户户的水渠被称为“牛肠”。村中半月形池塘是“牛胃”，村南的南湖是“牛肚”。整座牛形村充分体现了宏村人的聪明才智。宏村的承志堂，它是清代大盐商汪定贵的住宅。整幢房子雕梁画栋，描金绘彩，平面建筑面积达2100平方米，有前后两进、9个天井、7座阁楼、136根柱、60道门、60扇窗；堂前有天井，旁侧厢房跨院，东有花园，西有鱼池。据说建房共耗费黄金100两，白银60万两，光是屋里的对联与人头象描金就用去金粉5斤，可见建筑之豪华，可谓徽州古民居建筑之最。屯溪的程氏三宅、程大位故居、戴震藏书楼等，也都是很有特色的古民居。

古建筑中的宗祠以黟县南屏村为最。该村有宗祠2处、支祠3处、家祠3处，形成了清代祠堂建筑群。祠堂在当时有五大作用：祭祖、娱乐、议事、执法、讲学。电影《菊豆》曾以这里的祠堂作主要场景，很好地衬托了电影的主题。歙县棠樾女祠（清懿堂）是现在徽州祠堂建筑上仅有的，它专奉鲍氏女主。徽州区的罗东舒祠（宝纶阁）集古、雅、大、美为一体，在古祠中比较罕见。牌坊建筑当首推歙县。这里是中国的"牌坊之乡"，现今尚存各式牌坊80余座。最著名的是耸立于歙县县城内的"许国石坊"，又称"八脚牌坊"。它为明代嘉靖、隆庆、万历三朝内阁重臣许国所建，现为全国重点文物保护单位。许国石坊建于万历年间，距今有400多年历史。它由两座三间四柱三楼式牌坊和两座单间双柱三楼式牌坊组合而成，长11.54米，宽6.77米，高11.40米。雕刻精湛，气势恢宏。棠樾牌坊群则是牌坊建筑的又一典型。这里的七座牌坊在村口弧形按"忠、孝、节、义"相向排列，其中明代三座，清代四座。古塔主要有休宁海阳巽峰塔、歙县长庆寺塔、新州石塔、岩寺文峰塔等。古桥有屯溪镇海桥，休宁登封桥，歙县万年桥、太平桥、紫阳桥，祁门平政桥、仁济桥等。古庙有屯溪小龙山庙，黄山的翠微寺等。古亭有徽州区唐模的八角亭，西溪南的绿绕亭等。至于绩溪的胡氏宗祠、婺源的俞氏宗祠都有超越、独特之处。地面文物现存中，还有众多的古遗址、古墓葬和碑刻石雕。主要有：歙县新州新石器遗址，休宁岩前唐代窑址，屯溪西郊西周古墓，休宁商山戴震墓，祁门渚口郑之珍墓，齐云山石碑刻，黟县培筠园"碧山访友"碑和八骏、十鹿、桃园风光石雕，歙县新安碑园《余清斋》《清鉴堂》法帖刻石等。徽州文化的现存，不仅在古文物方面，在其他方面也表现得较为突出。如徽菜、徽墨、歙砚、徽剧、新安医学、新安画派、徽派盆景、徽州民俗、徽州方言、漆器工艺等，都得到了较好的继承和发扬，都有新的发展。现存的徽州文化是艺术的、高档次的、充实着非常丰富的中华古文化的、非常了不起的财富，徽州文化来源于徽州特殊的社会环境和经济基础。那时徽州的不少农村，不是生产型的农村，而是消费型农村。徽州人讲究“学而优则仕”、“仕而优则商”或“学而困则商”。他们在外谋生，或走仕途，或精商道或仕商兼通。当他们经过艰苦努力，创造了绰有余裕的精神与物质生活条件。成为富贾之后便投资故里，或建造家宅、或购置田地、或修桥筑路、或捐资办学、或建祠堂庙宇、或树碑立传等。一来光宗耀祖，二来博取名声，三来修身养性。仅歙县在明代就有徽商投资兴建的祠堂、牌楼、佛寺、道观、桥梁、路亭等200多处，可以说徽商资本和官宦资本是徽州文化的经济基础。

三、现存徽州文化的原因

中华民族历史悠久，中华文化源远流长。这些宝贵财富在经历了漫长曲折的岁月后，有许多地方保留很少甚至湮没。然而在徽州这块古老神奇的土地上，却能有众多的现存，不能不说是一个奇迹。究其原因有如下几点。

1. 战乱少，对文化现存毁灭性的破坏小。徽州周缘崇山峻岭是天然屏障，由于它们的庇护作用，使这里成了许多战争年代里和平安定的净土，特别是明清徽州经济社会发达昌盛以后，这里除了太平军转战十年、朱富润（朱老五）入徽、红军北上抗日先遣队途经和解放战争过兵外，其他无甚战事痕迹。尤其值得一提的是，抗日战争期间，这里始终没有遭到侵略者的洗劫，这促成了徽州文化大量现存。

2. 封建宗法制度强固，对文化现存起到一定的保护作用。徽州的强宗大族，历来聚族而居，尊祖敬宗，崇尚孝道。封建宗族组织等级森严，尊卑分明。纵向从上到下有：族长→房长→家长→家众。横向则有嫡房、庶房、强房、弱房之分。族长有统管一族之权，尊祖是宗法制的原则，族有宗规，家有家法，这些都浸渍了程朱理学思想，主张忠孝节义，以及修身、齐家、敦本、和亲。既鼓励族中俊秀者追求功名仕宦，增光祖宗；又告诫弟子辈要安分守己。因此，族众必须改“恶”为“善”，在当时历史条件下，封建宗法制对维护徽州文化起到了不可忽视的作用。黟县西递村和宏村古民居群落现存的完好，不能不说与胡姓和汪姓的聚居有相当的关系。

3. 徽州人文化素质高，更加珍爱自己的文化现存。徽州受程朱理学影响至深，教育发达。不仅社学遍地，书院林立，而且缙绅之家还自编教材，大兴家族塾学之风。1007年就建有书院，“十户之村，不废诵读”。据康熙《徽州府志》记载，徽州府有社学562所、县塾5所、书院54所。各类学校，各种形式的教育，培养了多方面的人才，提高了徽州人的总体素质。这些人不仅创造发展着徽州文化，还继承保护着徽州文化。徽州许多传世文物得以保存至今，也是与徽州人自己的珍爱有相当关系的。“文革”期间，可以说是我国文物遭遇的一场浩劫。如果不是徽州人自己的珍爱和保护，徽州文化的现存还将锐减。黟县宏村承志堂中金碧辉煌的木雕就是当地人用灰浆抹盖才得以幸存的。当然，由于徽州历史上经商的多，做官的多，留下来的文物也多，毁去其二，尚留其一，也是个大数。

四、现存徽州文化的价值

现存徽州文化，是现存中华文化的袖珍缩影。徽州文化的现存，不论从哲学、政治经济学、历史学、社会学、语言学、民俗学、教育学、建筑、美学、医学、艺术，还是从经济、贸易等方面都具有重要的价值。

1. 现存徽州文化弘扬着中华文化，是历史的印证。存在与宣传本身就是一种弘扬。一部徽州文化史，也是一个部分中华文化史。人们从现存的徽州文化上，足以看到中华文化的特色、风姿和辉煌，看到中华民族的聪明、智慧和力量。

2. 现存徽州文化是分析徽州文化思想渊源的基本材料。从现存徽州文化的大量实物和史料中，我们可以分析出，徽州人的信仰、风俗、风尚、生活方式、生产方式、思维方式、价值观、道德观等都无不渗透着儒家文化。仅从棠樾的七座牌坊，就足以看到徽州人忠孝节义的行为气节。古代徽州是消费型的农村，又使我们看到了徽商资本的转移去向。“研究明清时期的徽商，可以从一个侧面考察我国封建社会的政治史、经济史和文化史。更重要的，徽商所留下的踪迹，还为我们探索我国封建社会长期延续、资本主义萌芽缓慢发展的原因，提供了颇有价值的材料。”（张海鹏、王廷元等《明清徽商资料选编》）。从现在民居村落和存世家谱、族谱中，可以分析出徽州当时强固的封建宗法制度。从现存的古塔的寺庙道观中，我们也可以分析佛家和道家在此的兴衰和对徽州文化的影响以及在其中所占的地位等。

3. 现存徽州文化是发展现代文化、经济、旅游的极优条件。我们现在的艺术、医疗、教育、建筑、民俗、语言等，都无不继承和发扬或“拿来”了徽州古文化的东西。徽商的儒商思想及开放意识和积极进取的创业精神，正成为我们当今发展经济的策略和措施，并广为倡导。在旅游方面，现存的徽州文化正为此创造着良好的效益，几乎所有的景点都充分利用了徽州文化的现成条件。如果没有徽州文化的现存，黄山市就不能拥有两项世界遗产，黄山也不会同时戴上两顶桂冠。屯溪老街这条被誉为“活动着的《清明上河图》”“宋城”的古代商业街，集中体现了徽派宋元明清的建筑风格和建筑艺术，同时也正成为徽州书画和文房四宝等的展示、交易中心，越来越受海内外人士的关注和喜爱。黟县古民居群落、歙县历史文化名城、唐模、昌溪、潜口明代民宅博物馆，以及齐云山等正成为黄山以外的旅游热点，与黄山旅游互为补充。新安书画交流、徽剧表演、民俗表演、徽州修学、古文物展览等也不断充实着旅游的内容，让境外来客大饱眼福。徽菜更成为人们旅途中的美味佳肴，备受赞誉。新安医学在提高免疫力成主流思潮的今天，也正向旅游保健渗透，逐步显示出它的魅力。

毋庸置疑，现存徽州文化必将在黄山市乃至更广的范围内显示出其重要的价值。我们应在重视保护的前提下，搞好开发利用，让现存的徽州文化在经济建设和社会发展中更加流光溢彩。徽州文化是安徽文化三大体系中的主体文化、综合性文化。北边的道教文化，近来地下挖掘很见成效，扩大了影响力。沿江和桐城文派，作为特有一支，仍散发清香。徽州文化，是一种整体概念文化，特别是她的大量现存不得不令世人瞩目，也是她无与伦比的独具优势。

（20世纪90年代初，在徽学研讨会上的主题发言）

发挥文化优势促进安徽发展

中华民族文化五千年一以贯之发扬光大，这其中又存在着一个又一个比较突出的阶段。它们都与当时的政治形势、社会变革分不开，表现出鲜明的时代特征。在安徽，对这种历史发展重要关头的文化表现更是相当强烈。

首先是表现在安徽北部古老的黄淮大地，这是尧、舜、禹、夏、商、周活动之地域。因地处黄淮地段，有中华民族的母亲河的地理条件的推动，文化是极其昌盛的，思想是非常活跃的。在中国历史上，已发生了重大影响。数千年在人们心目中永存的“百家争鸣”，就是在生产力发展引导人类进行的一次重大的社会变革中出现的。此时，各家都努力表达自己的主张：游说、办学、走访，极为活跃。代表性人物孔子、孟子、老子、庄子，以及管子、荀子，各家的相互印证与辩驳，形成了炎黄文化的大发展大推进。当时，安徽北部的这种气氛极其浓郁。历史上留下了孔子问礼与宋国游说。而且，管子故里在颍上，老子故里在涡阳，庄子的故里在蒙城，安徽是他们的学说体系发祥地。南、北亳是诸家汇集之地。这个地域，历史悠久而文风鼎盛、人才辈出。有成为一个学派的领袖的老子、庄子、管子；从诗歌到文论形成建安文学的曹氏父子；为曹操作脑手术、发明麻醉术以及健身五禽戏的华佗，都是黄淮地区人。历史上有影响的人物如孙叔敖、文翁、刘安、桓谭、嵇康、李绅等也出现在这个地区。道家文化，是炎黄文化的重要组成部分。而安徽涡阳故址的发现与挖掘，亳州、怀远的道观，丰富了皖北道家学说研究的内容。实际上，道家文化是形成了跨越现在的豫东、鲁南的一大片地区的地方特色文化，在安徽，是作为基地性文化而向四方辐射扩散的。整个北亳，作为黄河流域的分支，作为东京汴梁的延续，产生了重大历史影响与文化影响。可见，安徽北部，是以思想家文化为特色的。

安徽中段，以长江为依托，水陆并进，交通方便，利于交流，文人墨客来来往往，构成了浓郁的文化氛围。如李白五次到安徽，这里又是他最后的生活之处。李白一生写的一千多首诗中，五分之一写于这个地区，写了黄山、九华山、天柱山、五松山，秋浦河十七首，脍炙人口。欧阳修的《醉翁亭记》，形成了情景交融夹叙夹议的独特的散文流派。胡适提到，安徽文豪在全椒，讽刺巨著《儒林外史》的出现，早于果戈理的《死魂灵》一百年，在世界讽刺文学史上有不可替代的地位。当然，最有影响的还数桐城文派。在楚汉之争，东晋之战，魏吴征伐，宋、元、明、清皆有大战的这块土地上，文风不减其盛。而盛于清的桐城文化作为思想文化史发展的一个重要阶段，孕育出了许多人才巨匠，如方苞、姚鼐，被康熙杀掉的戴名世，还有长期在民间苦心笔耕的朱书等，则是人们还不太熟悉的“大家”。黄梅戏、庐剧、目莲戏、花鼓戏、京剧以及傩舞、采茶舞、花鼓灯舞等，早在大江两岸的广大地域中红火起来，出现了具有重大影响的艺术家程长庚、严凤英、马兰、黄新德、周莉、吴琼、韩再芬等。可见，安徽中段在特殊有利的交流条件中，形成了极其丰富的艺术文化，特色鲜明。

更值得一提的是徽州文化。20世纪30年代就有人研究徽学，20世纪80年代后逐步形成一门学科。美国、日本、韩国、荷兰学者专著以及中国各地有分量的研究论文可统计的已有一千多篇。1993～1998年在黄山市一次全国会议和两次国际会议的召开，更加证实了徽州文化的研究已是世界性的了，已引起了世界上许多国家专家学者的关注。

徽州，有关山阻隔、道路不通、相对封闭的自然特点。但从公元前221年就建有两个大县（即歙县、黟县）开始，由山越文化而新安文化，而徽州文化，经历了几个发展阶段。特别有影响的，是以程朱理学为代表的思想文化发展新时期。程朱理学，起于北宋，成型南宋，大发展在明清，是中国社会发展成熟的封建社会、古老大国开始出现走向反面阶段的新儒学，又处在出现资本主义萌芽，交换迅速发展，海外通道打开，作坊经济如雨后春笋般地迅速崛起的新时期之中。徽州，处于这个特殊时期，有退则能守家、进则能创业的环境优势，又发挥了徽州人大部分来自中原望族成员，具有外向发展的积极思想，以做官、经商及官商结合，闯出了新的路子，发展了经济，富裕了人民，活跃了市场，推进了社会。现在黄山市境内仍存五千多处古迹、五千多座古民居，还有大量民间文书的存在，就是一个生动的例证。

徽州文化是炎黄文化全面发展新阶段的一个缩影；徽州地区是中国传统的儒、释、道思想文化一个厚实的沉淀区。徽州文化所包含的新安理学、新安志学、新安医学、新安建筑、新安朴学、新安教育、新安画派、新安艺文、新安科技、新安工艺以至文房四宝、徽菜都有全国性的不可忽视的积极影响。新安人才辈出，有三大学问家：朱子、戴震、胡适，还有汪华、朱升、程大位、郑复光、程晋芳、潘世恩、洪钧、王茂荫、张曙、黄宾虹、陶行知，等等。黄山山麓有一条小溪“九龙瀑”，附近居然出了三个状元，是程元凤、曹文埴、曹振镛的读书处，形成显赫的“文化沟”“人才沟”。明清时期是徽州文化繁荣时期，是徽商奠定了物质和经济基础时期；而徽州人大量入仕，为徽州文化繁荣沟通了上下左右联系，促进了徽州文化的交流和发展；朱子学说的普及、成型，系统化地推广与深化，为整个徽州形成统一的思想观念与人文习俗，奠定了坚实的思想基础，也规范着人们的行为。正是这些，推动着徽州文化不断发展，明清时期达到峰顶。徽州文化还直接影响着徽帮首先到达的苏、杭、嘉、扬大片地域以及长江沿岸、北京及周边，以及江西、湖北而南下十万大山，更远者到达南洋、西洋，因而使“徽州”成了一个响亮的名字。至今，“苏州两个潘，占城一大半”，也即潘姓徽州人；扬州的个园、平山堂、白塔皆是徽人建筑；临清最大酱坊还是徽人经营；成都草堂还有徽人童子笔墨诗文。天涯海角的“天涯”二字，“岳阳楼”三个字都出自徽人手笔。许许多多地方，包括韩国、日本都有着有据可查的徽人踪迹或传人。徽州文化是一种综合性的具有地方特色的独特文化，是依靠徽州特殊条件而形成的。因此，它的丰富性、全面性、生动性、包容性、传承性也使了解它的人都赞不绝口。

安徽文化三大块，在历史发展长河中，各有其不同的发展形成条件与原因。北部形成是社会变革中引起诸子并出的形势下出现思想家文化；中部是交流活动最多，内外沟通最活跃的地段，形成多种艺术文化的并列发展；南部主要由于山区经济的特点，又是较少战争破坏和干扰的福地，而随着东晋、南唐、南宋的政治中心南移的特殊形势，十大商帮徽商居首，科举入仕，文风鼎盛而人才辈出，促成了中华文化的全面蓬勃发展。

研究安徽文化有极其重要的意义。其一，学史明智，以史为镜可以知兴衰，古为今用。其二，可鼓舞人民士气，振奋精神，提高皖人自豪感以提高内聚力。第三，是现成的旅游资源，或旅游产品。第四，更重要的是：炎黄文化为炎黄子孙所认同，形成一种巨大的民族凝聚力。

（1990年，参加省政协会议的发言）

略谈关于徽州文化的形成提出

“徽学”已经存在半个世纪之久，“徽州文化”的提出却只有五六年时间，但这个概念的提出很快就被国内外学者认可，而且表现出了更加旺盛的研究热情。“徽州文化”国际研讨会，从黄山（徽州）开到合肥、上海、北京，一直开到美国马里兰州。一种地方文化为什么会引起国内外学术界如此浓厚的兴趣？为什么会发展成一支很有实力的国内外学术研究队伍？这要从徽州文化的全面性、丰富性、生动性、传承性以至经典性来考虑，更要从徽州文化作为中华文化的一个缩影，作为中国社会特别是明、清的一个写照来考虑。以儒、释、道的思想为主要内涵的中华文化，五千年历史，一以贯之，发扬光大，已为世人所瞩目，而徽州地方上一万多处古建筑的遗存，数万件文书的积累，成了中国文化史、思想史、经济史、民俗史的可视资料，也为世人所珍惜。这些，我另有文章表达了一些观点。这里我用“一、二、三”来简要而概括地阐述一下徽州文化的形成：“一个特殊的社会构成，二条辉煌的对外通道，三个独特的基本条件。”并以此请教于学术界朋友们。

徽州，山多地少是人们要外出的一个原因，许多论文作了阐述。但中国山区很多，也都有人外出，并不能都形成一种很有特色的地方冠名的文化。这就要对徽州人外出的起因作新的研究。我认为，徽州社会成员的构成，有一个明显特点：徽州人中许多是中原的望族、名门或书香子弟。因中原朝廷更迭、战争频起，不少人逃到徽州。因关山阻隔道路不通畅，消息易断，遂隐姓埋名，生存下来。另一部分人是来徽州做官，因社会变动或个人原因而留居徽州，如绩溪的胡姓就是。而徽州地处北纬29°～30°的地区，气候适中，雨量充足，正好休养生息。祖上或者他们自己就是从外面来的，知道外面的世界很精彩，就下决心要闯出去，创立新事业开辟新天地，如扬州的江姓，是济阳江氏，大都是来徽州再定居扬州的；湖州的张姓本是留侯世家，清河张氏来徽州而定居湖州的，这样的例子不胜枚举。徽州人如何走出徽州，有两条路：一是行商，二是考官。两者都必须有文化，“骄儿不骄书，骄书如养猪”“十户之乡不废诵读”就形成了。行商，不少是苦出身，“前世不修，生在徽州。十三四岁，往外一丢”，背上包袱，带上可以长期保留的特色点心徽州馃，带上咸鸭蛋作菜，“不慌不忙，三天到余杭，鸭蛋未露黄”。一步一步走到余杭、临安，走到建平、梅渚、孝丰……水路则新安江而运河而长江，而全国以及世界各地。也有由阊江而鄱阳湖而湖广……形成了“无徽不成镇”，胡适先生还加了一句“无绩不成街”。徽商鼎盛数百年，遍布全国。而读书，是徽州的一种共同的社会风尚，入仕是理想归属，状元是目标，进士是阶梯。在徽州，秀才是不起眼的，举人也不足提起，只有殿试录取的进士，才能上光荣榜（牌坊）。雄村一个村，明清两代出三四十个进士，丞相出了两个，现在还有牌坊标示：“四世一品”“父子丞相”。仕途能进，文相武将；不能进，“八仙过海各显神通”，首选经商。儒商，则成了徽商的素质特点。所以才有“读书好营商好效好便好。”指学好的，都好。学而优则仕与经商并提，是徽州文化的一个特点。两条路走出去了一批批人。形成徽州人“十三在邑，十七在天下”。在外面闯天下的，占徽州人的70%。景德镇当年十万人中有八万是徽州人，三百户的黟县西递村就有一千多人在景德镇。北京的琉璃厂开文房四宝店与珠宝店的，有不少徽州人。当年正阳门西边最大的建筑是歙县会馆。就连韩国高丽大学洪校长，济洲一带十几万朱姓，原在美国的吴健雄，等等，都被认定是徽州人。所以，我经常把一些外地人请回“徽州”（祖籍）。包括江姓、潘姓、吴姓、方姓、汪姓、程姓、鲍姓、张姓、黄姓、叶姓，等等。

由于徽州人做官做生意的多，又大都在外地，为徽州文化的形成创立了别处不具备的特有条件。徽商是徽州文化的经济基础。徽州大量官员及文人雅士不间断地加大了文化交流与吸取，这既是一种权力基础也是一种重要的社会基础。宋以后影响八百年的新儒学的创立者朱熹，历来标明：“新安朱熹”。他不仅认定是新安（即徽州）人，而且多次来徽州讲学、祭祖。南宋以后，徽州的暂时稳定与繁荣也为朱子学说的传播与扩散形成了促进力量。“朱子家训”，朱氏后裔的“朱柏庐治家格言”，在徽州都是家喻户晓的，形成了统一人们行为的思想基础。

这三个基本条件是在徽州特殊的环境中形成的，也是任何一个地区都很难齐备的。徽州文化是中华文化的袖珍缩影。徽州是中国传统思想文化（儒家与道家、释家思想）的厚实沉淀区。就是因为有两条渠道的不断进出，就是因为有一个思想规范，就是因为徽州山区人不是一种山区人的自我固守性格，这才在全国开拓出一种崭新的局面，使徽州文化中的新安理学、徽派建筑、新安医学、徽州艺文、徽商、徽菜等，在全国乃至在走向世界中崭露了头角。

徽学研究到徽州文化概念的确定，说明她的实际存在，证明她有着很大的价值，并已经由汉文化圈扩大到欧美。正是因为徽州文化，是研究中国史，中国商业、企业、艺术、医学、教育、科技等包罗万象的丰富内涵。大量现存的徽州文书和地面古迹，是极生动的教材。宣传徽州文化，也是弘扬中华文化。文化上的认同，以及东西方文化差异的研究，东西方历史发展的特殊性的研究，都是徽州文化研究者的学术研究内容。而徽州文化研究是继往开来、承前启后的宏伟事业。这个事业，不仅国内各地、各界学者、专家朋友有浓厚的兴趣，许许多多外国朋友也表现得十分热心。徽州文化的研究，已进入一个新的历史阶段，这是值得庆贺的。

徽州，现在的黄山市，也自然成为具有高品位、高档次、高密集度的人文景观和自然景观的、最有吸引力的旅游胜地。

要珍惜历史文化

改革开放以来，我国的城市建设、农村建设都在发生着日新月异的变化，拆旧房盖新房、翻旧路筑新路。由旧变新是一种发展，一种进步。但是，旧的东西，包括旧房、旧路等都是历史的遗存，是先人创造的，我们也是由此走过来的。因此，旧的东西并非一概都不好，都不能使用，都没有保留价值。如何正确对待这些旧的东西，即如何对待历史的东西，是一个很严肃的课题。

一个地方政绩的主要方面是社会进步，经济兴旺，文化发展，人民生活富裕，这当然也包括一个地区面貌的改变。这是大家都可以接受，并予以肯定的。

五千年的文明古国，是一代代人劳动创造的积累，我们今天所能看到的一批批中华文化的珍贵实物，其中包括古城、古镇、古村、古街、古巷、古民居，等等，这些历代积累的劳动成果，是我中华文化的缩影，是我中华民族悠久历史的具体证明，是我文明古国的自豪点，是亿万人的凝聚力。但是，这些珍贵文物经过一次次、一年年的不断毁坏，如今剩下的实在是太少了。

欧洲一个个很有价值的古城，古貌依然，古风犹存。在慕尼黑，有轨电车照样是大家喜欢的交通工具，在萨尔茨堡的石头老街（弹石路）上，汽车照样在奔驰。而在中国，这些都被视作落后。如过年过节十大盘、八大碗一样，中国人是大方的，派头也是大的，但大得走样，大得什么都要成为世界之最。中国皇帝的皇宫要成全国之最，我们一些地方，盖政府大楼、大院也要创全国之最，塑个菩萨也都要成世界之最。

中国人都记得毁灭文化的“文化大革命”，多少中华文化的珍品，被砸个稀巴烂。中国人毁灭历史文化，除了秦始皇，要算“文化大革命”了。遗憾的是，时至今日，古城、古街、古镇、许多古建筑，还在快速减少，如果我们一不小心，无意识地制造文化沙漠，那倒真是文明古国的悲剧。

国际上有四次重要的历史性会议，我们应该好好参考：第一次是1933年的国际建筑师联盟在希腊雅典集会，会后发表了一个城市计划大纲，这便是后来世界各国通称的著名的“雅典宪章”，它提出了城市的四大功能，即：工作学习、生活居住、文化休息、交通联系；第二次是1977年国际建筑师联盟在墨西哥的一个叫作马丘比丘的古遗址集会，会后又发表了一个宣言，这就是著名的“马丘比丘宪章”，这个宪章在继承和发扬雅典宣言精神的基础上，又补充了要保护城市的文化传统，强调城市不能割断历史；第三次是1992年在巴西里约热内卢召开的世界环境保护法大会。会议由联合国主持召开，100多个国家到会，90多个国家首脑出席，这次大会强调了人类只有一个地球，大家要把环境保护好，强调要有持续发展的观念；第四次是1996年在土耳其的伊斯坦布尔召开的联合国第二次人居大会，主要谈人类居住问题，中心议题是强调要面向21世纪，全面防治城市病，以适应现代信息社会的需要，强调要综合的、全面的、从物质与精神两个方面搞好城市环境。我们所谓现代化城市和历史上的城市差别究竟在哪里呢？在于：①工作效率要高；②生活居住要舒适；③文化休闲要丰富；④交通要便捷；⑤环境要优美；⑥要可持续发展等六个方面，特别是可持续发展的观念非常突出。“二战”后，欧美很多国家，在大城市周围建了一些卫星城市，规模虽然较小，但都采用了当时最新的技术，因而整体素质较好，代表了当时的现代化趋势。新建的大城市如巴西首都——巴西利亚；澳大利亚首都寂静而优美的堪培拉等都达到一定程度的现代化。华沙、伦敦、巴黎、柏林、莫斯科、华盛顿等首都城市都在战后得到迅速恢复，在保护文化遗产上，都作了很多努力。评价城市现代化不能只看其外表，单看它有没有高楼大厦，有多少高楼大厦、有多少汽车、有多少高架桥、立交桥，更要看其是否重视保护历史文化传统。比利时的布鲁日，一派古色古香，成了旅游名城。而布鲁塞尔的一个杰作，就是全城没有立交桥。这个被称为欧洲首都的比利时首都，车辆全部走地面与隧道。他们认为其优点是：一、不改变地貌；二、不干扰市民生活；三、大大减少噪声。我们不是一味反对高架桥，但我认为欧洲的一些城市，他们将高度的城市现代化设施与十分古典的建筑结合在一起，非常讲究民族化、地方化，强调历史文化传统因素，这些经验，很值得我们学习和借鉴。

前些年我到西欧讲学，看到根特、海牙、巴黎等城市和塞纳河畔、莱茵河畔、多瑙河畔的一座座古城、一条条古街伴着新城新街，真是好极了，欧洲人也深深引以为豪。我们呢？总少不了留下遗憾。

讲学留影

国学与国乐

——在山东曲阜的一次讲话

我们徽州历来称“东南邹鲁”，说明是一个传承儒家的圣地。但真正儒学圣地在邹鲁。20世纪80年代我到过一次曲阜（鲁），没到邹城。30多年后，我已成“80后”了，因朋友相约去曲阜讲儒学，再次到了曲阜，首次到了邹城，这才算真正到了孔孟圣人的家乡，认真接受了一次国学的陶冶。

一、破题

此次，可不是一次单纯的休闲旅游。我的任务是面向向往曲阜的年轻人们，近百位古筝教师讲一次“国学与国乐”。这显然是一个新的课题。对我是一次新的尝试，是一次新的考验。我的决心是：在这个全国最典型的国学环境中作准备。因为这里有一个充满儒学氛围的学校。校内有孔子巨像，处处有孔子《论语》文句，还有祭孔、崇孔的仪式。如早晨向孔子像致敬，天天在孔子像前背诵《论语》章节等仪式。在这里，思考这个课题，是有明显的环境启示的直接效果的。孔子不仅代表儒学，不仅是东汉董仲舒独尊的“儒术”。孔子，是个兼收并蓄者。他就曾问礼于老子，他非常重视黄老学说，他积极提倡学

山东曲阜孔庙一瞥

《易经》。正像鲁迅讲过的，“道教是中国的根柢”。孔子本身就是中华优秀文化的包容者、容纳创新者。他提出的规范学子的学习内容是六艺、六书。诗、书、礼、易、乐、春秋。“乐”，本来就是国学的内容，但只有诗、书、礼、易、春秋，五经作为经典，传授至今。至于“乐”，历史上认为，秦始皇“焚书坑儒”后，“乐”被焚后已见不到了。

二、寻“乐”

音，在一代一代人的传承中，一代一代人的继承创新中存在着、发展着。当年的“乐”不见了，但是当年的“余音绕梁三日不绝”的音，却传了下来。这其中，古琴演奏者、古筝演奏者做出的传承贡献是不可磨灭的。而古筝演奏者的承前启后与继往开来作用更大。古筝的演奏者，担当起中国古乐继承与发展的历史重任。由七弦古琴到廿一弦的古筝，看到了中国古乐的升华。五音到七音之后，出现了二个半音，是历史的发展。到音乐发展的十二平均律阶段，是音乐发展的飞跃、表现力的飞跃。西方认为十二平均律是巴赫的贡献，但我们认为1685年3月才出生的巴赫比1584年问世的朱载堉运用十二平均律的实践与理论来讲，显然晚了百年。而音乐史研究者认为公元前二世纪中国就已经应用十二平均律了。这些音乐史的记载只存在于古曲之中。回到中国国乐史中，再找一下，“乐”在哪里？乐为音，音而乐。有节奏与旋律，结构为音乐。古乐，已成为国粹的古琴与古筝，就是代表。非常幸运地，在尊重古乐人的手中，薪火相传，而保留了下来。古琴说是神农氏时就有，但史前文化难以说清。但古筝，秦时很盛行，不仅出现在庙堂之上，而且也出现在市井之中。事实上，“乐”书不见了，音之乐在古曲之中。古琴是始，古筝是续。她们把大量的古曲带到了今天。今天的人们追求她、理解她、拥戴她、占有她。成为精神生活的重要内容，成为修身养性的重要途径，成为民族性格的一个体现，成为人民品行的一个彰显。

三、探古

音乐中的节奏，当年孔夫子就曾发挥作用：他让轿夫哼着“嗨着嗨着”，加快了步伐，终于提前走出国界，而避免了追杀。节奏加上了旋律构成了曲子。古曲，是历史的记载、生活的追忆、情感的抒发、意志的张扬。这些曲子，构成民族的个性音乐、特色音乐。加上文学（诗、词、歌、赋……）成歌、成剧，成为中华文化的瑰宝，而曲子是基础。中国是一个诗歌的国家，诗歌就是音乐作品，吟也好，唱也好，都是节奏与旋律组合。古曲是中国民族音乐的根与源。因此，挖掘古曲是民族文化、民族精神的振作与奋起的需要。古琴曲，有高山流水、广陵散、鹿鸣、阳春白雪等；古筝曲，有渔舟唱晚、汉宫秋月、梅花三弄、胡笳十八拍、昭君怨，等等。杭州G20峰会召开期间，展示的春江花月夜，也以古筝为主。古琴曲留下很少，但进入秦代为古曲的继承与弘扬，古筝在保留与创新古曲中担当了责任，大大推进了古曲的发展。作为中华民族国乐的继承与发扬，古乐是国粹，弘扬国粹，振兴古乐，是人们的一个新的责任。很高兴，一批音乐工作者在这方面奋发进取，在我们黄山就有一批人，把国乐看作国学的组成部分，是民族精神的组成部分，着眼于古曲挖掘，继之着手于古乐发展；是人民的奋起，促成民族兴盛、国家兴旺。值得庆贺！

四、重述

邹鲁之行，当然要走近三孔。在参观孔庙时，大家都很仔细地听讲，以进行更多了解。在孔孟家乡学孔孟之学，当然大家兴致盎然。我是重游，但站在全国孔庙中最大的大成殿前，参观十根巨石龙柱时，我故意大声要求大家听导游介绍。导游介绍说，修建过程中，龙柱有皇家气派，又十分神圣，是找到了徽州匠人，才雕刻而成。我趁机重复了一遍。几十年来，我在讲徽州文化中的徽派建筑时，讲到三雕，往往就讲到这件事。我凡事喜欢自己调查，自己经历。不少人没到过曲阜，对我的说法总置之可疑之心态。总以为这是“谁不说咱家乡好！”生活中，此种事情非常常见。所以我故意让大家，特别是黄山人“听”一下。

孔庙大成殿前巨石龙柱

当年，我是从说明书上看到的：“因有皇家气派找到了歙工，始得完成。”不知道今天的导游，如何讲解。结果，她换成徽州了，这倒是更加与现实一致了。明清时期，“时人有雕必找歙工”，而当年说明书上写的是歙工，即歙州工匠。历史变迁，讲徽州，更易了解。

这次重述，对我来讲，有“进一步证明”的意义。明代徽州匠人，有306人，是在州府造册登记的，随时听从皇家派遣。这次印证，也算是邹鲁行的一次收获。

（写于2016年11月16日）

徽州文化在当今旅游业中的价值

——在省徽学会上的口头发言摘要

文化具有强大的吸引力，文化是一种凝聚力。中华文化，是中国成为世界旅游大国的基石。作为一个文明古国，中国现代旅游业也是始于文化，如参观北京故宫、皇陵与西安兵马俑等。中华文化结合五彩缤纷的、内涵丰富的中国旅游产品，使中国旅游业只用二十年时间，就由世界第四十一位提升到世界前五位。

灿若繁星的皖南人文景观，以其深厚的文化韵味，使见到它的人，都为之赞叹。西递、宏村、棠樾、屯溪老街等十八年前就开发了旅游业，成为中国乡镇文化旅游的排头兵。这里的导游，以本地古建筑的文化内容为特色，从介绍古代文明开始成为弘扬中华文化的带头人。安徽旅游从打黄山牌开始，黄山以文化遗产与自然遗产两项桂冠进入《世界遗产目录》。而省委要求在徽州文化上做文章的实际效果，在黄山市也极其明显。2000年，黄山山下人文文化景点的旅游观光总人数，已经超过黄山风景区，初步实现了黄山市十五年前提出的形成“众星拱月”的旅游架势。这正是徽州文化被逐步认识、被逐步开发的必然结果，这也完全符合旅游业发展的共同规律。世界旅游开发最早，而且一直兴旺至今的欧洲，也是从游览具有丰富的欧洲文化的皇宫、教堂、古桥、古堡等古文化建设开始的。

世界旅游发展几百年，我国旅游发展几十年的历史，给了我们一个共同的结论：文化是旅游业的灵魂。文化内涵的丰富性、生动性、全面性，成为可持续性发展的条件，也必定使旅游业的发展更为迅速，前途更为宽广，事业更加辉煌。我们可以认为：

一、大量现存的饱含徽州文化内容的物质性形态“古建”，是可观性的徽州文化教材，是形象化的徽州文化，是中华文化的缩影，有着最宽广的旅游市场

散发着文化幽香的两万多处古代建筑：一座座古桥，一幢幢民居，一座座牌坊，一个个祠堂，它们的建筑结构，它们的表现程式，尤其是古雕“三绝”（砖雕、石雕、木雕）中的几乎是无所不包的内容，对国内人士具有不可抗拒的巨大的吸引力；欧美人有对可见性的中华文化的神秘感，以及追求理解这种异域文化的满足感，这些都会使他们不舍离去；对汉文化圈内的朋友们，更有一种认同感与亲切感。有的人很久很久以前就想看到她，了解她，今日出现在面前，而产生深深的眷恋之情。这些年，来皖南旅游的人士自己得出了我1988年在黟县讲的结论：要了解中国帝王的生活到北京去；要了解中国古代民众的生活，请到徽州来。黄山脚下一古村落——西递，1986年有几个搞建筑的学者开始涉足，1987年村里印了纸质门票，三角钱一张，一年就有几百人来参观。1988年正式开始开发旅游。公私结合：个人家庭与旅游局、文化局合作，立即呈现出一种

开发西递与两位合影

迅猛上升的趋势，到2002年累计人数已达260万。仅门票收入已达六千万，一个三百户、千把人的贫困村，去年门票年收入就是八百万元，仅次于黄山风景区。如宏村、棠樾、唐模、槐塘、绩溪坑口、旌德江村以及婺源的江湾、李坑、俞村等都在快速发展，为农村奔小康，为山区观念更新起到了不可轻估的推动作用，实践证明了："开发一个景点带富一方人民。"旅游业，正在这方面做出巨大贡献。

二、徽州文化的丰富性、全面性，使得皖南的人文景观具有很强的生命力，形成一种经久不衰的旅游发展形势

十大商帮徽商居首，徽商奠定了徽州文化形成的物质基础。人们至今还在探讨，徽商在明代兴起，明末没落，清代再次兴起的鼎盛数百年的原因。把儒商的特质，诚信的特点，纳入了学术研究的重大课题。明代新安医学在北京举行了世界上第一个同仁研究会。徽州八百多名医师有七百多部专著。医药从人类自发性自我或相互料理到针对性的对症下药，到今天提出预防性，以提高免疫力为主的世界医药的第三个阶段的中心理论，还是回到了新安医派的汪机归结的"固本培元"。新安艺文，如傩舞到目莲戏到徽剧而京剧，以及新安画派注重山水等都发生着国际影响。新安志学、徽派建筑、刻书、版画、徽菜甚至民俗方言多种原生态文化，都有着明显的传承性与现实性。至于影响中国思想近八百年的新儒学，新安朱熹是集大成者，他奠定了徽州文化的理论基础。中国，亚洲的日本、韩国，欧美，都有学者在探讨、在研究。在美国马里兰州，还召开了国际性的徽州文化研讨会。而在日本东京大学、太谷大学等院校几乎达成了共识：没有研究徽州文化，就不能讲宋史、明史，甚至不能教授有关徽州文化的许多中华文化的学科。徽州文化是明清时

期中国先进文化的代表，不懂徽州文化，在知识上就会出现断层，在认识上就会片面。所以，一批批国内外学者都在研究徽州文化。他们都要来徽州作实地考察，不仅要从徽州大量现实文书中考察，还要从徽州大量现存古建物品中进行考察。由观赏价值发展到修学价值，就显得更为珍贵。而学者们研究的成果，也成了旅游开发的基础。

徽州区的一介平民潘志义研究《金瓶梅》，20年不间断。他从徽州地方方言、语音与徽州用品、用具、习俗出发，连续发表论文，认定“兰陵笑笑生”是徽州人，引起了国内外学者的关注。现在已把“金瓶梅的研究”作为景点开发的一个前提。赛金花，历史上的名妓，徽州人对她的研究颇多，徽州老乡对她有着更多的理解，现在也在开发相关旅游。与历史上人物联系在一起就更多了。徽州名人辈出，《中国名人大辞典》中没有这两个人的记载，但根据《中国名人大辞典》的记载，全国是三万人出一个，徽州人是千人中出一个。一个名人一个景点，旅游者中本有名人形成条件与环境的研究兴趣，也丰富了他们对徽州文化的了解，成为修学旅游的高品位要求。

可见，从内容到实物，都有做不完的旅游文章。

三、皖南、婺源以及黄山市范围内，民风淳朴，民俗丰富，充分表现的德治规范、伦理推崇，是现代人共同关心的人间关系的主要命题，因此成为吸引国内外游客的闪光点

首先是学风，“十户之乡不废诵读”，有“养儿不读书，等于养头猪”的民谚。北宋时绩溪就建有书院，光绪时就办了文明学校，文风鼎盛一贯如此。

徽商讲利义结合，义字当先。“读书好营商好效好便好。”教后代学好。民间讲善字当头、与人为善。“第一等好

事只是读书，几百年人家无非积善。”尊老爱幼，长幼有序。四代同堂，和谐相处；合室而居，彬彬有礼。古民居三雕中，大量文字、图画以及楹联、中堂、挂屏、匾额中都赋予丰富的教育内容。连一个小小窗棂，也要变成教育子女的教科书。这是中国敬德修身的传统内容与方法，也是国家德治与法治的思想基础，是国家稳定而求发展的社会基础。古建中的许多内容，成为当代人最关心的伦理思想的注释，也会同时引起国内外社会各界对社会的基础、基层细胞——家庭关系引起更大的关注。管理者，家长们，老师们都会从中得到许多教益，成为“拿来主义者”一个最理想的现场。大家愿到这里来“拿”。

还有大量民俗，都有其寓教于乐，寓理于游的鲜明性。如灯会、舞龙、某些庙会，如徽州人1300年来一直祭祀汪华，是纪念他安定六州做了贡献。而一个“灯会”往往就是生活教科书和历史教科书的合订本，如舞龙，是徽州村里团结的聚会。休宁一个村，有一次舞板龙，198人一条龙，这就必须同心同德，团结一致，显示了全村的协作力量。这与当前的“同一首歌”“激情广场”是可以比美的。

四、皖南古建浩瀚文化的储存，也是开发旅游商品、提高旅游效益的一场大头戏

一个祠堂，往往是一个石雕博物馆，一个木雕博物馆。绩溪胡氏宗祠的木雕中，花瓶式样就不下百种，荷花中小动物更是形态万千。一个“承志堂”中的木雕故事就可以讲一个上午。古雕三绝，文房四宝。每一个古村落中都有多种个性突出的工艺品，都是旅游商品制作灵感的源泉。

捷足先登的个体经济经营者已成为黄山首先富起来的人。如徽城的文房四宝厂家，黟县的石雕工艺厂，屯溪的砚雕、木雕以及古典家具生产。还有一大批在黄山发家的画

家，都以文化品位的独特优势，占领了市场；以徽州文化为内容的作家以及编辑，因大量徽州文化书籍走向市场而致富而出名；徽菜，以特色菜占领了旅游餐饮市场。总之，徽州文化的研究与弘扬，为徽州、为安徽、为中国的旅游业，起了开拓作用，徽学研究者做出的贡献也是不可否认的。徽州文化本是中华文化的缩影，是中华文化一定时期的突出代表，弘扬徽州文化也是弘扬中华文化。这方面的影响和作用就更大了。国家领导人曾指出："如此灿烂的文化，如此博大精深的文化，一定要世世代代传下去，让它永远立于世界文化之林。"随着中国的兴旺发达，中华文化在世界上引起广泛重视的同时，都把触角伸向徽州文化。我们研究者，是在铺设通往各国的友谊桥梁，文化成了构建各国间友好关系的纽带。因此，徽州文化的研究成果与实践，带动致富的同时，不仅在中国是一个生动的爱国主义教育课堂，也在国际上的交流、融合、吸取、互补中，发挥着沟通的作用，是为世界和平发展、人类和谐、团结向前做出的一种努力。我们的徽州文化课题研究，在联系国内外人们的感情、在促进国内外人员的交流中，都一定能发挥出重大的作用，为以友谊为前提的旅游业，创造了良好的氛围与环境。

与市委办公室秘书来小根一行考察旅游市场

“两淮”归来话“新安”

1996年的今天，“新安”归来，的确给我留下了“新安”的深深记忆。这里还有新安镇、新安路、新安医院、新安小学，当然，还有新安会馆。既然有了会馆，这又肯定不是在真正的新安。正因为不在新安，却又有这么多新安，才更引起了我的兴趣。

徽州，古属鄣郡，后改称新安郡、歙州等，宋宣和三年（1121）才定名徽州。六年前，因徽州有杰出的自然景观黄山以及齐云山、太平湖、新安江；有数以万计的古塔、古桥、古牌坊、古祠堂、古民居的人文景观，其旅游资源丰富又皆为上品，国务院决定设立地级市黄山市。因此，要回到百年、千年前去了解昔日的新安、歙州，是有些困难的。去年在江西婺源召开世界朱氏联合会时，韩国一批朱氏乡友听我讲了这些历史变迁才恍然大悟。世界朱氏联合会会长朱昌均先生说：“这次来贵地，一个大收获就是知道了新安即歙州、徽州。我们原本只知道朱熹是新安人，但不知此地就是朱氏祖居。”我此次到了两淮胜地（淮阴、淮安），当我谈到为了解我们黄山与两淮的悠久历史联系而来时，我的淮阴朋友——市委赵书记还感到稀奇。

两淮，作为九省通衢、通宗大道第一站，是处于特殊的地理位置中的：北运河因元建都大都，被视为通往南方诸省的重要水道，征战、征粮，都不可少。开凿北运河，是作为一项大工程予以重视的。明永乐建都北京，更加重视这条通往明祖发祥地的水道，命平江伯陈王宣督漕运，时仅南粮岁漕四百万石。经一再疏浚，北运河到了这里与汴河而来的老运河相聚，加上“北马南船”在此交接，马店、码头人来人往，好不热闹。黄河多次夺淮，特别是康熙十九年（1680），水淹泗州城，进入洪泽地段，黄淮合流拓面展开，合流入海。这里更成了水利与漕运的中心点。清朝十大总督，这里就有两个：河道总督、漕运总督，都在这里建有“帅府”。康熙四次，乾隆六次亲临这里视检河道，查巡漕运。一个河道总督高晋，乾隆曾四次御书嘉奖，帅府清宴园的“荷芬书院”也成了皇帝驻跸享乐的场所。水患时，上下关心，各方着力。乾隆在位六十年，减免当地田赋钱米七次，赈济六次。无患时，由于朝廷大量费用下拨，“只三分于河道”，大小官僚都视此为拾金宝地，庭院花园、客舍厅堂雍荣华贵，帅府宴席不散，宾客时时不断，成了极尽奢华之地，也带出了一种社会风气。当时的淮阴与汉口、广州齐名，苏州尚在其下。

两淮古分山阳、清河等邑。河下镇在山阳辖境，实为黄淮漕运要冲，是淮郡城外第一大聚落地，凡有事江淮，皆由末口而河下。故纲盐集顿，商贩阗咽，关吏颐指，喧嚣叱咤，百货山列，加之歌伶倡优靡宵沸旦，可谓繁荣之极。其中，徽商的影响是很大的。徽商是行商，敢于向外，哪里交通发达（当年主要是水道），就涌向哪里。河下镇，有药店巷、文具店巷、书店巷、笔店巷、太史令巷，等等，还有程鉴的荻庄、程吾店的寓园、程钟的桐荫园、程秀峰的岑山草堂。凡此等等不是徽人独据，就是有徽人的踪迹。而程钟“乐善好施”，程鉴的“用人之急”，程量越建“育婴堂”，程銮“再建明伦堂与修大成殿”，等等，被赞誉为“淮北巨商而为人忠实”，“善事行之终身”，“以助人为天性”，“有德于山阳”，故山阳人恳请入籍。这样，籍涟水也好，籍安东也好，籍山阳河下也好，程氏，歙人，确是最大的徽人家族。其中，盐商不乏其人，“乾隆初，两淮殷富。程氏尤豪”。开小店的，看病的，教书的，作画的，撑船为生的都有。如吴进，新安黄山人，家贫好读书，性孤僻，善诗画。最典型的是史书上误作扬州人的“程鱼门太史巷”主人，歙人程晋芳，史称“群独好儒，罄其赀购书五万卷，穷日夜讨论之。天子南巡，程献赋行在，面试第一赐举人，授吏部主事”。通过皇帝个别考试而入举授官的，可算佼佼者。他个人诗作仅两卷就有三百余首，而他的《周易知者编》《尚书今文释义》《春秋左传翼疏》等有一百八十六卷，编著浩然，影响巨大。因他入住而称之为“太史令巷”，还依然在河下石板街中。

徽州人把重儒的特点带进了两淮，酷好触景生情，诗词歌赋以抒发之，“歌阑灯火歇，宾主蔼余欢。登高望素月，清气在林峦。”这是程晋芳泛舟河下珠湖而作。程竹坪、黄叶村绘画，又住附近，被说成是“风流二子对门居”。歙人程固安认为：“养生在养心，养心莫在于寡欲。”徽商穷奢极欲者有，但大都乐善好施，傚好事积阴德，而在各地很得人心。两淮徽人，得到皇帝手书“谊敦任笃”的就不止一人。

河下园林不下二十个。园林是一种文化，反映主人的一种境界与文化修养：在河下，一次园林聚会一批文章；一次走过园林一批诗词。一部河下志，也是诗文充实着的。诗文是诗，介绍桥、河、湖也是诗，介绍古迹，园林更是诗，而贯穿河下的渠也叫文渠。《淮安河下志》中艺文序言赞叹：“哀哉！文人之用心也，一艺之构，一词之修，无不缕肝惊骨，钩心斗角，沉思渺虑，如醉如忘，然后乃能得有精意。”徽州人的“娇儿不娇书，娇书如养猪”的崇文观念，在河下也得到体现。至于新安小学，是新安人陶行知创办并担任第一任校长，新安人汪达之继任校长，他们组织的新安旅行团跑遍了半壁江山，行程五万里，宣传抗日，一直活跃到解放，更是美名流传，家喻户晓。

新安，在淮阴深深扎下了根。这就是我“两淮”归来的一个结论。

绩溪与徽州文化

此次绩溪在美食文化节期间举办徽州文化学术研讨会是非常难得的，对当地经济、文化的发展具有很大的推动作用。这是一个非常好的开头，影响深远的开头。

中午，我考虑了一下，主要从以下几个方面来谈，提供一个思考的路子。

（一）从水系与文化的关系看绩溪在徽州文化中的影响；

（二）从文化内涵比重看绩溪在徽州文化中的地位；

（三）从坐标性、领先性和带动性的突出事例中看绩溪在徽州文化中的作用。

第一，水系和文化发生直接关系。水系和人们的生活发生直接关系，和社会的经济发展、人文发展发生直接关系。因此，水系和文化关系密切。一般来讲，动乱时期人们从江之尾涌上江之头，一直到山谷中山顶上。和平时期，人们又从江之头流向江之尾。平时，水系是过去交通、运输、交流的主要通道。谈到新安江文化不能不想到我们绩溪的大源河、登源河、扬之河，这三条河是汇入新安江的，应该说是新安江之源，也是徽州文化之源。

在徽商的发展史上，绩溪具有源头性影响。绩溪人在创业过程中，为徽商写下了辉煌的一页。黟县渔亭、绩溪临溪是徽州两个具有源头性的重要码头。绩溪人趁着涨潮，携带自己的木材、竹子、桐油进入杭州，这是水路。还有旱路，不仅有新安关、昱岭关，还有绩溪的江南第一关、丛山关等都是非常重要的商业通道。当年，建平（今郎溪县）商会的

1～5任会长都是绩溪人。给芜湖郎溪第一个带来“光明”（电灯）的，是绩溪人。绩溪人是建平的开发者。

因此，我的结论是：水系的形成对地方人文思想、经济发展带来直接影响。这很自然，“下屯溪”“下徽州府”处于水之源的绩溪人，同样发挥着“缘起”的积极影响。

第二，从文化内涵的比重看绩溪在徽州文化中的地位。绩溪在徽州文化各个领域均占有浓重的一笔。比如，徽商中，丝绸业的发展，绩溪发展得最早、最快、最好。公元921年诗歌就讲绩溪人重视种蚕桑，成为绩溪的一种特色产业。徽菜的发展，绩溪也是最早、最快、最好。唐朝就有歙人，其实是绩溪人在长安开饭馆，后一直不断，有几百家在外地的餐馆，几乎占领整个长江中下游市场。如上海的“大中国”“第一春”“大中华”“大富贵”和“新苏”都是很有名的，“大中华”可摆一百桌，在上海一处就有二十个店面。上海餐饮业徽厨比例最大。毛泽东在诗中提到“才饮长沙水，又食武昌鱼”，这武昌鱼其实就是“清蒸鳊鱼”，因为武汉“大中华”是绩溪人开的，厨师是绩溪伏岭人。毛泽东还曾问起这道菜的做法。

餐饮业不仅是吃饭的问题，它体现了徽商的创业精神。比如抗日战争时期，上海遭到日军轰炸、占领，经商的被迫转移，当时云、贵、川一带都有徽厨，主要是绩溪人开设的饭馆。有人在申请“徽菜之乡”时，说不包括绩溪，这肯定是不对的。不包括绩溪，怎能产生“徽菜”？还有“茶商”，当年的屯绿茶是出自婺源、休宁等地，红茶出自祁门。

唐代时，大量徽州绿茶进入长江流域一带地区，是很有影响的。绩溪的茶商也相当有地位。现在杭州的“西子宾馆”（汪庄）就是绩溪茶商汪裕泰最早创办的。龙川胡家三代茶商，代代兴盛。当时在杭州、上海、武汉，绩溪的茶商也是占重要地位的。这个茶和黄山的“云雾茶”“雨前毛峰”是结合在一起的。而绩溪的“金山时雨”茶，过去就非常有名。

此外，“同乡会”的建立，绩溪也是很活跃的。在徽州文化的形成中，作用也是蛮大的。“绩溪会馆”在北京是很耀目的，就在宣武门的旁边，胡适的父亲还专门出钱修整了一次。后来，胡适在北大时，还兼任过“绩溪同乡会”的会长。从这些简单的例子看，绩溪在徽州文化中的地位是相当突出的。研究徽州文化不研究绩溪是不可能的。绩溪是徽州文化研究的重要组成部分。可喜的是绩溪徽学会出现了一批人，如胡家祺、洪树林、徐子超、胡成业、黄来生等，都很有成就，也可以看出绩溪对徽州文化是非常重视的，绩溪的徽学研究也具有重要的意义。

第三，从坐标性、领先性、带动性的突出事例中看绩溪在徽州文化中的作用。绩溪徽学研究任重道远，从事徽学研究的人从来没有忘记绩溪，卞利教授就是个代表。由此，我想到绩溪有好多第一。在徽州的文化中，徽州的人物中，在徽州人的实践中，绩溪有好多第一，这些第一值得好好研究。

重视教育要从绩溪说起，我们讲到徽州的“文风鼎盛，人文荟萃，重视兴教，办学育人”，要从绩溪的桂枝书院（胡忠于1007年创办）说起。安徽第一个书院在这里，徽州第一个书院在这里，以绩溪为主体的徽厨还有个重要作用，徽商在发展之初和没落之后再发展，徽厨都起了领头作用。徽厨发展不需要很大的本钱，苏醒得快，再兴起快，生命力最强。所以才有“一根擀面杖打到苏门答腊”之说。还有影响第一位的，比如汪华有九个儿子，八个儿子有后代。汪华在我们这里有一千多年的影响，老百姓称之为“汪公大帝”。其实，他没有当过大帝，但他非常识大体，顾大局。他安邦六州，所以在历史上一直有很高的地位。汪华的影响会涉及许许多多的后代。讲“唐模村”、讲汪伦，都不得不提到绩溪的汪华，牵涉到许多汪姓后代，也涉及徽州社会的方方面面，如民俗民风。《浮生六记》就专门描述了绩溪的“花朝会”。如“赛琼碗”，也是祭祀汪华的民间活动。徽州姓氏中有很多有重大影响的人物，绩溪的姓氏中在外地有哪些重大影响的人物，也值得好好研究挖掘。如胡适，领导新文化运动，青史留美名，对中国新文化发展起了开拓推动作用，一个人得了36个博士头衔。“绩溪五个胡”，文、政、军、商、工艺各有杰出代表，没有哪一个地方可与之相比，现在“胡雪岩”这个人物在外面的影响不是一般的大。最近，几个温州人来县城参观“胡雪岩纪念馆”，他们说胡雪岩的经商观点就是我们现在的观点。一个能成就事业的人是有许多共性的东西能为人所吸取的，这才体现了他的历史价值。有关胡雪岩的影视作品，在外面影响很大。虽然胡雪岩在杭州待的时间长一些，但他是绩溪人是毫无疑问的，是有文字根据的，这从他回家打官司及明清时期的文书档案中可得以佐证。当时的胡雪岩被推荐给慈禧太后时，被称为“奇人”。从这个“奇”字，可看出他智慧无穷，聪明透顶，首先表现在首次见左宗棠时。

还有一批实业救国的人，出版业的一批人，如上海的“亚东图书馆”。绩溪还有一些民谚名言，也是第一位的。如“徽骆驼”，用骆驼来表现徽州人，“不慌不忙三天到余杭”，一步步走出去创业。绩溪还有“卖田卖地，不卖书字”，重文如此。“书字”是文化，是卖不掉的，留下的是珍宝。绩溪经典语言很多。在研究绩溪土语时，谈到“说鳖”，这是徽州土话，就是“侃大山”“摆龙门阵”。“说鳖”是《大藏经》里的一章，专门讲了“鳖王”的故事，是徽州人从《大藏经》里引用过来的，可见徽州文化底蕴深厚。到楼上去，绩溪土语说是“阁上”，“阁”比楼高一级。此外还有“衣裳”说“衫”，“人死”说“翘辫”、说“毕挺”，在许多方面绩溪的方言都显得高雅、深奥一点。日语的某些发音与绩溪方言也相近。很多古诗用绩溪话念起来就很押韵，如：“君问归期未有期，巴山夜雨涨秋池。何当共剪西窗烛，却话巴山夜雨时。”特别是：“兀日无所思，日高尚闲卧。暮读一卷书，会意如嘉话。”还有一些小事，如地藏王的第一个庙建在绩溪荆州。后因当地人乱洗东西，他才去青阳九华山的，这也值得挖掘。徽州文化的研究为旅游铺平了道路。徽学专家就为我们的旅游业做出了极大贡献。

绩溪文化底蕴丰厚，民俗很多，餐饮更具特色。绩溪的古民居也是旅游资源，开发这些旅游资源花钱是最少的。抓住首要资源，吸引力倍增。现在一个西递，一年收入达1000多万，其他收入乘以7，就是7000多万。1992年，我给绩溪旅行社的一封信中提到：搞好一个景点，富裕一方百姓，旅游致富是肯定的。我早就讲过旅游是爱国主义行动，不爱祖国大好河山，不爱祖国悠久历史，何谈爱国？我们把这些旅游景点的首要影响突出出来，就为我们招商引资创造了特殊条件。人慰景，景慰人。人杰地灵，把这些有突出影响的东西展现出来。绩溪与徽州文化是绝对不可分离的，有一些是带有领先性的，因此我们省徽学会的研究，也更加关注了绩溪。这肯定会对绩溪社会的发展及文化的振兴，人文的传承、揭示和展现，有更大的推动作用。

（本文系作者在绩溪徽学研究会上的发言）

古雕与古徽风

认识徽州文化一般都是从徽州建筑具有“古雕三绝”的木雕、砖雕、石雕中的了解开始的。看北岸的吴家祠堂，大家赞扬“百鹿图”，以鹿谐禄，表示子子孙孙要当官。要考官就要先读书。熟读了《大学》《中庸》《论语》《孟子》等四十七万字之后，能够融会贯通写出好文章才能考中进士。占全国千分之一人口的徽州，进士却占全国五十分之一。独占东南第一支，考取第一名才叫状元。而中状元数，徽州占全国二十分之一。徽州到处有“鹿”谐音的“禄”，还真谐出了大效果了。木雕更全面，更普及：小辈住的，窗棂就成梅花碎冰组成的“冰梅”，表示着“不经一番寒彻骨，怎得梅花扑鼻香”。要想独占鳌头中状元，先“苦读寒窗十年整”才“一举成名天下知”，“第一等好事只是读书，五百年人家无非积善”；与人处事要“善”字当头，门头上砖雕是“扇”形的，桌子也有扇形的；要“治家万事皆宜忍，教子有方莫如勤”。“忍”中和平、友谊、协调相处构造和谐，横梁上刻上了“百忍图”或“张其昌九世同堂”；不论身份高低都要尊重孝敬长辈，木雕刻上了“郭子仪上寿”“打金枝”；老人住房就精雕了“五蝠（福）捧寿”，座椅也精雕成“福寿双全”，门窗上雕成“福禄寿喜”。而这种以木雕为体的寓教、寓德、祈祷、誓愿的做法在皇家家具中也得到充分体现。皇帝可雕五爪真龙，其他官员只可雕神兽、麒麟，龙只能是鱼龙、奎龙、草龙。皇宫用品，极为精细是个特点，就像绘画、描花，细细刻画。而明清是徽商鼎盛时期，此时，徽州工匠也全国有名，皇家、高官在制造家具时都离不开徽州匠人，连曲阜孔庙在雕刻九龙攀柱这具有皇家气派的重大雕件时，也特意请了徽州匠人。明代，徽州府登记注册的技术纯熟的当地匠人有3066人，可随时准备让皇家召唤，以适应高档、特殊、大型的工艺项目的要求。因此，而有“木雕到处有，精雕在徽州”之说。

人们往往从古雕三绝中认识当时徽州人的思想道德规范与人生理想。也正因为这样，才保留了最多的人文踪迹，徽州文化得以有许多载体让人们看到了徽州文化的辉煌。不少人都提出来，今天，能不能顺其道，追其辙，再造精品呢？很高兴的是屯溪古徽风家具出现了，自己制作、销售，已经展出了自己生产的近二百种明清家具，让徽州文化载体再现，让徽州明清皇家家具走向民间，并把徽州文化木雕挂件的故宫名画推向旅游市场；黟县工艺厂出现了，他们把石雕木雕加以结合，制成的新产品已走向国内外市场；祁门瓷厂推出了徽州民居瓷板，让人耳目一新。徽州人有能力制造自己的徽州文化特色商品，徽州文化旅游开发理应发展成经济产业。在徽州文化走向全国、走向世界时，徽州文化各种产业，在政府与旅游业商贸界的支持下，也一定会兴旺起来。

在旅游经济研讨中，大家共同认为旅游的经济收入中，一定要使柔性指标上升，刚性收入比例降低，加大游客的主动消费。扩大旅游经济效益，也必须在购物上下功夫。旅游市场上的旅游物品，还大都来自外地，自己生产的东西比例很低。地方特色是旅游者的追求，这就更需要提倡发展自己的旅游商品以供应市场，更需要政策扶持，尤其是支持具有徽州文化特色的产业发展，以满足旅游者购物希望有当地产的、具有个性的产品的要求。这方面，我们还需要以发展地方经济扩大旅游收入为前提做出新的努力。

从苏州潘姓谈起

苏州潘姓朋友问及祖籍，安徽社会科学院老院长欧远方同志介绍，要我来回答。其实，苏州的徽州人，不少人当时就加入了吴县、常熟、苏州等籍。许多徽州人也因此正式被列入当地地方志的人物传中，这在水系能够通往的各地，都是屡见不鲜的。如两淮的程家，扬州的江家，湖州的张家，北京的吴家，金华的宋家，上海的胡家，如此这般，不胜枚举。但提起苏州潘家，倒是赫赫有名的。徽商是儒商结合、官商一体。徽商做生意，靠一步一个脚印发展起来。潘家是苏州官宦之家，但发展酱业倒不遗余力。当年苏州，有个说法："苏州两个潘，占城一大半。"潘世恩，祖籍歙县大阜，乾隆五十八年（1793）的状元，历任礼部、兵部、户部、吏部侍郎及工部、吏部尚书、军机大臣、太子太保，武英殿大学士，太子太傅，官登极品，一人之下，万人之上。儿子也多有官衔，孙子潘祖荫，兵部、工部尚书，太子太保，卒后还赠太子太傅。潘家在官界地位极其显赫，但秉承徽商传统，地处太湖沿岸，江南繁荣地，物资交换与人民生活的需求，把持酱业，比官位影响也不小。徽帮在苏州有两个潘，即潘岁可与潘世恩。潘岁可，人称南石子潘，拥有潘万成等九家酱园；潘世恩，人称庙堂巷潘，拥有潘所宜、瑞泰信等十二家酱园。资本雄厚，是苏州著名的富商缙绅。潘所宜生产的豆腐干成为苏州珍品，是苏州家喻户晓的特产。当时的官酱、官盐，使许多白丁也被授予"五品衔"。而苏州的徽商酱业又往往是"纱帽头店"，油酱醋酒以及大米，一概经营，还加酒菜成为餐馆，是实实在在经营一大揽子实业的垄断财团。徽州酱业连带了缸甏，又大力发展了陶瓷业，也是一大特点。

苏州为“五方杂处百货汇聚，乃商贾通贩要津”，成为东南著名商品集散中心。当时，“胥两门夙称万商云集，客货到埠，均投行出售”，“远方贾人，挟资以谋厚利，若枫桥之米豆，南濠之鱼盐药材，与西汇之木牌，云委山积。”阊门被为“天下第一码头”。还有“吴丝衣天下”之说，可见之昌盛。其中与晋商潮客角逐的徽商是不甘落后的。如当年的布商就以徽商最大：徽商汪益美布号“计一年销布约百万匹”，“增息二十万贯”，以至控用军服布和边境贸易布，一直到输向西方。如1812年东印度公司记载输入二十万匹中，两万匹运去英国，一时苏布名盖四方。客米，安徽为重要方向，茶叶则主要购自徽州。苏州成花茶之首，珠兰花、茉莉花等也是歙茶抵苏州而加工制作的。其中有徽商沟通彼此，并因地制宜再生产的一份功劳。作为消耗品的烟业，也几乎为徽州人所控制，仅徽人王德钦所办的王万泰烟铺就雇工匠近百人，开办了六家烟铺，占全市烟业的三分之一。作为八大菜系之一的徽菜，当年在苏州有八大家：万福楼、万源馆、聚成楼、聚福楼、六宜楼、添新楼、大成场口的丹凤楼、观前的易和园更有名气。其中，如丹凤楼的“滑丝高丽肉”，添新楼的“红烧划水”，都是公众认定的名菜。小羊面、凤爪面、锅面，都保持着徽州小吃的特点，特别是大宴席至今还保持八盆四菜，十大碗六小碟的徽菜传统筵席的风格特点。文房四宝由徽州到苏州，更在文人中广为接受，至今苏州人还是欣赏胡开文老字号。诸如联乡友、叙乡情的安徽会馆、徽宁会馆、新安会馆、新安旅苏同乡会、歙州旅苏同乡会甚至连紫阳书院、洪钧故居、潘世恩祖孙故居，都留下了徽州人的种种踪迹。

当年清朝苏州状元中的徽州人，就有前面提到的潘世恩，还有歙县桂林的洪钧。洪曾出使欧洲四国，徽州老乡黟县的赛金花也相随出使。此外还有休宁的黄轩等人。而早在明朝，苏州人申时行就特别重视徽州人，举许国为次辅。《浮生六记》的作者，作为苏州沧浪亭的主人，写下了生动的徽州记行，特别是对绩溪民俗“花朝会”的描述，留下了苏州人与徽州人联系的历史记录。这种更广意义上的两地关系，还是有许多资料需要补充的。

无锡归来

一个立佛88米，一只佛脚相当于一个篮球场，当然可算是世界之最、佛教建设中之最了。不过，对我有吸引力的还有“祥符寺”之寺名。此生交给黄山、交给徽州，什么事都想关联上黄山市。因为此寺名与原黄山温泉、桃花峰下的著名古刹同名，我增添了游兴。遗憾的是：黄山的“祥符寺”被一场大水冲掉了，从此不能复出。“祥符寺”只作为一个历史，留名在《黄山志》里了。

应友人邀请，我多次到无锡。因无锡也是徽商足迹踏入并留下了丰富记载之处。太湖之滨，依靠水码头发家的无锡，木材商首登此地，当年十一家大木材商中，竟有七家是徽州人。丝绸业、茶业、粮食、杂货、中医药、餐饮、文房四宝各行业中，皆有徽人。留美名于无锡的“吴桥”，就是吴姓徽商独资捐建的。上海丝茧业巨子、无锡源康丝厂经理徽州人吴子敬，到无锡视察厂务，至黄墩渡口，见众人争渡落水，顿生义举之心，慨然出资三万二千两白银独资建桥。这一儒商行为，至今还在当地人的记忆与赞颂之中。徽商重文，在无锡就有出版《唐诗三百首》的休宁人孙洙。据无锡市志记载：孙洙，字临西，号蘅塘，晚号退士。早年入国子监学习，乾隆五年（1740）中举，十六年（1751）中进士，在多处任过知县。视百姓如家人父子，捐私银兴水利。每当卸任时百姓攀辕哭泣，为他送行，告老还乡时仍两袖清风。晚年有多部著作传世。乾隆二十九年（1764）以“蘅塘退士”署名的《唐诗三百首》，也是我的个人藏书。而且现在仍在印行中。歙县人汪艺香，生活于道光至光绪年间，是无锡名医。当年无锡群众中有“病家要请汪艺香开了大门等天亮”的说法。医事繁忙，很得人心。还有徽州人的正千氏墨庄也是同样情况，等等。

平时闲聊，我讲无锡人聪明，特别提到三件事：一是面筋，一点点面，发成大圆球，又好吃，又卖钱，这与当年的无锡佛事兴盛有关；二是排骨，廉价又美味出高效，这与餐饮发展有关；三是惠山泥人，一把土一件工艺品，这些都是到无锡旅游者必须带回的珍品。但发展中都与徽州人有一定联系，如徽剧戏文，就是惠山泥人发展中的一个重要阶段。

现在的无锡，不是在“小”上做文章，而是做“大”文章，做出全国、全球之“最”。无锡的影视城之规模，家喻户晓。老朋友缪主席（市政协）告诉我：“一年有一千七百万游客，收入67亿。”一个现代工业城市的旅游收入，也够可观的了。他兴致勃勃地列举了大佛旅游的有关数字，因当时他是主管。

“开光这一天，八万多人，票价200元到800元，到随缘付给。以200元计，是一千六百万。才刚过的五一节，是七万人，每张票30元，是210万元。”他特别提到，“人多的一天，可统计的香费收入是七万元。”当然，世界最大立佛的建成，花费三亿元也是个大投入。佛身用水泥三千吨，铜700吨。是在赵朴初老人大力支持下，才得以实现的。因为“祥符寺”是玄奘亲自到过的地方，马山留下了他骑的马的马蹄痕迹。圣僧的国内外影响极大，投入虽大，捐献者也多，赠100万才给题名。捐献、随缘、门票、购物是个长流水收入。搞活一个景点，带富一方人民。对无锡人而言，“祥符寺”是又一个聚宝盆，是一棵摇钱树。无锡旅游，又增加了一个辉煌的闪光点。

玄奘没有到过黄山的庙宇，但黄山留有印度和尚开山的唐代寺庙，有向皇帝写谏诗的高僧，有岳飞留下的诗句，有唐至清历代文人墨客留下痕迹的翠微寺。还有很难得的开山祖师的舍利子。无处名山不留寺。黄山的翠微寺，还在等待关注发展旅游经济的人们的关心。一万尊玉佛已到翠微寺，这也算是翠微寺的独得。翠微寺也会“佛”光普照的。

从过去的无锡与徽州，想到现在的徽州与无锡。敢于开拓的徽州人，是有自己的作用与地位的，我经常对各地朋友说：“你们当中不少人本来就是徽州人。”这是一种历史的肯定，也有人认为是一种现实的解嘲。但可以肯定，徽州人能创造辉煌的过去，徽州人也能努力创造出辉煌的今天。

徽州人在芜湖

我由芜湖调往徽州，到徽州又常往芜湖，就像当年当兵由徽州而芜湖一样，成了与我有缘的两地。在乐意为两地发展牵线、联姻而奔波中，让我想起了徽州与芜湖的许多历史联系。徽商为代表的徽州人沿着水系，首先是由新安江而杭州、嘉兴、扬州而临清、北京。沿着青弋江进长江，通往全国各地，穿川疆以至出海逾洋，芜湖是第一立足点、第一发祥地。芜湖，东接勾吴，南连荆楚，扼中江之险，历来是兵家必争之地，又是物资集散中心，故有“江东首邑”之称。所以，徽商的盐商、缫丝印织、当铺银号、茶叶药材、文房四宝、酱业徽菜等都在芜湖占有重要地盘，也为芜湖商埠的充实与发展起到了促进作用。

芜湖合影

第一个给芜湖带来“光明”的是徽州人。吴兴周于1906年（光绪三十二年）创办了“明远电灯股份有限公司”，建电厂一座，装125千瓦发电机两台，两年后发电，供大马路（中山路）和长街一带商号居民照明，并安装了白炽灯为路灯，从此结束了芜湖用煤油灯照明的历史。他还创办了建平（郎溪）的明星电灯公司、电话局、火柴厂、食品厂、汽车运输公司、银行等十余家企业。我的这位绩溪老乡，也因此通过无记名投票被推选为芜湖商会会长。在此五年前，另一个绩溪老乡汪孟邹就在芜湖长街的徽州码头，创办了安徽省第一家书店"芜湖科学图书社"，出售新书与文具。对有各种出版社，包括家庭出版社的徽州人来讲，此种文化经商是非常高雅的，既传播先进思想也保证了行业的效益。以后，在陈独秀建议下，他又在上海创办亚东图书馆。这里，也成为上海的徽州人的集中地，1947年我随父亲去上海为皖南游击队购买急需西药，还去走访过。"亚东"，这是进步文人的聚集处。胡适曾说过，汪孟邹"为文化做了二十年媒婆"。歙人鲍实是民国《芜湖县志》主撰。其他如鼎鼎有名的保持徽派特点的铁画创始人汤天池，通草画家谢礼泉都是徽州人。在芜湖寓居多年，因"留发不留头"而削发为僧的新安画派始祖渐江，更是生在徽州、葬在徽州。在安徽最早兴办师范教育的，也是徽州人在芜湖这个水陆码头开创的：1915年在徽州公馆建徽州公学，教授初级师范生，以后又首建安徽女子公学，培养了一批批男女人才。

十里长街，雕梁画栋，晚清加上了飞鹤流丹，十分繁华堂皇。"财通四海，利达三江""货真价实，童叟无欺"，商界用语，处处可见。1876年，中英《烟台条约》开辟芜湖为通商口岸后，1877年建海关。芜湖是一个被迫开放又应该开放的城市。早就具有商埠特点，全国各地，能人荟萃于此，外国资本输入的影响也很大。五洋遍地，洋旗飘扬。洋火、洋纱、洋皂、洋油、洋烟，都走进了芜湖人的生活。徽州人作为芜湖人的一部分，也参与抵制洋货，提倡国货。当地的元春号药铺、同庆楼菜馆、胡开文字号，也都像徽州会馆、徽州码头、徽州公学一样，操着徽州官话或各县乡音的人在交易。当年的徽商诸店铺都有分号，比如胡开文就有五个字号：胡开文友记、胡开文筱庄记、胡开文方记、胡开文源记、胡开文洽记。可见，徽商在芜湖是占有一定地位的，以至今日芜湖市还留下了许许多多徽州人后裔，如胡姓、郑姓等。

前些年我在芜湖时，徽州又恰是芜湖的帮扶对象。因芜湖工业发展门类齐全，濒临黄金水道，易接受长江金三角的辐射，有相对优势。这些年黄山又在发挥独特的旅游优势的带动作用。新的形势在推动历史向前，新的关系史也在继续书写。古今结合，这种联想与联系，我想都是很有益处的。

徽州人在郎溪

在徽州人中，至今还有不少老人称郎溪为建平。祖辈在建平做生意的一批又一批，从而，“建平”也深深印在徽州人心中。

郎溪古称建平，北宋太宗端拱元年（988）析广德县置建平县至今已有千年，中华民国三年（1914）因热河省建平县同名，北洋政府以“两县同名，文递多误”，改安徽建平为郎溪县，这与清朝大量涌进建平人就隔了一层，建平旧名沿袭也就自然而然了。

从地理上说，郎溪南岭干脉由婺源入皖南境为大鄣山，历休宁，经祁门至黟县东北与歙县西北及太平县境，众脉脊起则为黄山，可谓一脉相承。无徽不成镇的徽州人，背起包袱，装着徽州馃，迈过乌鸦古道，一步步来到建平。虽然郎溪的大旱、大水、地震等灾害，太平天国多于此大战，日寇入侵，特别严重的是1878年大水，次年再大旱，发生瘟疫，百姓大量死亡，幸存者十中只一，田地荒芜，招来了大量客民开垦入籍。徽州人与当地人一起顽强地开发这片土地，并在这里扎根，建业。徽州人在郎溪世聪七坊一店开始而普遍开花，有砻坊、油坊、糟坊、磨坊、石坊、酱坊、豆腐坊、糕饼坊以及杂货店。郎溪老人总称赞徽州商人会经营、会管理、制度严、能吃苦，勤俭一生。有的店一个月四次加餐时才吃到肉，老板和伙计是一样的，将和气生财视为准则。服务耐心、细心、百挑不厌，而且很讲团结。徽州人设有会馆，既是徽州人相聚相帮之地，也是停柩待归之处。绩溪人汪恰胜开油坊兼营木材、酒业，鼎盛一百多年，店内80%是绩溪老乡。另外，他还开有粮行、南杂货、糕点铺。老字号万康酱坊也是徽州人章志樵开办，质量有保证，信用很好。万康酱菜辣、咸、甜皆备，很受群众欢迎，近年在黄山市展销，也是一抢而光。

根据史料，明崇祯至清康熙年间，郎溪有四位知县是徽州人，可见徽州人的政治影响之大，但主要的还是徽商。一个市场不活跃的地方，徽州人一去就活跃起来，就成了商贸集市的城镇了。按照胡适的说法，郎溪的发展，尤其物质交换的商贸方面，徽商的存在是最大的因素。

郎溪人说，郎溪地方上最多的是徽州人，郎溪最富有的也是徽州人。我父亲也像其他徽州人一样，“前世不修，生在徽州。十三四岁，往外一丢”。沿着扬溪—丛山关—胡乐司—汪溪渡口—鸦山—姚村—十字铺，一口河泉水，一口徽州馃，一步一步往来其间。在郎溪长乐铺，古称涛城镇的小米店，当了多年的伙计，开始走上生活的。我在思量着现在只要几个小时的当年路程，老一辈徽州人是怎样艰难地走完的。徽商的发展，也是从这艰难的第一步开始的。

运漕街上话徽帮

曹操八十三万人马下江南，运漕是裕溪河中一大码头。这里可遥望曹操点兵台、练兵场，这儿的人可以讲出一堆曹操的故事。

水路运粮叫漕运。运漕之河据说本名曹河，即曹操开通的运兵之河。一年又一年，既是曹河也是运河，也的确是运漕之河，河滨重镇：运漕，就这样定下来了。

上到巢湖而合肥，下到长江芜湖各八十里，运漕取其中，来往船只，聚此过夜。运漕镇自古酒肆茶楼林立，大街小巷俱是店面。灯红酒绿，市场繁荣。老人一谈起昔日运漕还充满自豪感。有了南北铁路与公路的今天，运漕镇也不会冷落。河面上船舶连横，运漕的青石板街道上，挤满了四方商贸客人。当年，无徽不成镇的徽州人，是会主动积极来开发这个水上交通枢纽要地的。

过去，运漕在商贸方面，徽商在此占统治地位，一直发扬着徽商勤苦创业的优点，而且具有利义结合、乐善好施的特点。因此，徽州人在此的影响，至今没有泯灭。现在运漕人还记得老辈讲的："宁好徽邦，不好当地。"陪同我的老丁解释说，徽人发仁义之财，能扶危济困，常做修路造桥、兴学建亭的公益事业。而当地人不善治业，故不好徽邦。如今，运漕虽经多次拆建，但青砖黛瓦马头墙的徽州民居尚存不少。旧屋地基上，我们也还可以看到木式结构框架。我们参观了一家较完整的古民居：四水归堂、石础、云托及冰梅木雕，典型的徽派建筑风格。主人告诉我，这是徽州人的房子。过去运漕大街小巷上，有徽商的布店、茶庄、饭铺、当铺，还有医生、教师、艺术家及徽商用的木材码头。据说，除了李鸿章家人开的面粉厂（砻坊）以外，没有能与徽商抗衡的。

走进小巷，看到一个祠堂，如今是一所医院。院长热情迎了上来，听说我是徽州来的人，他有一种油然而生的亲切之情。他说："走在运漕街上还有不少操着徽州乡音的人在交谈。我就是歙县人。我们程家在运漕也是大家族，以后慢慢都散掉了，都是当地习惯，当地语音而入了当地籍了。"

运漕，的确是徽商又一个重要的集结地。沿水系推进，顺水系发展的徽帮，在运漕留下了踪迹。我也不虚此行。

我感到惊讶

屯溪一中与北师大二附中举行联谊活动，实际上也是北师大二附中的黄山夏令营开营仪式。我应邀在开营仪式上作徽州文化专题报告。作为开营仪式上的重要内容，北师大二附中要求讲一个多小时，但即席答问也一个多小时。我按他们的要求简要而尽量形象、具体地介绍了徽州文化之后，请他们提问。北师大二附中学生的提问，紧紧扣住主题，不比我在几个大学中的讲课，学生一提问题，就扩大范围了，连个人兴趣、个人生活都作为提问内容。北师大二附中学生的切实求知精神使我感动，而更使我惊讶的是他们提出的问题。如："徽州文人多，在兴办教育方面有什么自己独特的长处？"

"徽商显赫是在当时的特定条件下，为什么现在就没有这种特定条件？"

"徽州人在发展事业中有一种向上精神，是不是与徽州山水有关系？"

"徽州朴学很有成就，是否因此创新了儒学？"

"程朱理学是为皇帝服务的，现在世界大门打开了，对今天是不会有现实意义的。这个想法对不对？还是应该说，当年就是不对的，是不是可以这么理解？"

对徽州文化，他们已经有如此深刻的理解，而且是来自北京的中学生。老师说，事先没有布置，只是讲了一下：到黄山要学习了解徽州文化并准备请人讲课，你们有什么问题可以提。上火车之前，几个同学就表达了"要提问题"的意向。说明他们为了来黄山参加夏令营，事先主动上网查阅，看了书籍。从提出的问题，就可以了解到他们是非常认真的，学习是非常自觉的。

“如此灿烂的文化，如此博大精深的文化，一定要世世代代传下去，使她永远立于世界文化之林。”在美国马里兰州，专门召开过徽州文化国际研讨会。在美国波士顿以休宁一幢古民居“荫堂”为核心建成了徽州文化博览馆。对新儒学的研究，对儒家伦理观念的研究，已成为世界学术界的一个重头戏。日本一些大学认为，没有研究徽学就没法讲宋史、明史、清史，以至没法讲中国艺文、中国医药、中国建筑、中国商贸等。所以学者们不间歇地来徽州研学。这次见到的北京中学生，他们再一次提醒我：不能像我自我评价这样只是“略知一二，不甚了了”，更不能“身在芝兰之室，久而不闻其香”了。徽州文化的馨香，随着时间的推移，会传得更远更远。感到欣慰的是：黄山学院已率先开讲徽学课，并已有了规范的徽学课本，他们是普及徽州文化的先声。这是值得庆贺的！

“扬州江姓与徽州江村”初探

扬州江姓多次寄信至徽州江村寻根，江村在徽州（今黄山市）几乎各县都有。歙县江村、黟县江村、旌德江村、婺源江村，都是名门望族。足足四十本宗谱，完整无损的记载。我偶然发现江家有如此珍藏，也觉得十分惊讶。

徽州人大部分来自中原，由于朝廷更迭、战争频繁，许多大家族举家南迁，看徽州四面环山，关山阻隔，信息易断，又山清水秀，气候适中，民风淳朴，就择地定居下来求得发展。汪家、胡家、周家、崔家、张家以及金家、程家等都来自中原。

江氏，谱称“济阳江氏”。济阳一世是汉封齐相江革，而为现存“统宗世谱”之始祖，但开宗江族中重要历史人物尚有十世晋太子冼马江统，十六世宋金紫光禄大夫江淹，之后突出的是宋理宗时的江万里：皇帝以手书孝经赐臣万里，“臣昧死言臣不肖备位宰辅，玩岁愒曰，无所云补”，说明位至丞相。因处于贾似道知扬州后不断加官晋级，位登极品，独揽大权的阶段，与另一个徽州人位至丞相的程元凤一样，任期不到一年就下了台。程元凤1257年任丞相，次年四月罢官；江万里1269年任左丞相，次年正月罢官。迁婺源的有潜潭官至兵部尚书，迁鄱阳江家湾的有永康丞相，迁遂安的有兵部尚书太子太保，俱列谱系。

其实，江氏自少典历八世而生伯益（又名柏翳），尧时为典虞之官职，舜使佐禹治水有功德于民，赐姓嬴氏。载史记通鉴，生三子，封其季子玄仲于江国，后裔固以国为姓，此为江氏受姓之始。由此可知革之前是：颛顼至伯益—季子玄仲—周东京郡王济四代人继。宋太平兴国初，江汝刚领歙县节度，任满，卜居于歙北。济阳江氏入歙却在唐广明间，遇黄巢战乱迁居徽州篁墩。在徽州地区，不仅府志、县志、山志齐全，不少村落还有自己的村志，《橙阳散志》就是一本非常完整的歙县江村村志。因聚居于橙子陪而称村为橙里，因聚江姓人而称江村。该村志浩浩十二卷，洋洋八万言。宗系、人物、建筑、村景、桥祠、物产、风俗，样样不漏。志中还有乾隆撰稿，有兵部尚书江兰等人专传。社序、馆序、簿序中，都极赞江村人文鼎盛，从而赞颂道：“山水秀绝之区即人文渊薮，以其灵之所毓而独厚也。而山水之秀莫过于新安。”人物传中特别提到了江春。他经商于扬州，练达明敏，熟悉盐法，才略雄俊，举重若轻，推为商总。两淮盐商徽歙势力最大，载入扬州史志的有汪廷璋、汪应庚、黄应泰、徐赞侯、鲍家兄弟、黄氏兄弟、马氏兄弟七大家。但最著者，当推江春。高宗六巡江南，他家接驾六次，皇帝还借金五十万，并恩赐寿杖，御书“怡性堂”匾额，沐恩最渥。以一布衣上交天子“一时异数，诸商无出其右者”。按皇帝之愿，他在扬州二十四桥旁筑起白塔，他在扬州有五处园林。四大徽班从扬州进京，是因徽商扶植培育而成班，皇帝南下又多从江春等人家中看过徽班演出，是早就情有独钟的。而其中最大的花部戏班——春台班，就是江春在扬州创建的家班。江村江家买下歙州练江南岸大片土地为墓道，还买下了通往绩溪的大道，除江村八景外，另有巡抚坊、御史坊、四世一品坊、四世廷尉坊，从中可见村人之显赫。

江村“艺文”厚厚一卷，其中写黄山的诗就有十一人，共十九首，江春一人五首。江村人在外的影响就可想其大概。

一千多年来，江氏日益繁衍，从歙县江村总谱中看，有六大支系：婺北、婺西支，兰溪、遂安支，黟北、休宁支，泾东、旌西支，鄱阳、江湾支，还有府南、歙南支。中华历史源远流长，未来将更加繁荣，人物与事迹也将更加辉煌。

（1992年的文章，内容上以后有许多新的补充与修正）

给徽学会的一封信

安徽省徽学会的朋友们：

你们好！

祝贺新一届领导班子诞生！祝贺徽学会事业在新班子领导下不断发展。

我已年过八十，不宜在位，只宜永远在岗，请求免除副会长职务。

三十年了，与徽州、与徽州文化、与徽州文化研究、与徽州文化研究专家、与徽学会，结下了不解情缘，并已根深蒂固、“入骨三分”，因此，是永远不会分离的。而且我深信：徽州文化是中华文化的重要组成部分，是中华文化在徽州的厚实沉淀与弘扬。徽州的文化体现，使徽州成了东方文明的一个缩影。徽州文化是一个极富文化的金矿，挖掘与勘探，都是同志仍须努力的。专家们的辛勤耕耘，已做出了许多历史功绩，做出了许多对中华文化的补充与丰富方面的积极贡献。今后，徽州文化的研究，在展示中华优秀思想文化中，还会焕发更绚丽的光彩。比如，中国人的精神家园，在徽州文化中可找到答案；中国的精神支柱、生活方式、为人处事标准在徽州文化中可找到答案；中国人对社会、对他人，总的思想指导与走势，在徽州文化中可找到答案；全世界都在关心中国人如何崛起与崛起后向哪里变化的问题，徽州文化研究可给世界一个答复。而且，这些都是徽学专家们用史实、用人物、用人物的言行与事件，自然地在古为今用中加以说明的。

徽州文化的研究，从地域讲由本地外地、到本国外国，从内容上讲由过去到现在、由历史到现实，这正是徽州文化研究的丰富性、全面性、传承性带来的必然性。徽州文化中特别是徽商的儒商思想中，所体现的以儒家为主的中华优秀思想文化："以仁义为本、以诚信为质、以包容为性、以和合为象、以和谐为归"等许多理念已经进入世界思想文化宝库，为世人所共同接受。如"和平与发展"两大主题，因为中国的介入，而加进了"合作与共赢"。这，也是徽州文化中经常生动地形象体现的"和合"思想；世界近代经济，在中国推动的世界范围的经济发展中，提倡发展"包容性经济"，这也是徽州文化行为体现中屡屡可见的。"包容"就否定了"对立"。实质上，徽州文化研究，正在为"中华和平崛起"与"建设文明国家"进行诠释，是生动的、具体的、形象的、可信的、有权威的诠释，因为徽州文化的传承性中，还具有经典性。徽州文化的研究，与大势相结合，与社会发展相结合，与繁荣经济相结合，与道德规范、行为规范、价值观念相结合，这些都是必然的，不多谈了。许多专家，从第一步"保护"起就做了大量有效的工作，因为"保护"是基础、是前提，又是专家们实践徽州文化研究扎实的第一步。几十年走过来，大家都有深刻的认识，积累了丰富的经验。我是敲边鼓的，呼号呐喊的，对徽州文化研究只是浮光掠影，一知半解。"小车不倒只管推"，向各位专家学习，向各位专家的成果学习，我是始终不渝、一直到人生终点的。

祝贺换届圆满成功！祝有徽州情结有徽州文化情缘的全体专家和"四方众乡亲"工作顺利！精神愉快！身体健康！

（张脉贤2014年8月16日凌晨，整理于屯溪寓所）

杂谈语言

——旅游工作者的一点体会

“语言以思维为根据，思维以语言为外壳。”语言，是人们交流、交换、交往、交融的桥梁。社会，是人与人关系的总和。没有语言，人类社会就不能存在发展。在社会上，人类语言是最活跃的因素。语言，在人类进化与发展中起到巨大的促进作用。

中国是五千年文明古国，是世界上四大文明古国中唯一一个文化不断传承、不断发展的古国。语言伴随文字的发展变化而发展，文字也同样随语言的发展变化而不断发展。悠久的历史，文化的继承与弘扬，决定了中国语言的历史价值与现实意义。在联合国文本中，四种语言，中文最短。但是，正如习近平主席在巴黎联合国教科文总部讲的，“文明是多彩的”“文明是包容的”。他引用了莱布尼茨的话：“唯有相互交流我们各自的才能，方能共同点燃我们的智慧之灯。”我们努力吸取了各民族的优秀部分才更加优秀。各种语言，也在各民族交流中得到充分发展。中国文字，从会意、象形等六大创字法中形成。几千年的实践，充分表现出了相对的稳定性与继承性，表达内容的丰富性，语调语气的生动性，因此，越来越广泛地引起各方面的热爱与赞赏。

近三十年，中国的改革开放，更加面向世界，使得世界更加认识了中国。国家的飞速发展，使得各方都想更多地了解中国、深入中国。语言这个桥梁，也在新的角度与深度，引起各方的重视。四百多座孔子学院，正在全球发挥明显的作用。

我入伍25年，从政25年。后半生以文化与旅游事业为主，有些见闻，也留下一些深刻的记忆。

1992年，我们国家旅游局（今文化和旅游部）组团，由我带队在欧洲四国旅游宣传。在慕尼黑时，城市观光汽车导游通知懂英语的上A车，其他语言上B车。我们宣传团，除了我不懂外语外，4个懂英语、4个懂德语，就分别上AB车。哪知女导游却说："你们中国人上错了……"驻欧办事处于主任就据理以驳，说是按你要求上的车，她还不服。上车后打开了译意风，有多国语言，没有中国语言。主任问导游："你知道联合国有几个常任理事国吗？"导游不作答。主任再告诉她："中、美、英、俄、法。你有英、俄、法语，为什么唯独没有中文？"导游说不出所以然。主任为了她乱批评我们，小小"报复"她一下就算了。其实，那时中国旅游才起步，国家在解决独立之后，主要在解决吃饱穿暖。总的说，国家比较穷，国际旅游中国排第104位，根本谈不上国际旅游。这30年，中国发展到41位，而13位，前5位。现在，在全球不管是国内还是国际旅游，都稳居总量第一位。1992年，我去昔日奥匈帝国的皇宫参观，只记住了美泉宫与茜茜公主的电影摄制有关系，其他一无所知。这里既没有中文说明，也没有中国语言导游。2016年4月，我再次去皇宫，不需要导游了，既有中文说明又有中国语音录音解说，中国语言、中国文字，给我带来了很大方便。这样我才能更多地了解欧洲历史。奥方也更好地宣传了自己。这个交流，才有广泛性。"历史是最好的老师"。历史是文字记载的，历史是语言表达的，为了了解世界，人们在努力掌握语言工具，这已成为人们的一种自觉行动了。

1991年，推介黄山，首先去了美国。我先学了一句英语："对不起，我不会讲英语。"夏威夷海关官员："哼哼。"又继续问："从哪里来？"我答："中国。"又重问："从上海来？从南京来？到哪里去？"这就麻烦了，先想起了夏威夷，不对，“火奴鲁鲁”，还继续问。他忘记了我开始就讲了我不会讲英语，大概讲得比较标准，他“哼哼”一下还一直问，问了一大串话，我露馅了，抓瞎了。他才想起我开始讲的，我不懂英语，叫了一个懂汉语的人来。这位临时翻译主要问我来干什么？带了些什么东西？我主要访友和推介黄山，带了“文房四宝”作礼品。华人一听就懂，黑墨多锭，别以为是烟土。

于美国夏威夷

晚上，看完夏威夷草裙舞晚会，已经夜里12点，走上大街，熙熙攘攘。这么多人从哪里出来的？欧美旅游城，大力发展夜生活的原因。随我出访的老汪，步伐慢，一会儿追上来了：“这两个女的跟我几十米了，很热情，她们讲什么？”他英语是一句也不会，想让我了解了解。哪知，两个女的，已经上来，直奔主题：“我爱你！”明显，妓女！很快亲吻的动作上来了。“不！不！我们不干这种事！”我一句话，她俩自动离去了。第二天导游见面时，讲起昨晚“艳遇”，他说，政府明令禁止的。你非常严肃地：“不！不！我们不干这种事！”那她更加害怕了。警察发现，罚款五千。她不敢停留。一次我接待日本友人，主客准时，翻译迟到。我只好勉强先用日语讲：“欢迎，请坐！”并亲自泡了一杯茶，又用日语讲：“请！”几句寒暄应酬话，克服了尴尬场面。

我深深觉得世界是开放的，世界是一个地球村。要在世界上活动，世界上的交流靠语言。语言真是重要。所以有人问，你跑到外国，经常一个人，怎么跑法？20世纪90年代，我六十多岁了，去比利时根特大学中国文学院讲徽州文化，前年我八十岁去菲律宾拜见议长王福棉先生，都是我一个人前往。大家知道我当兵25年后回地方，从企业到政府，是根本不懂外语的，所以总有个问题："怎么跑的？"其实，出国前，我都做了点准备。不在功课，而在语言。有几十句生活交往的语言。如英语地区我有个"杀手锏"，就是："你们哪位讲汉语？"

到八十岁时，一人去菲律宾进出海关，就难一点了。但还是过了，也没找到会讲中国话的人。我想，现在、将来，全球都在学讲中国话了，我们也就更方便了。但我还是深深感到，语言是个交流的工具，非常熟练掌握各种语言的人，总会有更多的方便之处，有利于促成事业。而且形势的变化，对讲汉语的中国人来说，也必须在语言中再多下点功夫。

中国是文明古国，软实力强大。四大文明古国，中国是唯一一个五千年文化史一以贯之、传承发展的古国。在语言运用上我国有非常特殊的条件：有一万余首古诗词可借用；有三千年文明史中许多古人言论可借用；有一代代人丰富生活中不断创新出来的警句、俗语、俚语可应用。其中，最突出的是智者名言，表达生动，形象多彩，内涵深刻的言语，往往在中国人的讲话中自动涌出。我很喜欢阅读习近平主席在欧洲的四次讲演，旁征博引，引经据典，古为今用，使听者从他讲话中学习"观察中国、研究中国、认识中国"。习近平主席说，中国自古就提出了"国虽大，好战必亡"。我给美、法旅游团讲中国字，都不忘记讲：中国人发明"武"字，就是"止戈"，就反映了中国人对待战争的态度，大大增强了语言说服力。

国语，具有语言的数千年积累，为今人创造了精确表达与情感表达的条件。我们做工作就是做人的工作。旅游，更是一种人间友谊传递的事业。因此，焕发情感，以情入理，更有作用。我从芜湖调到黄山，首要任务就是按邓小平同志1979年到黄山时提出的"要把黄山的牌子打出去"的要求，把黄山的牌子打出去，体现黄山的旅游价值，把旅游作为产业做起来。黄山，是黄帝升天的山，得名与老祖宗轩辕黄帝有关系，是文化之山。但首先是自然风光。我推介黄山，就借助中国文学的助推力而来谈：黄山之奇、之险、之峻、之秀，都具备，但关键在一个“变”字：“他山以形胜，观可止；黄山以变胜，观无穷！”自古黄山云为海，东海西海南海北海。云以山为体，山以云为衣。云遮雾罩，虚虚实实，若有若无。有时，千帆竞发；有时，渔舟点点；有时，乱云飞渡；有时，彩云追仙。给人一种飘飘然而入仙之感。黄山，是一座多变的山，一座不可捉摸的山。再说黄山雨量是全国平均雨量的两倍。因此，黄山具有少女羞涩之美，“犹抱琵琶半遮面”。再加上立体性气候，一山分三带，上下不同天。“东边日出西边雨，道是无情却有情。”中国语言的修辞格：拟人、排比、起兴等，也都提高了语言的感染力、穿透力。由于我的语言习惯，顺手拈来往往脱口而出，所以几次推介黄山、徽州之后，被误传为“诗人”。一次，日本四个记者来，一见面就要我写诗。我即用藏头诗予以回应：如一位叫花岛尧春。我们在花溪宾馆宴请，当即顺口溜：“花溪水涟涟，岛上语绵绵。尧舜今犹在，春风满人间。”作了点解释，送给了花岛尧春先生。中国，是一个诗的国度，诗的语言表现力强。强在于精粹、形象、情感，而且富有音乐性。借用诗句，这是中国人与世界各国来往中，语言上的一个极大特性。

当中国面向世界之后，世界也在面向中国。大家首先予以关注的就是语言。中国人，会以自己更具人性情感，更加说明文明古国的内心与外在的双美语言，成为全球共同享受的一种生活、一种欢乐、一种交往。语言，是一种升华思想，沟通东西方人们基本价值观念的金色友谊桥梁；是东西方人民在共同创造未来中的一条彩色的人文纽带。我决心永不停止地在语言上下功夫。

（八十四岁写于黄山）

文艺创作的关键在于深入生活

聆听了平易和国华的讲话，我有一个想法：回顾过去，三代同堂，文学创作，硕果累累。三代同堂非常重要，这三者的结合是最强、最理想、最完美的结合。什么时候都是这样。这使我深深感到，我们在座的文艺队伍是一支实力强大的军队。对此，我很高兴，出现这支实力大军不是一朝一夕之功，是长期磨炼出来的。我也较长时间在文艺创作的战线上挣扎，但没有结果。

想当年我在部队就爱好文艺创作，写过小说，诗歌，写过歌词，为歌剧谱过曲。我写过两个歌剧，一个歌剧是《金刚山上的故事》，写的是两个志愿军战士，为救八个朝鲜妇女，壮烈牺牲的事。一个是《让地》，写的是军民关系。我所谱写的十一个曲子，现在只保留着其中的第一个曲子。王石祥，曾经是我的战友，就是《十五的月亮》的作者，最近给我寄来一本书，这本书已纳入世界文库，境界很高。我放在家里一天不到就被人拿去了，我还想再向他要一本做纪念。他出第四本诗集的时候，有我为他改过的诗文。现在，在拍照片的这位诗人阮文生，还有我们的社联副主席洪玉良都是我们黄山有名的诗人。时代发展了，你们肯定都会超过王石祥。王石祥现在退休了，但是影响还在。人退休了，文艺创作退休不了。

我想，回顾历史，展望明天，大势所趋，重任在肩，任重道远。可以说是呼声阵阵，在召唤我们的文艺工作者，用你们的笔和智慧，创造时代的作品，出更多的精品。我们要

著名军旅作家王石祥来徽州研讨古徽三雕

奋发精神把文艺推向前进。因为文化是随着人类的出现而出现的，随着人类实践的发展而发展的。人类消失了，文化还在。对人类来说，文化是永恒的。在进行文艺创作的过程中，我们创造者的地位是很高的，古往今来都是。

谈到文化的概念，我们最容易想到的是这次党的十七大的要求。的确，我们赶上了一个盛世。而今天，我们是一个盛会。在我们党的十七大报告中，把文化作为一个专项提出来，这个报告提的是什么内容呢？最让我们关注的是“两大一新”，“文化要大发展，大繁荣”，“要掀起文化建设的新高潮”。“两大一新”是党中央的号召，是形势的需求，也是我们的责任。把文化的要求，作为专门的一章写进党的报告里，提得这么高，这在历史上是没有过的。党的六大的时候，毛泽东主席在延安召开了一次文艺座谈会，在会上做了个讲话，讲了“双百方针”。这个讲话一直影响到今天。这次党的十七大上还特别强调了文化的两种力量，即文化的凝聚力和文化的吸引力，综合起来就是文化的软实力。在我们党的报告中提出软实力的概念是非常有创新意义的事情。因为软实力这个概念是1992年美国哈佛大学的教授约瑟夫·奈提出来的，提了十几年了，在世界上有一定影响，却没有引起广泛重视。我们中央主张文化的多样性、多重性的态度，也是我们中国人历来的思想——包容性思想的体现。中华文化讲究诚信、仁义、和合、包容，这个包容思想是中华民族的优良传统思想。

与埃及驻华大使、我国驻埃及大使一起谈文化

世界四大文明古国，其中如今的埃及已经阿拉伯化了，古埃及的古文字也已经失传，现在只有在法国巴黎的协和广场上还留有一个碑文。上面的文字谁都不认得，是古埃及的方块体文字。我拍了碑文，由于相机问题，没有拍出来。日后大家若去巴黎，请务必帮我拍下碑文来。古埃及文化已经中断。而现在的印度被英国统治了二百年，印度文化也已经中断。印度的国教是佛教，但佛教在中国得到了发展。佛教传来中国后，经过六祖慧能改“渐悟”为“顿悟”，融进了中国儒家的修养思想。“自修自行，自成佛道。” “心平不用操戒，身正何须参禅。”（《六祖坛经》）这已成了中国的佛教文化。古巴比伦找不到了。只有中华文化五千年历史一以贯之，发扬光大。五千年文化要从黄帝开始，这次我们到太平去，在太平有了新的发现：当年我们这里有轩辕古刹、黄帝宫，当年祭祀黄帝时用的是甲骨文，如“至德安天下”，反

映的正是黄帝的思想。我在几年前就提出过我的猜想：黄帝死在黄山，李自成也是死在黄山。这个猜想，是以民间传说为推理根据的，结合了历史学和旅游学而提出来的。

作为文化来讲，我们这里是有特殊的环境条件的。中央提得这么高，形势上也很明显，已经到了今天经济发展到一定程度的时候，文化高潮肯定是要兴起了。提到软实力，恰恰是我们中华民族最大的优势。中国的文化五千年一以贯之，外国的宗教传到中国后就变成了中国特色的宗教，犹太人来中国，也成为中国人的一个组成部分。中国人的包容思想，是种强大的文化力量。从内部来讲，我们身处黄山市，徽文化的影响很大，北到白山黑水，南到天涯海角都在研究徽州文化。海南徽学会的朋友们第一天开成立大会，有一个同志做报告说，“天涯”两个字是徽州人程哲写的。为此，那天大家都很兴奋，都喝了很多酒。我在休宁讲课时说过，“岳阳楼”三个字是休宁人写的。在中华文化中，我们徽州文化所占的地位是相当重要的。徽州两百年前就有程亚星、李萍这样的才女，就有徽州的“李清照”。比如休宁的汪蕴玉，就是徽州典型的女诗人。徽州的文学创作比较侧重于自我欣赏，不太对外推介。现在不同了，我们主张要大胆地向外推介，要打破保守观念。我们的作品已经是硕果累累了，但对外推介得还不够，还要加倍努力。我们身处徽州，研究徽州文化，还算星星点灯，没有形成大趋势。有人说，我们这里是中华文化的儒学圣地，因为文化的群众性、普及性、认可性只有在徽州这里才得到了充分体现。北方由于战争频繁，对文化的破坏很大，只有在徽州才沉淀积累起来。就是星星点灯，对我们来说任务也够大了。当然，在社会推介方面，影响也不小。据全国统计，发表徽文化文章最多的是我们黄山学院和市社联的两大杂志，他们在全国影响很大。

客观形势要求我们，要加倍努力。的确，我们在文艺创作上要进一步发展，要创作出更有分量的作品。到了塞纳河，就想起了巴尔扎克；到了莱茵河，就想起了歌德；到了顿河，就想起了托尔斯泰。到了新安江呢？我们黄山的作家，一定要善于发现典型，收集题材，捕捉最敏感的信息，塑造最生动的性格。因为文学就是人学，是以人为中心的。创作的关键在于生活，在于深入，在于对人的了解。所以最关键的还是生活。我们只有了解这个时代，这个现实和现实生活，才能创作出更好的作品。我们要出巨著。历史上我们有作家，有诗人，但著名的小说家不多。所以提到四大名著，是和我们一点关系都没有。现在能不能出巨著？可以！而且要出在徽州。我们这里有厚实的生活沉淀，厚实的人物积聚，厚实的文化平台。这些“厚实”，经过我们的挖掘都可以成为巨著。我们要出版一些影响一代人生活的，走向世界的作品来。

都说徽州是龙兴之地，出了两个主席，在政治上已经是最高峰了。最近我在休宁讲课时又发布了一个新闻：休宁还出过一个皇帝。朱元璋的第四代祖，是从休宁的月潭到江苏句容的。徽州不单纯是出文人、商人的地方，也出过皇帝。

有人说我们这里文人多武术不行。最近搞了个“黄山论剑”，一点徽州武术都没有。我认为既然是“黄山论剑”，一定要把徽州武术融进去。徽州武术有自己的特点：一、不是用武术来找饭碗，是为了自卫。找饭碗是要靠学问的；二、不带武器。随身的扁担、担拄、腰带等都可以做武器。像腰带，只要沾上水，爆发力很强的。中华文化的很多方面，徽州文化都可以与它相对应。这里也是武术之源，在这里就不多说了，内容太多。我曾在比利时根特大学讲了一个月的徽州文化系列讲座。

我们大家，的确是任重而道远。要出一些巨著，要出生活的百科全书，要出像徽州这么大影响的作品。以后你们写作品时，我愿意介入你们原始资料收集的过程里去，因为我是个老徽州，也跑了不少地方，积累了不少生活经验和素材。徽州最后一个翰林许承尧老先生，我见过，曾在他家生活过。如果有人打算写尧老，我应该可以给你们帮上一点小忙。由于在座各位是我们黄山强有力的队伍，我对你们满怀信心，加上我们有着厚实的生活基础，有着创作巨著的环境。而且我们有组织了，有阵地了，也有着优越的环境——文化环境。这次刘部长来黄山，说我们这里有个特点，即人人讲文化，领导讲、群众讲、连服务员都讲文化。这恰恰是我们的氛围。这个氛围很适合我们在座各位发展。加上各级领导的支持，环境就更优越了。要把黄山建设成为文化大市更要靠你们的努力。我们写作品就是要讲名利，要出名。在这里，名利思想需要重提。我们要重视名利！我们的老乡包公曾说过："名，圣人所贵者。"真正的圣人，有才干，为社会做贡献的人，是很在乎名的。名对大家来说是个很好的事情，可以让你更加严格要求自己，更加奋发向上，更加规范自己，走正确的道路。利，取财有道，创作也要有一定的物质基础。

没有徽商，就没有现在徽州文化的大量沉淀；没有朱熹的思想指导，也就没有徽州文化；没有我们在座的各位社会成员，奠定我们徽州的社会基础，也不会形成徽州文化。这是我们徽州文化形成的三个基础。所以说，进一步构成我们黄山市的新的文化大市这样一个新的理念，新的经济基础，新的社会发展，也要靠大家的努力。大家的努力定会促进我们社会的经济发展，也定会促进我们的文艺创作。大家一定会在各自的创作中使你们的名字更响！我来这里写的第一篇文章是20年前写的《流口更声》。我写的第一篇序言，是给你们文联周主席写的。我和文联，是一开始就联系在一起的。而文学创作，也是与我的一生都紧密联系着的。

山西人是头等人做生意，四等人才去读书，这是雍正讲的。徽州人是"第一等好事只是读书"。可山西已有"乔家大院"，还有话剧《立秋》，影响都很大。我们还没有，还在等大家生活、创作。我认为大家一定能创作出更多、更好的作品来，你们的名字一定会像王石祥、汪蕴玉、汪道昆那样响亮！我就边想边讲，讲这么点感想。谢谢大家！

（本文系作者在市文联一次会议上的讲话）

贺宣徽文化旅行社成立的信

宣徽文化旅行社的同志们：

家乡的第一家旅行社成立了，我向你们表示热烈祝贺！旅游是一个文化型、外向型、外汇型的朝阳产业，已经是世界最大产业。绩溪又历来文风鼎盛、人文荟萃，徽文化之乡、礼仪之乡、文物之海，开发旅游，大有可为。

“搞活一个景点，带富一方人民。”我这个观点，也会为你们和实践所证明，当你们架起了联系的桥梁，系上了友谊的彩带，各方人士到绩溪观光时，也是绩溪经济的进一步兴起日。我祝愿你们为乡亲们做一件好事，做一件造福人民的好事。

此祝事业兴旺！

（1991年于合肥）

黄帝与黄山

黄帝，中华民族之始祖，属三皇之末五帝之首，这是《史记》上有文字记载的。黄帝的丰功伟业，在于奠定了华夏族的根基。由于卓越的领导才能和战功，他从中原崛起，炎帝失势，小国争斗，社会混乱，黄帝统一。蚩尤起，欲霸中原，黄帝对蚩尤进行了逐鹿之战，激烈战争的结果，蚩尤被打败，黄帝取得辉煌的胜利，平定了天下，被推举为天下盟主——“天子”。此时，却杀出了个共工。此人非同小可，他要与黄帝争天下，与黄帝交战。黄帝已按大家的推荐要交班给他的子孙中最能干最有威信的颛顼。可见，这时他与共工交战是他稳定中国的关键一战。打得很艰辛，很艰苦，因为黄帝使用的兵器是玉的，比炎帝、蚩尤使用的石器要先进。而来自水之边的共工，用的是最先进的铜制武器。石，是采的；而铜，是需要冶炼的。物理变化后，产生了一种新的物质。这种物质，做武器，是当时最先进的武器。“炼”是当时的伟大创造发明。由于黄帝德治天下，部落归顺，都听其调派，他终以百倍之众战胜共工。能用铜头“撞倒不周山”的共工，也终于被黄帝打败。黄帝也因此而发现了更具先进性的南方。现在已证明，南陵炼铜有五千余年的历史，铜陵一带本是古铜都。黄帝对当时北方还不具备的先进冶炼技术产生了兴趣。战事已平，多年鏖战，颛顼已经成熟，黄帝原先就有的退隐思想，此时高速发展。在南方，造山运动造出的黄山，四边是造山带出的丘陵，还散布在水网之中。青山绿水并存，仙云飘拂，如身处仙都。黄帝找到了梦寐以求的仙境，同他紧紧相随的浮丘翁、容成子，也都因此地超然，加上年老，他们追求脱俗的愿望更加强烈。

一日，他们决定险登黄山之顶，以探究竟。见彩云自日边升起，空中似有仙乐阵阵。黄帝说："我们就在这里修行，洗脱战争恶魔的阴影，洗净我们的灵魂，上天一定会欢迎我们。"他们开始了吃黄精，采野果，炼仙丹的修行活动。日复一日，皆有奇效：脸色白了，头发白了，与天空中的云同色。黄帝感叹："我们快要与白云融为一体了。天帝正在等待我们，欢迎我们。"他们更加专心修炼，一年又一年，各自在自己修行的地方，成了童颜鹤发的老者。人，越来越轻盈了；心，越来越平静了。静而生悟，悟而成仙。他们朝着自己确定的方向——天，而安然死去。

时隔许久，人们才发现，黄帝不见了，他的随从也不见了。按照他们自己的追求，在这里逐次升天了。

人们开始注意到黄帝的遗存。其实，他的天时、地利、气象，最丰富，最有影响的《黄帝内经》《黄帝外经》等医学书籍，早已汇集，留给人间。《外经》37卷现已不可见了。而他的思想，融入黄老学说之中，道教尊他为道学之祖。黄老学说，奠定了中华文化之根基。

许多许多年后，一位法师来到黄山。兴趣之极，他预言"黄山的事业会大发展，因为黄帝在这里升天，他的侍卫官来了"。历代皇帝因为追随黄帝这个中国第一个"天子"，才能成为天子，天之子，才能一起上天。因此，历代帝王都在黄山会集，历代帝王的侍卫官也都在黄山。他们保佑黄山的安宁、稳定、发展和繁荣。

黄帝生于黄土高原，归于黄山。八卦中黄是土，居中。黄帝生于河南新郑，号缙云。出生的地方开展祭祀活动很有影响，浙江缙云也在大力宣传。《史记》上记载了黄帝墓。陕西桥山有黄帝陵，河南灵宝有黄帝墓。史称黄帝不死。黄帝不死，焉何有墓？庄子讲"得道成仙"。黄帝讲过："人乃天帝之子，有德者升上天。”他当然是有德者，当然是升天去了。凡黄帝墓，都是衣冠冢。黄帝人哪去了？庄子说：“得道升天了。”哪里升天的？唐朝皇帝讲：“在黟山升天的。改黟山为黄山。”都说他乘龙而去。战争结束之后，黄帝追求超脱，来到了更先进的南方，追求“上天”，实现理想。仙境般的黄山，自然成了他的理想归宿。所以黄山脚下，早就有“黄帝宫”“轩辕古刹”。还有祭祀黄帝时，留下的甲骨文“至德安天下”“高祖黄帝乘黄龙而去周宣王”等，这正是黄帝之所以成为黄帝的写照。而且祭祀活动用的是三千年前的文字：甲骨文。这是多么意味深长。至今，黄山脚下还保留了纪念轩辕黄帝留下的民间活动——“滚车”。黄山周边与山上一共还留下一百多处与黄帝有关的地名、景点名……再想想良渚的五千年古城，想想在黄山盛产炼丹的朱砂的温泉，黄帝老死在南方神山——黄山，就更可以认定了。

西海“步仙桥”颜容待展

“步仙桥”景区是黄山管委会开发的新景区。过去，人们只在排云亭遥望西海，深奥莫测，可遇而不可及。曾有一批大学生探险贸然走下山谷，最后依赖于武警战士救出山谷，险遭不测。现在，由天海直下西海，六个观景台，十个泉水流淌处，五十一个景点，观赏者应接不暇，赞赏不绝。联合国教科文组织官员桑塞尔博士，走到“步仙桥”，立即停步，要卧石感受黄山仙气，感情冲动之极。最后他说道：“我经手报批的山岳风光没有一个超得过黄山。”与步仙桥景区，给他留下难忘的记忆是相关联的。

天海往下不过一里，过了“壁挂松”，第一观景台就处于“人间天上”。群山起舞，云彩飘忽，时隐时现，都认为这是人间天上，天上人间。以后再拍七仙女下凡，就在这现场取景，真切可信。再下，右手山石峰之上，石形如“天鸡下蛋”。再往前，峰上一人魁梧雄壮，俨然为一“镇海威灵”（镇海神）。再往前，右手山石上一鸟爬壁上，犹如“金丝待哺”。远方，出现一奇景，一石横空，实为一横长黄山松，看起来软硬兼有，富有弹性。我们认为只有大闹天宫的孙大圣能在此间活跃。西海本属西天，从此一路直上西天，取名“悟空跳板”。下得坡来有个半开洞地，如建“挂壁茶亭”是正得好处，继而进入峡谷，陡壁，一仙人集结之地——“琼瑶仙境”。进入“仙人双洞”，越“步仙桥”，过“一步桥”。此处有佛光，“佛光普照”。下九曲十八弯，进入“龙蛇道”，憩息于“华盖杉”。左侧“仙人踩高跷”。上端有“轩辕墓”，轩辕升天，俗骨留此。前方远山，松石结合，似为骑马张弩之武士，故名“西海卫士”。再前行，右前方山峰上，松石结合如“文殊打坐”。再往下，左前方，童子群、仙人踩高跷后，一小鸭行走蹒跚，总称“童子戏鸭”。下到山谷，双溪口，右前方，巨石人如披大氅，名“关公护法”。再下谷地，溪水潺潺，回首山峰上，唐僧取经上西天，孙悟空跳到望太平处观动静了。猪八戒偷溜到“龟蛇石”正面半山腰，窥视绣花仙女去了。沙僧正在登山。只有唐僧一人骑着马，近钓桥庵，古树古道，幽静无人。过“白条鱼桥”，唐僧经此遒，水隔断路，观音令白鱼仙子溯大平湖水到此，成此桥面，从此方便行人。“木石桥”“九曲瀑布”“和尚坐禅”，出小肖山，双龙潭，并有“仙人浴境”。全长5000米，5000多个台阶。山而水，水而桥，桥而路；山而峰，峰而松，松而石。一趟西海步仙桥景区浏览，周全的观赏，舒心的享受，自然的熏陶，一定使你感到惬意。来吧，黄山新景区在等待你的到来。

按府衙特点建府衙

这几年，从文化角度考虑，我市有五件事，我很有兴趣，一直在记忆之中。一个是西递、宏村正式被批准为世界文化遗产，一个是休宁建设了状元博物馆，一个是歙县出版了《歙县民间艺术全书》，一个是太平出版了《黄帝研究新论》，最后一个就是歙县修复了徽州府衙。

徽州府衙，应该是一个精品工程、经典工程，又是一个龙头工程、示范工程。悠久、丰富的中华历史文化的展示中，传承徽州厚实的人文历史，她有很具个性的特殊地位，她会起到带动其他、影响其他的作用。府治，是中国二三千年历史中一个政治统治的关节点。除了至高无上的皇帝，就是作为父母官的知县。知府，是联系两头的中心，是统治的一个关键。徽州府是徽州人的最高统治中心。政治，按孙中山先生讲的，就是“管理众人的事”。起码说，是一个徽州的管理中心。府衙的恢复与综合利用，是歙县领导重视历史文化、重视文化传承，开发深度文化旅游、发展经济的一个新的举措。是下了很大决心，也花了很大力气的，很值得钦佩。

历史的调研，沿革的考证，包括唐代碑文的发现，宋代柱础的挖掘，认真深入、负责而实际的工作，使得恢复府衙建立在扎扎实实的史实基础上。规模大小的决定，年代所属的选择，功能布置的设想，现代作用的延伸，都是比较合情、合理、合适的。当然发展的现实，也决定我们的工作，绝不可能是完全性的复原，与时俱进、古今结合、中外并存的时代特点，才更能体现她的综合利用价值，体现她为满足人们日益增长的文化与物质双重需求的旅游者的追求，这才更有现实意义。

作者在宣讲徽州文化

我想提醒一句：内容的个性特点，必须保持与弘扬。而且，目标要大一点、起点要高一点。我们徽州，要成为全球孔子学院的实习地、参观点、修学处，这就要从“徽州府衙”开始。北京古城没有了，大同恢复得很好，但只是作为当年边防重镇特点恢复的。徽州府是我国四大古城之一，要同山西平遥、四川阆中、云南丽江相比，现在还比不上的，就我们州县同城，而且府衙还在。这个府衙，从形象到内容都是一个名牌，甚至是一个名胜。可让人们具体且更多地了解中国几千年的统治特点。

徽州，要成为传承中华优秀文化，展示中华优秀文化的一个“儒学圣地”，这是外地学者对徽州的评价。中华文化中经典性的部分、传承性的部分，如忠孝节义、智仁勇、礼义廉耻，“诗书传家，孝悌为先”，等等。这些都值得传承与弘扬。2009年10月，我在上海“儒学与华商高峰论坛”上，讲的是“以仁义为本、以诚信为质、以包容为性、以和合为象、以和谐为归”，这在徽州的儒商、儒医、儒官、儒人中，都处处得到充分体现。仁是核心。两千年来，仁政德治，是主导统治思想的。因此，进入徽州府衙，就是一次以儒学为主的优秀传统文化的学习。徽州的官员中，清官多。如：知府吃自己种的白菜，知县借盘缠回家。徽州府的知府是四品官，可入朝面圣了。唐代徽州有五个知府后来升任了丞相，担任了治理国家的重任。唐、宋、明时期，徽州（歙州）在国家中的地位与影响都很大。特别是明代，朱洪武可能起步于徽州，而更爱徽州与徽州人，所以才能多次出现减免徽州税收，认徽州人朱升为“干老子”，请教徽州人治国策等逸事。

徽州，要成为中国和平崛起、建设一个文明国家的国家宗旨与决策的展现实体。中国发展了，向何处去？欧美有学者用世界各国发展后的不同经验看中国。各民族发展有不同道路，中国的道路，外界不清，内部也不明。这些年我们国家领导人在传承中华优秀文化中，找到了答案：我们不是民族主义国家，也不是国家主义国家，建设的是文明国家。约瑟夫·奈都看到了，中国人是走和平崛起之路，奔向文明国家的明天。这是个崭新的建国纲领，这是一条世界和谐、世界大同的新路。徽州在历史上，就是一个在比较中，包容性最强，人本最突出而又相对稳定、和谐的地域。徽州府衙就有大堂“公廉堂”，就是“公正、廉明”。还有个“督粮厅”，自古交粮代税，天经地义。现在，种田不交税了，历史的巨变也很有震动。主要的，我们要突出展示仁政、德治，体现府衙中以廉与公为核心的管理思路。徽州有大量廉吏创造的清明史实。所以，我们要针对府衙，梳理一下我国社会治理的主要原则与理念，找一下徽州府对全国产生作用的主要史实，以说明府衙在国家中的地位与影响。

再一点，徽派建筑，已经是中国走向外国的重要代表。皇家是讲堂皇：彩绘、琉璃瓦；徽派建筑是古雕三绝、精密结构。文化内涵丰富，建筑特色浓郁。而在中国园林建设中，徽州很有盛名，已走向外国，如德国、美国、日本等。

中国对外，较多的是家居式园林：休闲、养性，此外还有书院园林，衙所园林。

徽州府衙内的园林，应建成别的不可比较、独具一格的官府园林，增添徽派建筑与徽人生活内容的丰富性，增强对外的吸引力。从旅游考虑，要实现参与性、互动性是必要的。

另外，我总是丢不掉的是徽州人的图腾。绩溪牛、歙县狗之类，这有鲜明的文化地方性，很有意义。府衙是徽州府衙，有责任展示徽州各县特有的。世界都有此类文化，但都各具不同的独特内容，也特此建议。

祝贺，府衙修复工程完工！

祝贺，歙县又多了一个可观可游可学的文化景点！

纵横徽商

文化的繁荣和兴盛是离不开经济基础的，对于徽州来说也不例外。正是因为近代徽商的崛起，造就了徽州经济的空前繁荣，也成就了徽州文化的辉煌！徽商的兴起乃是时势的产物。

安徽省徽学学会副会长张脉贤说，明代已经出现了资本主义萌芽，大量的作坊出现，大量的交换出现，所以经商就随着这个形势的发展而兴起。徽商正是适应了这么一个形势而兴起，所以他当时应该有一定的先进性。如果他不是一个先进性的代表，他是不可能这样发展起来的。所以从社会发展方面来讲，他是好的，他是适应潮流的。从明朝中叶起，徽商的兴盛一直持续了300多年，形成了中国历史上的一个奇迹。

关于徽商的兴起原因，曾有着各种各样的推论。张脉贤说：为什么要出去？这也是引起徽州人很多争论的，徽州文化中，引起许多争议的一个问题。有人说是因为徽州这地方山多，太穷了，要出去，这样讲不能说不是个原因，但也仅仅是其中一个原因。更深层次的原因是，徽州人大部分来自中原，他们本来或是他们自己或是他们祖上，就知道外面有一个很大的世界，外面的世界很精彩，所以，有这么一种发自内心的主观和要求，要打出去。

徽商的去路主要有四条：一是东进杭州，入上海、苏扬、南京，渗透苏浙全境。二是抢滩芜湖，控制横贯东西的长江商道和淮河两岸。进而入湘、入蜀、入云贵。三是从大运河北上，往来于京、晋、冀、鲁、豫之间，并远涉西北、东北等地。四是西进江西，沿东南进闽、粤，有的还以此为跳板，扬帆入海去日本从事对外贸易。

张脉贤说，徽商最早是做木材生意，做茶叶生意，以后做蚕丝生意，以后再做的生意就多了，包括各种工厂都开。开工厂，开票号，开当铺，一直到办学校也有了，办出版社的都有了。

扬州学研究会会长韦明烨说，徽商在明代的时候，拥有的财富很多，达到三千万两白银以上。到了清代的时候，凡是一般家产，在百万以下的都算是小商人了，他们的财富基本上和当时国库里面的黄金相等。

徽商现象，可以说是一个系统。在文化上，徽商也有一整套理念；在架构上，徽商普遍带有一种血缘和地缘关系。外出闯荡，往往是父带子，兄带弟，亲帮亲，邻帮邻。

张脉贤说，当然有大部分人是和自己的亲戚乡友一块出去的，那么就给你一点资金，你自己另开商店，好多店面就重新开业了，一个行业也变成了一个很大的行业，一个家族变成了一个很大的财团，所以这个群体性、宗族性构成了徽商的一些特点。

在经营中，徽商尤其注意商业道德，讲究以诚待人，以信接物，奉行以儒为体，以贾为用的信条，因而形成了贾而好儒，儒而好贾，亦贾亦儒的重要特色。

罗时雨老人，可以称之为“最后一代老徽商”了。他说他是16岁的时候，从渔梁坝坐船到金华的，到了金华以后，在金华梨花井的一个百货店里做学徒。当年走的时候，周围邻居以及亲友对他都抱有很大希望，希望他在外能成就一番事业，这样的希望并不是奢望，因为左右的乡邻们都有着这样的榜样。他在背着行囊上路时，也背着沉重的无形的压力，他在外面兢兢业业地当伙计，忘我地进行着积累，然而，就在他即将实现发家致富的愿望的时候，抗战开始了，日本人打到金华来了，他就跑了。从金华白山翻山到了旌德，以后就回家了。回家之后的第二年又到浙江临安县（今杭州市临安区）做伙计，直到抗战胜利。之后，又到了杭州，中华人民共和国成立以后再回来。回来后在歙县百货公司，一直工作到1990年65岁才退休。

公有制实行后，罗时雨不得不放下自己的老板梦，当了一名小职员。罗时雨一直对自己的人生有着一种不服气的感觉，可以说，作为最后一代老徽商，他奋斗了，但由于时也势也运也的缘故，他并没有实现自己的抱负。当年徽州人到江浙地区谋生，主要道路有两条：一条是走水路，从新安江到达浙江省建德、淳安，然后再到达杭州，最后转到苏州、上海；另一条则是走的陆路，即所谓“徽杭古道”，翻山越岭，从现在的绩溪县逍遥乡境内到达浙江的临安县（今杭州市临安区），然后再走向浙江的其他地区。这是当年的徽杭古道，是徽商外出的一条重要的道路。现在，这条山路显得寂寞而冷清。当年，很多徽州人就是从这里步行上百公里走到浙江杭州的，徽杭古道的关口就是“江南第一关”，只要过了这一关，就算是背井离乡，飘落他乡了。想当年外出的徽州人行走到此地，应该是别有一番滋味。今天，这些杭州的年轻人，翻山越岭，徒步旅行，只能体验当年徽商出行的艰难，却难以体会当年徽州人外出时，背井离乡的心境了。

这是当年徽商从水路下江浙的一个重要的码头——渔梁！当年徽州有八景，“渔梁送别”就曾被列为一景。时人有诗描绘道：“欲落不落晚日黄，归雁写遍遥天长，数声渔笛起何处，孤舟下濑如龙骧。”诗中所用的意象，真实地记载了当年徽州人下江浙谋生的悲壮心境。

“前世不休，生在徽州。十三四岁，往外一丢。”这首民谣，就是徽州人出外经商的真实写照。

二 老街要发展

建设老街，决心已下，目标初定，思路初成，很好。

的确，综合来讲，老街在发展、在进步，但横向来看，和桂林、大理等比，老街缩小了，老街落后了，老街停顿了。停顿就是落后，落后就是要被遗忘。

老街导游

老街，是一条文化街。文化，沉淀着中国传统儒释道的文化，展现着儒学的许多经典，有更多的是儒商的思想文化展示。老街从特点讲是一条商业街，历来是三省物资集散地，皖南的一个商贸中心，是徽商的老家——徽商的出发地与归宿地，又是徽商作为儒商的商德的展示地。讲集散地是“南北杂货、文房四宝、字画古玩”，当然屯溪要有自己的品牌，发挥品牌效应，如茶叶，徽州绿茶、红茶很有名。但是清代就有半发酵的白毫乌龙。屯溪，也被称为“茶务都会”。徽商讲商德，老街过去打得很多的是“真不二价”“童叟无欺”“货真价实”，造就了历史上的繁华，不断地昌盛。我1942年第一次到屯溪，1947年从河街上船，五天到杭州，留下许多历史记忆。一个老大桥，四百多年历史，就是一个徽州人的骄傲。老街是徽州的一块宝地，是黄山旅游产品中一颗闪光的珍珠。因此，郑孝燮参加研究的，中国在历史名城、重点文物后的第三个名称：“重点保护地区”，就是从研究老街中定名的。所以，中国第一批“重点保护地区”用名也是从老街开始的。现在又进入了首批中国十大文化名街，影响更大了。但是，老街是条生活街、商业街，是满足人们生活需求的一条商业街。从这个角度讲，老街，不是单纯性的保护单位，要有发展式的保护。因此，我觉得老街需求大，内在的扩大最重要。街巷一体开发商业。欧洲有不少镇子，整个都是商业，百花齐放，有大屋小店的内容，反而显得丰富、生动。这里包括调整，但更主要是开放，开放才能搞活。要在原面貌中加入新元素，才具有新的生命力。搞活，不是强制性，是引导性、启发性，比如扶持就是引领方向。辉煌先生，他从外国回来，会外语，他先搞了个咖啡馆；还有个外语导游，他搞了个“夜泊”，住的人还挺多。这把老街的横街就带动起来了。这方面需要有开放思想。守老摊，走老路就不适宜了。黄山面临新的发展形势，建设国际旅游城，必须要有世界眼光，要新老结合、要中西结合，当然古为今用、洋为中用。外国人来开店，你总得允许他打个外国标示，特征式展现，这就有个多元化文化的问题。本质不变主体特色不变，要允许出现丰富性。老街中各种经营也要有自己的个性，也要允许展示，老街之老，就在于自由经济发展，思维多样化，各行各业有自己的特性，要允许有些差别，差别就是个性。个性张扬不是无止境，是有限度。

但有个性才是真正有吸引力，才是世界性。老街在这方面要有突破。这也不是我个人创造的，在全国有许多发展得很好，许多不断壮大起来的新的老街的经验，是可以吸取的。

老街发展中，还要注意新安江发展中的相互作用，能否构建水陆旅游线路。游船后上街，逛老街后上船，又有休闲又可购物。还可以考虑江堤边建文化长廊，如“500米新安字画”“1000米新安人文”，等等。

再说徽州第三旅游资源，如民俗，就很丰富，早年新安江上的屯溪焰火，是全国之最，参加了首都国庆焰火表演，现在没有了。过去老街，徽州乡村的灯会，走马灯、宝塔灯、南瓜灯等，现在也失传了。搞起来，都是十分有吸引力的，丰富了老街的文化内涵。经商也好，旅游也好，要喝水、要吃饭，最适合的是茶社，坐下来聊天，坐下来小憩，要有多彩生活的多方面服务、特色服务、优质服务、合理经营、合法收费，才形成人们必来，又舍不得离去的地方，才更有人气，才更加财源滚滚。

个人之见，仅供参考。

再说“一笔九米四”

我七十五岁高龄再上黄山，而且要步行，为的是再看一看“立马空东海，登高望太平”一笔九米四的“平”字。因为这个文化景观与自然景观相结合的黄山绝景，她的气势与规模是世间仅有，他处尚无的。她深深地印在我的脑海中。

当年考察黄山是否能入选世界遗产时，我陪同的联合国官员桑塞尔博士，居然在这里足足驻足了十五分钟。他想什么？晚上，他在会上主动提出，黄山不仅是自然遗产，也是文化遗产，从这一主张中可品出一点甜味来。

我一到黄山，就对这个占了整个山峰的巨大摩崖石刻发生了浓厚的兴趣，调查过巨字的形成。有的说用灯影照出来的，有的说用拖把拖出来的，这些说法都说服不了我。有一次，我去山上服务队，就顺便和一批老人谈起此事，老宣、老黄、老杨、老周等五六个老人在。其间有人谈起，可能是老杨：“当时上面叫我们挑米上慈光阁。我们非常奇怪，那里又没有人住，挑米上去干啥？到了慈光阁一看，已有许多人在那里议论。米来了，就由一个人在事先粘好的，像慈光阁大厅那么大的白纸上用米撒字。撒好后，大家议论，粗了细了，长了短了。改定后，再由撒米的人用毛笔逐个勾边成字。听他们说，这个人好像是歙县人，姓罗，字写得很好。”这次调查收获很大，掌握了巨字由米撒成的事实，因为包括以后悬崖凿字，他们是全过程的参与者，我完全可以相信。所以二十年前就写了一篇“一笔九米四”的小文章。主要是唤起游客对黄山的这朵中华文化的奇葩的观赏兴趣。

事情过去了许多年，江兆申从台湾返乡，我在花溪走访了他。他特别想找的人是罗长铭与张君逸。知道两人都已故去。就找到了当时在歙县的张君逸之子张仲平。两人相见，十分亲切，如见亲人，谈起往事，历历在目。他介绍，他们三人，都是当年第三战区的副司令、驻徽州第二十三集团军司令唐式遵的秘书，上校军衔，司令要给他们发枪，张君逸说，“笔就是我们的枪，我们不要枪”。他们三人都是文职，起草文件书信，还为他鉴别古董。徽州是文物之海，他喜欢古玩，到处收罗文物，他们三人负责鉴别。唐式遵的题词，都是他们一起议定，由他们动笔的。江兆申谦虚地说，“我书法差点，我没写，山上的字是罗长铭写的，山下的字是张君逸写的”。当年，大好河山沦丧，祖国在风雨飘摇之中，往往议论起来热血沸腾，甚至一起痛哭流涕。但题词是领导人的事。那时都是这样，谁写得好谁写，署名归领导。

九十三岁的黄澍老师就讲过一个例子：顾祝同要在屯溪小花园建“双七纪念碑”。文字确定后，要各位书法家一人写一份，由他选定。结果，选中了黄澍父亲送来的。刻好后顾祝同拿拓片给南溪南的吴老看，吴老认定这幅字不是黄老写的。顾祝同想，吴老是他父亲在南通经商的老友，也很懂书法，他肯定讲的是事实，叫秘书一查，果然是黄澍的父亲叫儿子写的。魏体不是魏碑，父子书法有异，被吴老识破，但字是顾祝同自己选中的，他不好说什么。就要十九岁的黄澍去给他当秘书，因黄澍要上大学，没有应聘。三战区管着徽州，司令顾祝同，副司令唐式遵在这里留下不少题词，都是这样形成的，这也是历史上的惯例。

为了更多地了解徽州文化在民间的遗存，今年我们走访了一批在乡村的老人。既了解了一些徽州文化特别是有关徽州武术的珍贵历史资料，也有意外的收获。如访问九十三岁的老教师余绳祖时，看到了汪采白的赠画和他自己画的问政山上的老歙中的校址油画。他深情地说，从问政山上下来的只有王士杰和我了。我突然想起罗长铭在歙中当过教师，就问他认识与否。他很有兴趣地回答："我们相处得很好，他语文好，文学底子厚。多次讲到山上的'立马空东海，登高望太平'。那么大的字是他为唐式遵写的。讲起来非常自豪。"我们五个采访者在现场，由于又找到了证明人，这也是徽州人重视朴学，讲究求实，胡适讲的"小心求证"的又一次行动。记者小许，看着我的兴奋劲，都有所感染。我说，因为现在是五个人共同听到的，这件事在史实上，我们没有什么需要再做补充的了。所以，我决定要步行"立马亭"，"再见九米四"，也好向更多的游客展示黄山一宝，在深层次上宣传黄山。因为从今天我对上下各三百多人的粗略调查来看，也有百分之八十尚不知道有这么一个胜景！

黄山立马峰雄姿

天公作美。一直在浓雾中半隐半现的巨字，当我过了立马桥到达了现场就马上露出了尊容。在桑塞尔博士观赏摩崖石刻的位置，我们沐浴着阳光忆昔、拍照，休息了十几分钟后决定要继续行进了，云雾又拉了上来。同行小胡非常惊叹：真是天人感应。

铁岭市电视台的同志们要求现场采访，向东北朋友宣传黄山，弘扬黄山文化，我当然乐而为之。这也是此行的一点额外收获。

明天，一笔九米四，会荡漾在更多游客的心中。

说“红娘”

“红娘们：

“愿天下有情人皆成眷属的红娘们，把旅游目的地的精彩介绍给旅游者，把追求物质与精神享受的旅游者送到目的地的红娘们，你们好！”

二十多年前，康辉旅行社在黄山桃园宾馆召开的一次全国性聚会上，我是这样开头的。问好了，大家才了解是我把他们叫成旅游界的“红娘”。几年后黄山市中旅导游写导游词的首创本出现时，我给写的序言中，再次重申“红娘”的概念。这样，这个热情活泼、正直大方、聪明伶俐、助人为乐的“红娘”，就成为旅行社和导游的一个代名词了。

我最早接触“红娘”是在“唐人小说”中的《莺莺传》中。学文学史不能不读“唐人小说”。《李娃传》《霍小玉传》《游仙窟》《莺莺传》，都是其中的代表作。20世纪50年代初，我还是在北京琉璃厂一个书店仓库里找到的。因此书中有《游仙窟》被历朝历代禁印。后来，本书是在日本被找到后，我国重新出版了一次。现在，又成为绝版了。我的“唐人小说”，在“文化大革命”中被师保卫科长认定是黄色小说，拿去销毁了。很有喜剧性，前几年听战友说，还在他家书架上，上面还有我读书后画上的红杠蓝杠笔迹。这一点说明了真实性，因为这是我的读书习惯。他叫我要回来，我说不必了，说明他知道此书之珍贵。放在他那里就叫“销毁”了，也本是当时的“哲理”。

唐代“门阀制度”严重，讲究“姓大”“门大”，婚姻是必须门当户对的。张生与莺莺一见倾心，张生进京赴考，莺莺也因此发出："始乱之，终弃之"的感叹，即使有千般愿，自知不会长久，张入京之后必另求新欢。一年后，各自嫁娶，后张生曾以外兄求见，崔偷递一诗并拒见："自从消瘦减容光，万转千回懒下床，不为旁人羞不起，为郎憔悴却羞郎。"张始于布衣，进为官宦，崔为大家闺秀但家族败落。这个故事，既有情联，又不成夫妻，是门阀的关系。后来王实甫写成元杂剧《西厢记》。明确崔乃大姓之后，是不可能嫁于布衣的，造成种种障碍与矛盾，到"米已成饭"，才勉强同意张考中后成亲，细致叙写张崔之情深。红娘在"莺莺传"中教张"试为喻情诗以乱之"，将"迎风户半开，疑是玉人来"直接传给张生。见他俩相爱，真心助上一臂之力。《西厢记》中虽然主要是写出莺莺的"大家闺秀"性格，在爱情追求上的矛盾性："含羞欲说心中事，鹦鹉窗前不敢言。"但对红娘，愿有情人成眷属的思想得到较多的展现。以后昆曲，基本上是《西厢记》的思路，作了剧目演出。真正使"红娘"成为全剧主角，是京剧"红娘"剧本。这个剧本1953年就连印五版，一角五分钱一本，很受欢迎。荀慧生、袁韵宜执笔创作。四大名旦之一的荀慧生，自己担任了主演。编写剧本、体会角色、担任导演与演出的过程，使他对红娘的性格作出了淋漓尽致的表现。这也正符合新中国成立后颁布的婚姻法。提倡男女恋爱婚姻自由。时代促成了"红娘"，荀慧生演活了"红娘"。荀慧生演到之处，即掀起一股"红娘热"。抗美援朝结束，我调到为志愿军63军工农干部学文化成立的七三速中当语文教师。就在河北衡水时，我一连看了六场荀慧生演出的"红娘"。

不仅熟悉剧情，连唱腔也大都哼唱得下来。而且一角五一本的红娘剧本，也保存至今。这种根深蒂固的记忆，才使得我在几十年后突然迸发出"红娘们"的称谓。文化是旅游的灵魂，旅游的内容、策划、宣传都离不开文化。所以，我到黄山分管旅游之后，用“东方文明缩影”来形容古民居；用“犹抱琵琶半遮面”，一经露面满座皆惊，来宣传黄山是少女之美、羞涩之美；用“东边日出西边雨，道是无晴却有晴”来讲黄山气候；用“众星拱月”来讲黄山旅游产品结构……

今年国务院关于旅游工作的通知中，四处提到“文化”。我更感到文化是旅游发展中的巨大潜力。黄山、徽州文化内涵丰富，的确是大有文章可做。

与“花山”三个“九”的缘分

生活中有许多巧合。我与“花山谜窟”，逢“九”而相逢，也算是一种巧合。中央电视台十台“揭秘”，探了“花山谜窟”之秘。2009年5月5日与6日，中央电视台，把“花山谜窟”之谜，作为专题，上下集一个小时，在最重要的时间段：早晚八点时播出。这真是十分难得的，影响是很大的。2009年3月，中央十台要做这个节目时，“花山谜窟”的赵晖总经理他们想到了我，邀我赴京。我想，此事我无理由推脱。一个小时的节目，我与许卫军在十台的摄制棚里也只花了一个多小时，算是够顺利的了。但补录现场镜头部分，要拍摄原始性资料，要走进尚未开发的石窟拍实景，对我这个老人来讲，我也不得不承认，是花了很大力气，是下了很大决心的了，而且，因此血压升高了不少。这毕竟不是20年前的1989年了。1989年，我在担任黄山市副市长时，主管旅游。在以旅游立市的黄山市工作，考察了解旅游资源，是头等大事。来小根等人告诉我离市区最近的花山值得去调查调查。这里有36个洞，不知谁开发的，不知何时开发的，不知为什么开发的。而且有些洞里有水，有的水里有娃娃鱼，有的有鲫鱼。屯溪人去钓鲫鱼收获最丰。还有石山、石刻，等等。我们决定前去考察，在来秘书、郑少君及当地程老师引导陪同下，我们整整走了七个小时，尽量走遍花山，寻找石窟。现场也定了许多景点，如“望篁台”“滴水泉”之类。元代至正年间的石刻，也算是徽州地区难得的文化珍品。南溪南村吴书记，要杀鸡款待，我只要求煮点红薯。程老师选定了独柱洞，我暂且叫作“独柱餐厅”中，我们吃了煮红薯还有吴书记给另加的豆干，吃得很高兴。餐毕继续考察。最后，我答复了两件事：1.乡村能不能搞旅游？花山能不能搞旅游？我的答复十分肯定。2.能否给点钱？当时我手里没有几个钱，但当即决定给5000元，先修修路以待进一步开发。这是花山旅游开发的第一次正式考察，也是花山旅游开发得到的第一笔经费。

花山谜窟

与友人合影

过了十年，各方面发展起来了。屯溪区里在考虑，黄山管委会也在考虑资本流向，共同认定了开发花山。1999年，吴建明、王峻峰、王社基，这个成立不久的花山开发领导班子，知道我最早调查过花山的旅游开发，专门请我去参加讨论。我们几个人坐在江边的草地上，进行了半天认真的讨论：1.是从村那边开始开发还是从江边的洞这边开始？结论是先展示洞，从这头开发。当时叫“倒开发”。2.过河的办法是用古老的摆渡还是造桥。结论是造桥。3.是造浮桥还是吊桥？结果是造吊桥。我因不久前到过都江堰，那里的吊桥历历在目，但晃动十分严重。吴建明说，能加固拧结实。结论定了：从开发效益出发，从开发的滚动发展需要出发，从最有吸引力的景点出发，决定第一步工程是展示洞。先开两个，再论其他。架吊桥打开通道。这也为黄山市旅游增添一景，又补充了黄山市无吊桥的空白。这样，挖洞清淤泥的工程就展开了，吊桥建设也抓紧开始了。哪知这么巧？开发、招徕、配套发展，“花山谜窟”在努力向前中。到了2009年，中央电视台看中了谜窟之“谜”，决定做个专题，面向观众，阐述“花山谜窟”的过去、现在与未来。打开思路，激起兴趣，引发探讨。这样，才有了又一次十年后我又与花山“亲近”了一次，也的确算是有缘了。有缘三个“九”，头尾二十年。人们感叹光阴似箭岁月如梭。不过，岁月也常常给人美好的回忆。

（写于2009年5月5日深夜）

老街往事

老街，是历史的载体，是文化的展示，是城市的支柱，也是我们情感的深深的寄托。

六十年前，大概是1942年，我第一次走进老街，是随母亲来处理玉兰肥皂厂的事，我家有点小股份。由于日寇入侵，原料困难，市场萧条。记得当时我家都是用“野豆荚”洗衣。工厂停产，分了三木箱玉兰皂也就算了事了。可我是第一次走进这个闹市：人山人海，热闹非凡。而且在一条老街上，有十几家绩溪人开的店。乡土乡音，甚是亲切。我从用油灯碗与松树块照明的农村走进已有了电灯的屯溪，最新奇的是灯自己会亮。我问妈妈：“谁点的灯？”引起哄堂大笑。

五年后，我懂事多了，随父亲带上二十多只火腿，从屯溪河街下河出发，四人一只小船。一桨一桨经茶园到杭州，然后坐火车到上海。一路都有家乡人安排，到上海有“大中华”“大富贵”“大中国”的徽州老板照应，还有亚东图书馆先进人士支持，为游击队采购盘尼西林的任务，顺利完成。返回是从杭州坐上货车两天才到歙县，晚住渔梁，第三天才返回绩溪。当时屯溪街上购物拿钱的票值，1938年一块银圆可买一头牛，1948年一块“金元券”只买一粒米。物价飞涨，货币贬值，我们才不得不辛辛苦苦带上火腿。

到了1950年，绩溪中学取消了高中，我转学黎阳高中（屯溪一中）。由于朱光纯老师的推荐，余天恒老师的器重，我一进屯中就当上了学校文艺宣传队队长。靠的是自己烫洞的一支笛，还有我用罐头筒做的二胡和一把口琴。前几天，老同学吴芳苗还说："当时你拉二胡，要多难听就有多难听。我们都不想走上祠堂祖宗牌前面的高二学生宿舍。有你在，噪音就不停。"可在当时，我们也算是有乐队的学生宣传队了。老街是活动最多、时间最长的地方。还特别受到老街老板伙计和客人的欢迎。有一次，一个布店老板请我们进去宣传，还拿出了扬声器。虽不太响，但比用嘴讲声音大多了。这也是人生第一次用话筒。当时，我们先学一步，主要两个内容：1.新中国成立一周年伟大成就；2.帝国主义侵华百年史。后来就直接宣传中央各团体的联合号召，"美帝国主义是纸老虎""原子弹不可怕""决定战争胜负的不是武器是人""户破堂危""唇亡齿寒"。我们这些学生骨干，很自然地"当祖国需要的时候，马上拿起枪，跨过鸭绿江，卫国保家乡"。终于我们高二一个班就有19个人唱着："再见吧！妈妈，别难过莫悲伤，祝福我们一路平安吧！""胜利的星会照耀着我们"。在现在的影都前面广场上，市政府开了欢送会，我们就这样走出了校门走进了军营。五十多年后，我们一块参军的老同学谈起往事还热血沸腾。

与同志们合影

从老街出发，我们走上了人生新历程。老街，是我们一批人的人生新起点。老街扬起了我们前进的风帆。老街永远在我们记忆中。对家乡的眷恋与热爱，成了我同意调来黄山工作，并再次返回屯溪的内因。

记得调市工作的前一年，我们吃过晚饭才从芜湖送省轻工厅耿厅长到屯溪，交给了市工业局胡局长之后，我对随来的副厂长说，先陪我夜游老街吧。时已子夜，万籁俱寂。一轮明月空中高悬，月催人影，我回头一望，美极了。月亮下的马头墙，层层叠叠，有跃动之形，具向上之势。强烈的马头墙记忆源于这个月夜。我们走上了老大桥，当年走过无数遍的老大桥，我来不及多品，还是被明月吸引。整个宁静的屯溪洒满了银光。天上月，安详、恬美，也照出华山树枝上的白鹭点点；水中月因水波而皱褶产生变化，更显出了生机。三分明月夜，二分在扬州。还有一分呢？我看在屯溪。这个三江汇合的地方，“三分明月夜，一分在屯溪”也是当之无愧的。

老街是幸运的，也是自豪的。幸运在于虽受到了破坏，但终于保留了旧日的倩影。自豪在于在徽商故里就有五米宽的大街，在全国古街中，除了历史都城与主要历史古城外也是很难见到的。所以，我在职期间，凡来重要客人，总要陪同游老街。认识老街是儒、释、道思想的汇合点，认识老街是赣、浙、皖三省集市中心。我带领了54个国家大使团与武官走进老街之往事是值得回忆的。当时老街两头尚在住家，不开市，我们只选择了中段。大使大部分是中国通，印度大使看得最细，不断赞扬，走后我们还信件来往了二三年。东德大使对古雕的故事最有兴趣，不断肯定说：“没有见过”“没有听说过”。菲律宾大使多次停步等夫人。她是购物积极分子，问我老街有没丝绸刺绣，那时没有，我带她进了“正大布店”。她夹了两匹绸布慢慢走出来。大使说：“你看我夫人那高兴劲儿，到了老街她就走不动了，看来她是不想回去了！”老街一经露面，就深深扎在外国朋友的心中。

我国有“重点文物保护单位”、有“历史名城”，老街叫什么？建设部派老专家郑孝燮带人来考察。在议论中，他叫我谈谈想法，我觉得还是用“全国重点”，但这不是“单位”，就叫“地带”吧？回京之后，他们认为“地带”狭义了点，有“宽”的怎么办，最后认定“全国重点保护地区”。

应该说，是“老街”引起的讨论，老街也取得了最早戴上“全国重点保护地区”这个桂冠的殊荣。我们为“老街”自豪，我们徽州人也因有老街而自豪。老街更成了我们大家深厚情意的寄托。

退休了，我也不时在老街走走，以寄托徽州人对老街深深的爱恋。

花溪—西海

——我市开展旅游前期的重要线路

1988年，我市旅游处于起步阶段，我们能接待外宾而打出的牌子是山下“花溪”、山上“西海”。花溪—西海，是当时一条旅游金线。黄山建市之后，确定“旅游牵头”，发挥旅游带动关联产业的地位与作用。我们吸取了第一批发展旅游业的桂林、西安的经验，不能“桂林山水甲天下，来到桂林睡地下”。抓紧硬件准备，争取主动。但是建设硬件是需要钱的，所以，争取国家有关部门的支持非常重要，同时也注意本市的引资。

国内外保险系统共同建设了“花溪”，香港商人与黄山合作建设了“西海”，这两家合资企业，是我们的掌上明珠。我亲自参加了“花溪”员工手册发布，因为这是我市第一部中外合资企业的规范管理条例。我亲自参加西海开业，因为这是以外资为主的别开生面的开业典礼。比如他们要烧香、敬神，我到场给予支持，按香港的规矩办，因为这是安徽省第一家中外合资旅游企业。

由于两个宾馆，管理规范化，工作程序化，很快成为我市旅游业支柱——饭店管理的排头兵。有些重要活动就安排在这两个宾馆。如五十四个国家大使团来黄山住宿、举行会议，都在西海。许多商务旅游团、记者团都住在花溪。记得一次在花溪接待日本新闻团的花岛尧春先生。他要求我赠诗，我说了一个顺口溜：“花溪水涟涟，岛上语绵绵。尧舜今犹在，春风满人间。”以藏头诗赠予。最有纪念意义的是第一次黄山国际旅游节就在花溪前庭举行，以防万一下雨好转移到多功能厅。天公作美，顺利进行。花溪也大大扩大了影响。我这个省旅游局局长和市委书记季家宏，都站在台下群众队伍中。

西海发展了，花溪在市里，我有空经常去走走，看到了不少新的变化，新的发展，内心十分高兴。处在最理想的三江交汇处的花溪饭店，是黄山市容量最大的宾馆，有配套会议厅，非常适合举行大型会议。还拥有优质服务的系统要求，特别是拥有黄山最高级的包含室内游泳池的系列豪华套间。可惜还没有更好地发挥出提高我市旅游档次的作用，因为好多人还不了解“花溪饭店”具有好几个黄山第一。我想，黄山市最早形成的旅游接待金牌“花溪—西海”，在与时俱进中，一定会闪烁出新的光彩。

现在，一切都变了。因为发展是在变化中出现的。

欧洲讲学考察

大一统思想的汪华

纪念汪华，在徽州这块土地上，不是今天才开始的，而是一千多年前就开始了。纪念汪华，是由于他的人生实践赢得了人民群众的赞扬。两晋之后，南北朝并立，各族混战，天下大乱，民不聊生。人们盼望统一安定，支持杨坚建隋。可是子弑父，宫廷大乱，昏君统治，穷奢极欲，人民受难，才迎来了唐王起事。唐高祖得到各方响应，很快统一了全国，抵御了外族入侵。唐太宗重用魏徵，有“三镜”之说，有“十疏”之戒，出现了贞观之治。这是当时汪华面临国家形势之大局。他起事歙州，统一六州，安定一方，又识大局，顾大体，维护全国一统。既得到唐王的高度赞赏，表彰他“保境安民，镇静一方以待太平，英武诚实而识大体”，也保护了六州安宁，汪华活在六州人民心中。

徽州的神有四种：天神、地神、物神、人神。人神，是为人民做了大量好事，广泛得到人民的认可而成了神。人神，是神化的英雄，是神化的楷模。汪华，就是这样一个杰出的英雄与楷模，而活在人们心中。

四十多年前，我写过一篇小民俗文章《送菩萨》，写道：“漫长的一千多年中，人们在祭祀，在用特殊形式表示不忘，这是可以理解的。”而绩溪民间认为绩溪杨溪上舍，是汪华舅舅家。我们送菩萨，就是从上舍到汪村，就是汪华少年时期常走的路。

汪华以行为表达了思想，思想决定了他的历史抉择。思想的历史作用与现实作用有一致性。纪念汪华，是因为他是徽州历史上第一个伟人，在徽州具有人文初祖一个代表的地位，是六州人民心中的典范。为六州人民做出过杰出贡献的人，六州人民才把他神化。这是六州人民群众的创造，是六州人民群众的心声。纪念他，就是纪念他心怀六邦人民安宁，就是纪念他顾大局识大体，体现大一统的思想。

我热烈祝贺汪华文化研究会成立！祝贺徽州思想文化研究又出现一支生力军！

无题

社会是“人和人关系的总和”。人与人相处时，徽州人经常讲的是：“大家好生相待”。我看，这也是构建和谐社会的思想基础。活着时，大家多多互相关心，相互支持，相互安慰。与人为善，以和为贵。“只要人人都献出一点爱，世界将变成美好的人间。”

人死的时候，也还要做善事，这才叫“善后”。死，是人生必经的一个环节，一个画句号的环节。如何对待死，是谁都避免不了的一个问题。在这个问题上，现今也还是有人，是用死人刁难了活人，以致用死人折磨了活人。这肯定是死者不愿意的，只不过是死了的“他”与“她”，此时已无法申辩了。还是活着的人在传统的封建愚昧与落后无知中摆布别人。这使我想起在“动乱”中死去的母亲，她给我弟弟留下的遗言：“我已七十。人总有一死，不要以我为念。简单埋葬后再告诉在部队工作的大哥、二哥。不要影响他们工作。”母亲胡慕贞，出生在中医世家，是胡姓明代御医的后人。后由绩溪清水塘迁居歙县唐模。外祖父与许承尧是亲戚又是挚友，也是许老在家乡时的保健医师。医学科学与儒家思想，使母亲逐步形成了“为人”“容人”“让人”的思想，形成了对待生死、对待人生的泰然豁达心胸。我们，生活在一个崭新的时代，更能理解生老病死是客观规律，是不可抗拒的自然现象。所以我想，已过七十，是要想想后事。这不是悲观，而是不要到说不出话后，再做出违反自己一贯心愿的事。

我们这一代，是随着新中国诞生，在新观念中生活、工作、学习成长的一代。起码要做到：不能再倒转历史，回到已过去了的过去的年代！

我想的是：要把对“死”的处置，别做成对别人不利的事。一生，多想为别人做点事，尤其几十年后回到徽州这片故土，更怀有一种炽热的故乡情结。不能在“死”的问题上，形成一种相反的对照。我的指导思想是不能把死当成悲哀。我们徽州人讲得好，生与死是红白喜事，是一件喜事。境界很高，认识很对。悲哀与忧郁，会杀死人们的有效细胞，有害于人们的身体健康。我们要把死看作一种自然归宿。如果按照神学观点，灵魂是人体的附着。活着，行得正，干得好，那么，死了，也会“生活”得很好，也会闯出“新世界”。这讲的是一种应该有的自信心。而科学告诉我们，躯体消失，一切消失，本不存在什么天堂、地狱。所以，就是佛教，也委婉地叫“死”为“涅槃”与“圆寂”。

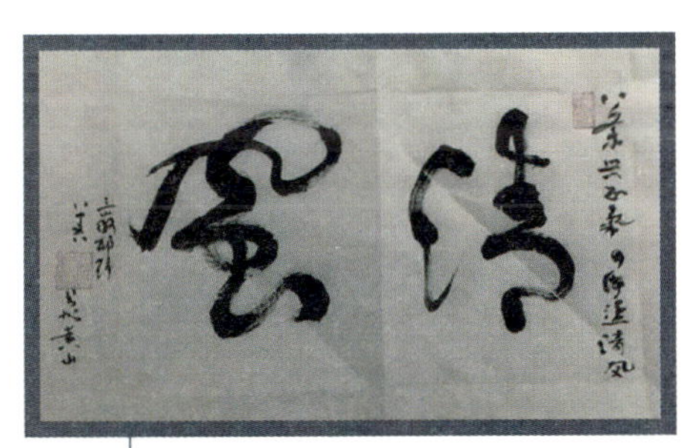

作者书法作品一幅“清风”

我是一个普通的共产党员，是一个平凡的徽州人。我提出我的善后“六不”：不设灵堂，不搞遗体告别，不开追悼会。因此，就不换衣、不洗澡、不化妆。这些无谓的劳动，尽可免除。当作“长眠”，当作又出去考察旅游去了。这才可使得朋友间，哈哈一笑了之，不影响他人身心健康。也不必去费大功夫写讣告，就这样：“张脉贤同志于 × 月 × 日因 × × 病故。按本人生前要求不举行任何仪式（六不）。已于

× 月 × 日火化。特此通告。”因为认识我的人有此足矣；不认识的人，写再多，也不会去看“讣告”，完全是一种精力与版面的浪费。但要简单告诉认识的人，不然有人还会不断来电话，还有猜想，还有埋怨我不接电话的。通告一下有利于各方朋友。永别，是一种人生与历史的必然。在人们记忆中的，还依然是和大家和谐相处的音容笑貌，这倒是给活着的人们留下一点美好的记忆。何必去用死的悲寂与忧郁去影响他人呢？我想我们应该这样做。

（写于2005年）

傻子现象

三十年改革开放，三十年国家巨变，三十年翻天覆地，三十年换了人间。人们从心底迸发出：翻身全靠毛主席，致富靠的邓小平。

其中有一个“傻子”，在中国这块大地上，大家都十分关注。

傻子，是一个响亮的名字，是一个堂皇的招牌，是一个时代的影子，是我们经济发展中的一个里程，是我国改革开放的一个螺号。

我赞扬傻子精神，三十年过去，回过头来看一看，深深觉得：傻子是艰辛的，也是幸运的；傻子是历史的，也是现实的；傻子是中国的，也是世界的。

年强讲得好，要成为一个“民族品牌”。这是我们的期望，是时代的要求。中华民族五千年，四大文明古国，只有中国、只有中华文化五千年历史一以贯之发扬光大，形成巨大的凝聚力、吸引力。中国成为当代“软实力”最强的国家。这是中华的荣光，是华夏的骄傲，是中国人民祖祖辈辈自己的创造与传承。傻子现象，也是这样一个创造，一个创新。傻子不仅是年家的，也是我们大家的。大家来参加这个论坛，就是带着一颗挚爱的心来的，我与年家三代人相识。我要讲的，是提供点历史轨迹的素材，供大家参考。

在强调首先要弄清是姓资还是姓社的时期，一些人们在不断地割资本主义尾巴。“宁要社会主义的草，不要资本主义的苗”，家中有一棵枣树，也要砍掉。这时，用姓资封杀了人们想用智慧与劳动创造财富的可能性。傻子的出现，是一个有历史意义的破冰之举。

高瞻远瞩又脚踏实地的邓小平同志，是中国的希望，是中国人民的希望。1975年，邓小平在主持工作时就巧妙地提出了三项指示为纲："阶级斗争""把经济搞上去""安定团结"，当作一个整体写了社论。历史上第一次摆脱了完全性的阶级斗争为纲，显著、突出的，历史上第一次地把经济放进了"纲"。全国理论界引起巨大反响。此时，我也在芜湖作过元旦社论辅导报告，"只有把经济搞上去"，国家才有希望，才不会挨打。国家要有一个安定团结的局面才能搞好经济，斗来斗去把经济斗到破产的边缘。这个信号鼓舞了许多人，人民期望着，芝麻开花节节高，吃着甘蔗上楼梯步步高节节甜。但是，斗争在继续，一个较长时间内，还在两种思想的对立斗争之中。傻子却脱颖而出，作用不凡。他代表着人民的意愿，时代向前之倾向，社会发展之潮流。他先做了小买卖，后开了小作坊，一直到办起百余人的炒货工厂。这还在"雇用八个人就是资本家"的理论指导下，可以想象：傻子道路多么艰辛，而他本人是多么地了不起，多么地有胆、有识、有量。有生命的种子，是从来不叹息的，因为有了阻力才有磨炼。法国伏尔泰说："条条道路通罗马"。鲁迅说，路，是人走出来的。就是路上设置了障碍，还是要靠人去清除的。在"三项指示为纲"之后，又经过反复，到了十一届三中全会，断然否定"以阶级斗争为纲"的指导思想，作出了把工作重点转移到社会主义现代化建设上来和实行改革开放的战略决策，还有较长一个过程，存在两种思想的对立。傻子代表了时代的发展主流，得到邓小平同志的亲自肯定。邓小平的支持，使傻子的破冰之旅，成就了通往新的里程的光明大道。傻子，是实践邓小平经济思想的一个典型；邓小平，是傻子实施经济发展的坚强靠山。这是因为傻子走的是一条正路，就是靠智慧与劳动致富的路。

我与年家的年强接触最多，是他让我更先更早地认识了社会主义初级阶段民营企业、私人老板的艰辛与奋发，拼搏与进取，停滞与发展，以及他们的作用与社会地位。

傻子担当起了历史责任，发挥了高度自觉的敬业精神。记得那时年强不过二十多出头，我们叫他小傻子，现在也是傻子事业的响当当的掌门人。那时，他经常晚上十点以后才到我办公室去聊天。一次他说道："张书记，你想想，你们的子女，二十多岁在干什么？我呢？二百人跟着我要吃饭，要不解决他们的就业、工资，我也赚不了钱！"我从事实上看到，发展民营企业对国家、对社会、对人民的贡献。以后就更加清楚看到了，他们在解决社会就业问题，他们在解决市场供应，他们也在为国家积累做贡献。纳税人，是社会的骄傲。他们是社会主义经济的补充、充实与丰富，是重要的组成部分。是时代的需要，是社会的需要，是发展的需要。"三个代表"中先进生产力包括了他们，肯定了他们。再说"任何财富都是时间与行动结合后的成果"。巴尔扎克老人这句话很有道理。现在傻子做大了，全国有名，"莫愁前路无知己，天下谁人不识君"。傻子全国有分号，还带动了相关产业，如瓜农。由中原到边境，大家都欢迎年总，因为他也带富了瓜农。过去吃完瓜丢掉了的瓜子，年总一去，变成新的财源。"年财神"到了，谁不欢迎。当然，走进竞争市场，"是驴是马遛遛看""谁英雄谁好汉，竞争市场上比比看"。只有六千元流动资金时，他也从没丧失信心，靠智慧和劳动，又继续推进了。而且由瓜子而食品，而多种经营而组成集团，到明天的发展成民族品牌，是一个充满希望的企业。

傻子还在发展软件，进入世界最新产业领域；傻子的发展规模，成为许多方面实际上的强者。傻子在顺势而行。当然，产业的发展，在国运兴隆的今天，才能出现更大的希望。"商人荣枯系于国运"。

邓小平制定的致富之路，使全国人民开始富起来。邓小平的改革开放政策，催生了傻子现象，铺平了傻子发展的前进道路。为了企业的发展，我觉得年家集团从年强为人做事中可以看出来，还在弘扬着徽商的儒商思想：讲诚信、讲宽容、讲怀仁，形成的是一个团队的力量，而且是一个外团支持与友谊力量强大的群体。在科学发展观的正确指导下，傻子依然青春焕发，傻子的事业也必然青春永驻。今天，才真正看到了我二十五年前讲课时讲的：现代的中国是这样，年家是这样，年氏集团也是这样，“吃着甘蔗上楼梯，步步高节节甜”，“芝麻开花节节高”。

仁者寿

不少人讲求长寿之术，探讨延年之方，我想想一批离退休的老领导老战友，想想自己，应该说也属常人说的“风烛残年”了。可实际上，大家还保持着天真与烂漫，不知老之已至，似乎青春永驻。原因何在？看来主要在于修德修行，“大德必及其寿”。

谋人之人，心术多诈险，自负荷重；谋钱不止之人，挖空心思，心情又多忐忑；极欲之心不变的人，劳心劳力太甚，常致肾亏气虚，是所谓“终日耗其精髓，虽盛壮亦必致夭折”；而有路歪走，有轨常越之人，易心提而胆吊，惧惧而怯怯，有朝夕畏不保之戚戚。此种德性，如何长寿？！

有人做过调查，百岁老人，绝大多数积极向上、心地善良、助人为乐，从不患得患失。已90多岁的孙毅将军，凛然正气，为国为民，出生入死，无所畏惧，待人热情，心胸开阔，至今，仍像他赠给我的条幅一样，“钢筋铁骨”。他的精神也仍留有余响。我当小兵时崇敬的老首长中，事业心强又平易近人，关心部属、心地坦然者，至今许多都体健力强，硬朗如当年。“乐易者长寿”是一句名言，乐观而平易待人，是一种崇高的修养。树立正确人生观的人，不光物质上常乐于知足，处世也豁达大度，宽厚待人。不去斤斤计较人言与人非。像毛泽东同志早年讲过的，待人“以宽而去其狭”“以诚而去其诈”。这就既无心求之烦也无心歪之闷，更无置人之上而居高临下之危，当然就能乐观。“治人”“治于人”的学说已经过去，尊重他人是和谐社会、温馨人类的情感力量。人人为我，我为人人，相互尊重，心地坦然。坦荡荡者，才有可能是连走路也哼哼小曲，潇洒、解脱、无忧无虑、“宰相肚里能撑船”的乐天派，这样，定然能长寿，正所谓“乐易长寿”。

古代不少仁义之君皆长寿。尧是仁德之君，不传位于子孙而让贤于舜；舜是有德有才之君，为民乐业而举贤及禹。夏禹为疏通九河“三过家门而不入”，有无私奉献的伟大精神，数千年来在民间传颂而永垂青史。活了102岁的大医学家孙思邈认为：“德行不克，纵服玉液金丹未能延寿。”讲得十分透彻。即“道德日全”“不求寿而自延”。因此，最善养生的人，是首先修养德行的人。孔子说：“德之不修，吾之忧也。”我们许许多多老人，经过了血与火的洗礼，经过了长期的琢磨，懂了，做了，也看到效果了。

（此文写于1995年，时年60周岁。胡先民校长看过后说：“你写这样的文章也太早了。”可见，这是我的一贯观点。我现在的观点仍然是：活着，人们好生相待；死了，不给活人添事。提倡“六不”：不设灵堂、不搞遗体告别、不开追悼会，更不要洗澡、换衣服、化妆。火化后，骨灰回归大地，当作又去考察，又去旅游去了。高高兴兴，不带给他人忧愁。生老病死，自然规律，一笑而了之）

周总理在邢台

我叫张脉贤，今年83岁，年轻时在邢台4593部队服役。在我80多年的人生经历中，邢台的生活给我留下了很深的印迹。1966年邢台地震后，周总理来邢台视察灾区给我留下了最深刻的记忆。把周总理和邢台联系在一起，就成了我人生的重要经历，永远不会忘却的人生历程。

1966年3月8日邢台地震，是新中国首次大地震，牵动了中央首长的心，牵动着邢台整个驻军的心。

周总理在河北省向63军了解初步情况后，就赶到一个灾区现场视察，首先是讲“毛主席派我来看望大家”，给灾区人民群众带来莫大鼓舞。下午就赶到187师师部向部队与地市领导布置具体救灾任务。

下午四时许，邢台驻军187师师部门前操场上，省地、军师领导在等候总理到来。当时我在政治部值班室值班，省公安厅来电话找厅长，我到操场上去找人时，一架白色直升机，已飞临营房上空，我还没说话，闫同茂师长看着我走来就把我叫住：“张脉贤，不要走了，等着！”很明显，总理要来了，肯定有事要办。我这个老干事，好指挥、好干事。我就停在操场上等飞机下降了。第一架是护航机，没有降落就返航了。第二架降落后，周总理走出来，他身上穿的是褪了色的衣服，脚下穿的是一双旧皮鞋，无一个警卫人员跟随，只带了一个秘书。站定之后，部队首长走上前去说：“去市区宾馆吧？”周总理一看是部队营房，立即说：“就在这里。”闫同茂师长马上示意我先去准备。

我理解后：赶快到“三号会议室”去打招呼。当时我们只有平房三号会议室迎接首长和客人，里面只有一个沙发，算是最好的家具。我发现，总理没有要走的意思，我就驻足观望。总理向前迈了两步，向走下驾驶室的驾驶员握手表示了感谢，又等舱中的服务员下来握手表示感谢后才向营房走来。我快步走上前打招呼，机关干部都在玻璃窗后招手注目致意。那时大家都比较严谨，没有欢呼雀跃，但都抑制不住内心的喜悦。我就站在会议室门边等待指令，这是师长的要求。

周总理在这里听取了军地双方关于救灾情况的汇报，他集中提出了十六字救灾方针“奋发图强，自力更生，发展生产，重建家园”。保卫干事王铁纲始终站在会议室里面，目睹和聆听了全过程。由于听取汇报、研究情况、布置工作时间比较长，中间“到了吃饭的时间”“过了吃饭的时间”，军首长几次催促吃饭。当时我们完全没有准备，用的全是二号碗，连个小碗儿都没有，筷子都是又粗又长的方筷子，碗和筷子都是临时买的。总理秘书说，总理就餐很简单，有点菠菜豆腐或者蔬菜就行了。我们偏偏没有菠菜豆腐，也是临时准备。总理也觉得准备晚饭时间长了，对王铁纲干事说：“去给我取个馒头加点咸菜就行了。”总理讲的是真心话！但这是187师首次接待总理，愿意安排得好一点。当时最好的就是炖鸡，而炖鸡用的是煤炭炉，需要的时间长，老是炖不熟，推迟了吃饭的时间。炖鸡一端上桌，总理说：“老闫，不让招待，但你还是招待我了。”然后总理亲自动手，把鸡腿撕下来，塞到老闫碗里说：“你在第一线很辛苦，你吃！”十几年后，我到北京卫戍区闫同茂司令家中吃饭时，他还讲到总理请他吃鸡腿的往事。

部署救灾工作一直到深夜，整个直属队没有一个人肯睡。最后全营房“夜送总理”离开部队，都以一睹总理为荣。他谦和平易，艰苦朴素，一心为民，大家都看在眼里记在心上。

总理号召我们组织宣传队，走到灾区家家户户。我和魏晋和、刘继文三人分三部分，一人写一部分，连夜赶写抗震救灾宣传提纲，因为次日部队就出发奔赴灾区时要带走。行署刘专员亲自坐镇，专署印刷厂连夜启动，我们一边写、一边送、一边印，印完就装订。次日将宣传提纲按时发到了所有出发部队和地方干部手中。我们还分别建了多个文艺演出小分队，走到重灾区，走到偏僻山乡，甚至给一个人演出，这个演出队的形成也是周总理要求的。我们这个部队担负着特殊的使命，因为只有187师在邢台地区驻扎，必然首先担负起全地区的救灾任务，因此我们也就经历了邢台地区受灾、救灾及事后的建设以及经验总结的全过程。

我一直在抗震救灾指挥部宣传组，也就掌握了更多的实情，因此我直接抓的晚会，也更加具体生动。在邢台、在河北、在内蒙古、在山西，尤其是在北京各总部、各部委、学校，一直到外交使团、国庆晚会，187师战士文艺宣传队一直承担着重要任务，还六进中央电视台，两进中央人民广播电台。我们的节目为什么受欢迎？与实践有关，与节目来自生活有关。自己创作、自己作曲。记忆中，《奔赴第一线》，说的是灾情就是命令，灾民就是亲人，部队开拔赴灾区，先救人，后生活，有大量的生动事例。《周总理来到白家寨》，说的是总理亲自到灾区，讲话时发现灾民和救灾的干部战士在迎风听讲，就高喊："起立，向后转"，让灾民背对着风、自己迎着风讲话。《总理坐了我的车》，说的是总理赶往灾区途中，坐着部队的小吉普车在灾区的土石路上颠簸。《张连长雨夜探亲人》，说的是部队的干部带头深入灾区，影响士兵、影响灾民、军民鱼水情深。《送粮路上喜洋洋》，说的是小杨庄严重受灾，房子百分之百倒塌，但他们提出三点：倒塌的房土，施肥。喷出的水，浇地。大灾面前，心更齐。因此，小杨庄要大灾之年夺高产，果然如此。我们编了此节目，很受欢迎，很受鼓舞。邢台人民灾年夺丰产，邢台人民讲辩证法，变坏事为好事。邢台人民做到了家里丢了地里补，而且还总结了大量地震预报经验。187师完全融入其中，大灾面前，军民紧紧团结在一起。当时因地震地方通信受阻、交通受阻，很长时间都是通过部队体系指挥。

1966年的国庆节，作为三军部队的副总支书记和陆军业余文艺宣传队领队，在北京参加三军的联合演出，我负责文字编导工作，当时演出的报幕词是我写的，演出节目有豫剧《周总理来到白家寨》、歌舞表演《周总理坐了我的车》等，汇报抗震救灾成果，很受欢迎。在北京演出，不仅成功而且广泛深入，现在讲的文艺接地气，这是个典型。全部节目自己创作，来自生活。文艺为人民服务，建队就是这个思想，行动体现这个思想。当时的照明条件很差，几乎用过所有能照明的手段：松树块、电石灯、集束电筒、煤油棉球、柴油发电，真是史无前例。周总理、叶帅、陈毅、陶铸、李富春、肖华、杨成武等在人民大会堂接见我们并合影留念。在现场许多人高喊："祝周总理身体健康！"周总理冲我们挥挥手，高喊："祝大家身体健康！"

这就是周总理，这就是无产阶级革命领袖。凡见过他的人，接触过他的人，都会在心中树立起伟人的形象，都会铭记着怀念着，尤其是受过灾难的人们，永远怀念周总理。

（本文系为纪念邢台地震50周年，中共邢台市委党史研究室何立海同志采访张脉贤所录）

第一次看芭蕾舞

俄罗斯民族是芭蕾舞的集大成者。芭蕾舞，几乎成了俄罗斯的象征。

1997年后重新组成的俄罗斯国家大剧院，培养出了当代一批具有顶峰地位的世界芭蕾舞舞蹈家，如被誉为世界第一“白天鹅”的乌兰诺娃与达吉亚娜。

以芭蕾舞为主要特色的俄罗斯国家大剧院的精彩演出，开始了今年中国的“俄罗斯年”。这使我联想起了我人生第一次看芭蕾舞剧的往事。

抗美援朝结束之后，部队转入和平建设时期。为了提高工农干部的文化水平以适应新形势，部队办了一批速成中学。我调入了七三速中担任中学语文教研组长兼教员。苏联展览馆在北京开幕，六十三军组织连以上干部赴京参观，我们中学教员也享受了这个待遇。这是历史上我们第一次进京，第一次住进当时接待外宾的西颐宾馆。刚住进宾馆，马上就出了洋相。同住的一位湖南教员，往床上一坐就猛地站了起来说“床是坏的！”我上下摸了一下，整个一样。一压，都下去，不压，就返回，是弹簧床。天快黑了，他想开灯，一按没有反应。我说是不是又坏了？也去按了一下。服务员匆匆赶过来：“同志，有什么事？”我俩愣住了，心想是我俩刚才开灯干的。只好说“没事”。服务员很客气地说：“没关系”服务员走了，我们才找到了开关。

吃完晚饭，要安排活动。有戏看，有游园，有看跳舞的。领队这么一讲，许多人都去抢戏票。唯有跳舞票最受冷落。我生平喜欢新鲜事，还是我第一个去要舞票的。

我拿在手上，只看了一眼就高兴了，因为上面是俄文，是外国人演的。我决定了去看跳舞。一共几百人，只有三个人要舞票，因此我们要随别的单位一块上车一块返回。不然，我们这些一直靠“11号”步行军的“土包子”在北京是找不到归程的。三下五除二，赶快吃完，抓紧找到车号，找到位置，老老实实早早坐在上面等别人。

到了天桥剧场，按票找位置，并附加发了节目说明。演出的是芭蕾舞名剧：柴可夫斯基的《天鹅湖》，主演是当时世界级的苏联国家功勋演员乌兰诺娃，演出单位是苏联国家芭蕾舞剧院。多么难得，多么荣幸！舞蹈艺术我一窍不通，但演出的异国风格、韵味、风情，表现力极强的音乐，丰富的形体，高难度的动作，都给我留下了深刻的记忆。况且是第一次“开洋荤”。五十年后，“俄罗斯年”又再一次重现旧日风光，别有一番滋味。记得那晚返回，我们三人更紧张，不等闭幕是舍不得走的。一闭幕就赶紧跑上车，随着云贵少数民族代表团一起安全返回西颐宾馆。

文化是友谊的先导，又是友谊的桥梁，不断沟通着人们的心灵，融合彼此的思绪，密切彼此的联系。我们经历了这样的不同阶段，更充分看到了——文化，在不断深化彼此的情感；文化，在和谐着彼此的关系。

预祝俄罗斯国家大剧院在中国的系列演出成功！

谈石祥写诗

王石祥同志给我寄来由他作词、董文华演唱的《十五的月亮》等歌曲的录音磁带，使我想起了当年他在当战士和排长时写诗的几条经验。

立足本职，干什么写什么，这是石祥写诗的一个特点。急行军写了《我爱我的11号》；两忆三查中，写了《李老五》；部队进行农业生产，他写了《燕山顶上犁云雾》等。他对自己具体工作的感受是最真切而且深刻的。

切实扎根于生活。部队夏练三伏，冬练三九。石祥和大家一起摸爬滚打，在恶劣气候中习兵练武。战友们的精神感动着他，来了诗兴："风紧了，雨急了，哒、哒、哒，枪响了，一发子弹一朵花，一阵枪声一阵笑……"没有生活经历是写不出来的。当时，在全国性报刊上发表的《夜间巡逻》《篝火晚会》等都充分显示了他具有丰富的生活经历。入伍三年，他受奖三次，立下三等功，入了党。可见，他生活的态度又是严谨的。

锲而不舍，刻苦创作。石祥写诗是时时想，日日练。一有空闲，便记下三五句。记得有一年，他的笔记本上就记下1000多个单节。他的津贴费和稿费，几乎全用在买诗册上。当兵3年，就买了两麻袋诗选。有一次，从我处发现一本《敦煌曲集》，他如获至宝，爱不释手，废寝忘食。

谦虚地从群众中汲取营养。王石祥由战士、班长至排长，团结战友，尊重同志。他把写诗当作一项工作，又借此听取大家批评，因此王石祥主持的班务会，常常变成了战士评诗会。如他的关于军事生活组诗中《早操》等，都是经班内战士评改过的。

石祥同志已出版4本诗集、歌词集了。我在师政治部工作时，由田间为之作序的石祥第一本诗集，出版至今已快30年了。在他担任原北京军区创作室主任后，还常忆及当年的业余文艺创作、业余文艺演出的年度评奖活动，他认为：不间断的群众文化活动肯定会造就一大批人才，事实正是这样，王石祥同志就是其中突出的代表。

他不仅是诗人。听了一曲优美动听、引人入情的《十五的月亮》，又使我又想起石祥同志。从他的《一壶水》《老房东查铺》到《十五的月亮》《望星空》等，都掀起一次次群众歌曲演唱的高潮。此次，我因事去京，阎同茂司令约我同去原北京军区，很顺利按约定相会。一别20年，战友情满怀，回顾往事历历在目，一谈就是4小时。事后，我为耽误了已经担任原北京军区创作室主任的王石祥同志的宝贵时间而内疚。

我自然从《十五的月亮》谈到他的创作成就。他诚恳地说："月亮本身不会发光，月亮的光辉来自太阳。"这句充满哲理的语言是他的心声，他总是把成就归功于党、归功于组织、归功于支持他的战友与领导。至今，他也丝毫没有为自己有这样一个深受群众欢迎、到处飞来赞语的作品而陶醉。他反复谈道："创作激情，来自边防战士深沉的爱，是他们对祖国、对人民、对妻子深沉的爱感动着我；创作激情，是来自军人家属金子般的心灵，是他们广阔心胸中对祖国、对民族、对亲人深邃的情，感动着我。"

石祥，这位1939年生于河北省清河县杜家村的农民儿子，读完初中就留校任教。各种儿歌、村谣启蒙着他。他也曾反复读过郭沫若、田间、何其芳、阮章竞等人的新诗。田间、魏巍等都给过他热情的指点。在部队的摸爬滚打中获得了一身身泥巴，在不懈勤思、勤写中创作了一首首诗。他把生活变成诗，又把诗渗入生活。在他的辛勤的努力下，他被正式调进原北京军区战友歌舞团，担任了专业创作员，在刘薇、唐诃、生茂等老同志的关怀、配合下，他如虎添翼，如鱼得水。歌，一首首；诗，一本本。他成了全国知名的年轻诗人。

他高兴地拿出新作《战士心态录》(未定稿)给我看。这是一篇数万字的长篇报告文学，从出征到献身，还包括战士的爱情生活，犹如一首抒情长诗。他告诉我，此次南疆行，情感受震动，情操受熏陶；素材一筐筐，故事一串串……

他的抒情散文水平，已在《钢铁长城》解说词、《中国革命之歌》文学稿，以及新近完成并上演的反映红军时代火热斗争生活的《遥远的回响》中得到了充分体现；也都像他的诗作《周总理办公室的灯光》一样，在全国引起强烈的反响。在已经发表了几十万字的散文和报告文学后，石祥同志已不仅仅是个诗人。

我与常香玉、筱白玉霜的一次接触

在部队工作的二十五年中，有十八年在师政治部，主要工作是分管整个师的文化活动。年年开展文艺创作评比、通讯报道评比、歌咏比赛，举办业余文艺会演。部队驻河北邢台时也能经常看看军内外专业剧团及演员的演出，如京剧的梅兰芳、尚小云、荀慧生，河南梆子的马金凤、崔兰田、常香玉，河北梆子的银达子，河南曲子的王秀兰，评剧的筱白玉霜以及侯宝林等。而战友文工团的歌舞团和话剧团、北京杂技团、天津歌舞剧院等，在我师一待就是十天八天，我负责联系、全程陪同。闫同茂任师长时他最喜欢京剧，杜近芳、袁世海到邢台，他拿钱，我曾陪他连看十一场，这也是破历史纪录的。我印象深刻的是成功地找到了常香玉、筱白玉霜到部队演出的事。那时，我也只有二十多岁，师首长听说常香玉到邢台，就要我去联系，请她到部队来演出“花木兰”。我找到了经营团长，他开价是一场八百元。但当时的市场价是三百元。以这个价格报告师长，他肯定说我没认真谈。我一想，不如找常香玉本人。剧场从经理到服务员都认识我这个“张干事”，他们不仅没阻挡还引导我去找。常团长一见是上尉军人，已是十分友好，看坐、倒茶忙乎起来。我和她聊起来了：“我们部队听说您到了邢台，都很想见到您！”还没等我讲完，她就痛快地讲：“部队叫我演出，我就去啊！”我继续讲：“几年前，您作为中央慰问团成员到朝鲜前线慰问的保卫西海岸的部队，就是我们部队。我们回国后驻在邢台。”“最可爱的人，太好了，您看哪一天有时间，我们一定去！”我想还是讲一下：“那，您看费用？”“你们回国五六年了，我们都没见着面，现在正好去部队看看！”一锤定音。在此次慰问演出中，常香玉一出场，全场掌声雷动，台上台下欢呼雀跃，“捐献常香玉号飞机”“朝鲜慰问”，这些事大家都还历历在目。师长指示：演完，献花，宴请。虽然我们部队花的钱也不少，但完全是一种军民鱼水情了。评剧著名演员筱白玉霜演的“陈世美”，全国有名。首长提出来这场戏对部队有教育意义，为此派人去联系过，说是团长病了，不能出外演出，但可以送点慰问票请首长来看。我不甘心，决心自己去一趟。我又是径直找到她本人，她的确半躺在床上。我表示问候，问及身体不适情况，我学过医，本是半个医生，敢讲。谈到本来部队想请她去演出，但听说身体不好，不好提。哪知，她听说是部队要看她的戏，于是非常干脆地讲：“小病，不碍演出，部队喜欢听评剧我们就去。”演出很顺利、很成功，她唱罢“华堂上”一段，就把官兵唱出眼泪来了。几十年之后，我记忆犹新。

至于军队内部的马玉涛、马国光以及魏巍、石祥、唐诃、生茂，因为都是战友，一年会有多次见面的机会，就更随便一点。往往过年过节、抗震抗洪，在最困难的时候，他们都来慰问。我总是全程安排，故与他们结下了深厚友谊。前几年在黄山区太平湖与时乐蒙、乔羽、石祥、生茂，还有王立平他们见面时，老朋友重逢相当激动。我讲欢迎词时，介绍每个人创作的歌曲，唱他们写的歌，也算是创新了所有的开场白。遗憾的是筱白玉霜、常香玉这一大批德艺双馨的优秀艺术家都离我逝去，只能是留下一个个回忆作为永久的纪念了。

想起耿莲凤

看到耿莲凤在中央电视台教唱歌，我回想起四十年前耿莲凤在部队演出的往事，依旧充满着亲切感。

我在六十三军一八七师政治部工作了十八年，一直负责全师的文化工作。当时部队的口号是："歌咏是文化工作的突破口""歌咏是生动的思想政治工作"。唱歌，是非常流行也非常普及的。原北京军区战友文工团的话剧团、歌舞团经常下部队演出，我是一年又一年的接待、一次又一次的安排，因此大家都很熟。如话剧团的葛振邦团长、歌舞团的邢野团长、创作室的魏巍主任，后来的王石祥主任还是从我师的战士诗人成长起来的，我们更是老朋友。

歌舞团贾士俊的《井冈山》《长征》，马玉涛的《马儿你慢些走》《老房东查铺》，马国光的《真是乐死人》《克拉玛依》，都是官兵十分欢迎又十分熟悉的独唱曲。耿莲凤，当时还是才冒出来的年轻演员，她为人热情，歌声甜润，一上场就深得官兵们喜爱。记得有次在邢台部队的首场演出，最受欢迎的是耿莲凤。她与战士中选拔出来的张德富表演男女二重唱，连歌带舞，声情并茂，这在当时还是一种创新。她的《毛主席派人来》《天也新地也新一片新面貌》，更不断获得群众喝彩。她六次上台，唱了六首歌，战士们才放过她。接着是战友歌舞团的杰作：为肖华谱曲受到极高评价的《长征组歌》，演员一站就是一个小时。耿莲凤除集体大合唱外，还有一段甜美、深情的女声二重唱《苗岭秀来》。二重唱一唱完，能量完全释放，人一软，倒下了。闫同茂师长、周树青政委都十分关心战友文工团的年轻人，当时把我叫去，指示二条：一是派医生专人护理，保证耿莲凤健康；二是以后不准这样无止境的“再来一个”，明天开始不得超过三个。我开始担负起保护耿莲凤的任务：不得超过三个。年轻人，很快恢复了，依然满腔激情，认真完成“部队的演出任务”。

我们邢台部队对小耿，还有一份特殊的情感。因为她小时候就在河北省邢台育才小学上学。邢台人，以出了一个耿莲凤而自豪。而育才本是部队的子弟学校，更增添了一份亲切感。

（写于2003年8月1日）

著名女高音歌唱家，原北京军区战友歌舞团演员耿莲凤

徽州花事

——浅谈中国传统插花之徽州插花

2020年初，在与屯蒙学舍舒院长谈徽州文化时，谈到许多关于徽州木雕、石雕生动的故事，都是传统思想、精神、价值观念的展现。特别谈到绩溪胡氏宗祠二进的花瓶，不仅花瓶工艺精湛，雕刻精细，而且内涵极其丰富。从事茶艺、香道多年的舒院长立即与她还在进行的插花进行了联想。我经常提到，知识决定思维，思维决定联想，联想决定创新，创新决定发展。舒院长立即对徽州插花进行了广泛而深入的考察，提出了许多新的历史展示与对花事发展的看法，很实际，很精辟，也得到了国家级花事专家孙可先生的赞许。一门新的又是历史沉淀很厚实的徽州花事出现在了徽州，出现在了徽州文化研究领域并开始走向全国、走向世

徽州花事

界。此举，填补了徽州文化的一个空白，是徽州文化金矿的又一次成功开采。

徽州插花，是在发达的徽文化大背景下逐渐形成和发展起来的。在发展过程中，受儒、释、道等哲学思想及中国绘画、文学、造园、盆景、民俗等影响，形成了崇尚自然、富于诗情画意、擅长线条造型的特点，是极具中国传统文化特色的艺术表现形式。如菊花就是徽州插花的不二之选。因为“徽州贡菊”作为贡品供皇室宫廷品赏，影响力大，也历来是国花。在徽州，田地间盛放的菊花与白墙灰瓦的徽派建筑相互映衬，常在庭院室内种菊、插菊、赏菊。而“扬州八怪”之一的清代歙县人罗聘与其妻子、子女共同开创的“罗家梅派”，有“瓣香绝枝属君家”之盛誉，以梅花为主体，寓意“不经一番风霜苦，哪得腊梅吐清香”、梅傲风霜之品格。中国“天人合一”的哲学思想也融入徽州插花中。徽州插花力求表现自然的形态美和色彩美，反对人为的刻意造作，尽量减少人工雕琢的痕迹，一切顺乎自然之理、合乎自然之态、饱含自然之情、富有自然之趣。这个特点也是徽州插花值得弘扬的一个优点与特点。徽州插花，也在发达的徽文化大背景下日臻成熟和普及，大量体现在徽州古民居、古祠堂三雕（木雕、石雕、砖雕）图案中，如瓶插荷花寓意平安连年；瓶插牡丹寓意富贵平安等，这些谐音、寓意、假借、替代等表现形式是大量被应用的，成为当今人们从现存的徽州文化中认识中华优秀传统文化的一个重要渠道。

徽州花事

徽州插花，见证了徽州文化艺术发展的进程和历代风土民情。徽州插花，不但对中国插花艺术的发展发挥了重要作用，其注重意境创设、简约环保的创作技法等，被西方现代插花所借鉴，具有较高的社会价值。插花也是一个传递信息、传递观念、传递修养的过程，徽州插花是多种艺术的融合，无论是从形式上还是从意境营造方面，都给人带来一种美感。同时，多姿多彩的徽州插花作品，培育了人们珍惜生活、珍爱生命，善待自然的高尚情操。

百花齐放的江南，又增添一枝奇葩。徽州插花的兴起是社会发展的一个表现。随着中国的日益强大，随着“一带一路”的发展，徽州花事也会逐步进入世界文化序列，作为一种健康、高尚的文化现象而在“地球村”中传播，为人类命运共同体增添一份艳丽的光彩。

徽州花事

想起太行山上的小金瓜

因病与离休老同志路青住同一病房。他家在山西左权，地处太行山腹地，是我工作过的地方，因此我们能够进行更多的交流。他虽患支气管炎还和我一起高唱《左权将军》。油然而生的亲切感，使我们在欢声笑语中治病，也让我想起了小金瓜及其他一些趣事。

大概是20世纪50年代末，师政委周树清通知我第二天从河北邢台赶到山西省左权县与和顺县之间的一个部队驻地。破旧的美国吉普走了一天，过了黑风口，爬过了太行十八盘，下了岭，过了一座桥，前轮突然跑出去四十多米。司机找回来装上，塞上几个钉，以步行的速度，安全到达驻地。天已晚了，政委通知吃点东西先睡觉，明天再谈工作。

半夜了，热炕把我热醒，被子上面又给盖了一条被子。次日才知道，房东老大娘睡觉前对儿媳说："刚才来的新兵，背的褥子那么薄怎么行？"她亲自给烧了炕，又叫儿媳拿了一条新被子给我盖上。那时年轻，因一天辛苦，一躺下就睡着，当时竟没有发觉。太行山的十月已经寒气逼人，大娘的爱兵深情，像一股暖流，头一天就深深温暖了我的心。老路说："我们老家是八路军一二九师的老根据地，军民鱼水情谊至深，堪称全国模范。"我当然同意他对故乡的赞美。

周政委把我叫到他所住的老乡家，研究拟一个部队在太行山老区"政治野营"的教育活动计划。"政治野营"部队是在乡村、在群众中，进行自我教育的一种方式方法。上午不到十一点，又一件动人的事发生了："同志：吃！"这家房东大爷送来一大钵“特别食品”。政委不说话我们不敢动。“吃，老区人民的深情厚谊，不吃不行！”有北瓜、土豆、玉米、小葫芦，特别吸引我的，是我不认识的红色的小金瓜。绵，而且甜。像老路说的，小金瓜不仅好吃而且好看！。

第三件事是第三天营部司务长走到河边，发现有很多鱼，也不怕人。原来当地老百姓从来不吃鱼，也从来不打鱼。能不能打？政委是老兵，他下决心：“打，改变一下他们的习惯。”司务长一下午捞了七十多斤。当地人杀猪杀鸡，一般把头、脚、内脏都拿去埋掉，只吃肉。政委说叫炊事人员好好地烧鱼，烧猪脚、鸡爪，内脏也多炒几个菜，一定请各家房东分别尝尝。事实证明给老乡：都是很好吃的东西，埋掉太可惜了。老路老伴补充道：“老路至今还不吃鱼。老山西、老太行、老习惯。”祖国地域广宽，习俗如此多样，趣事太多了。与老路成同室病友，让我想起了这段往事。而这些事当时就为我拟订“政治野营”教育内容以及讲军民团结一家人，提供了生动的素材。

从《找寻徽州》到《发现婺源》

两年前，武旭峰出版了一本书叫《找寻徽州》。在“找寻徽州”时，他踏遍了辙迹深深的皖南古道，攀越了一座座崇山峻岭，了解了色彩斑斓的民风民俗，找寻到了古老徽州的一个崭新的人文世界。今日，他又经过艰难的跋涉，辛苦的耕耘，精心的构思，以丰富知识为翅膀，飞翔在古今中外的文化天地中，终于兴致勃勃地“发现”了一座新的思想高峰，“发现”了一个文化圣地，“发现”了一个绿色世界。他满腔热情地展示了婺源，歌颂了婺源，推介了婺源，更深入地“发现”了我们已经认识、却还没有真正熟悉的婺源。

关于婺源，乾隆时徽州知府何达善曾写道：“山阜崛起之雄，贤哲诞生之地，实为海内灵奥名区。大江以南以声名文物著称者，于是为最。”婺源一千多年历史，才士贤媛，摩肩接踵，照耀千秋，而且盛衰有志。古人认为：“转衰为盛者有二。一曰朱子之褒崇。一曰山川之培护。”人慰境，境慰人，人地相映而辉光四射。当然最辉煌者，还是朱熹。南宋以来，理学成型，理教系统。朱子集各家之大成，形成了“新儒学”，朱熹是个思想家、教育家，毛泽东同志讲朱熹是个哲学家。朱熹的思想，在徽州几乎是一种传统修养，一种社会道德。朱子一生“勤奋著述书满天下”“倡千百年绝传之学，开愚蒙而立亿万世一定之规”。穷理以致其知，反躬以践其实，这才反映了他一生的主要特点。朱子的辉煌，更在他死后：谥文公、赠“太师”、追封“信国公”“徽国公”；由宋淳祐年间诏从祀孔庙，咸淳时诏赐

“文公阙里”于婺源；明崇祯改称“先贤”；清康熙定文庙春秋祭祀典礼十哲之次。从此，婺源就因真儒接踵、人文丕振而彪炳史册了。这样的文风鼎盛之区，没有大手笔是难成其书的。于是，武旭峰来了。

婺源文公阙里——熹园

我认识武旭峰先生是十八年前。那时，我在黄山市任副市长，分管旅游、外事、侨务与黄山风景区。武旭峰担任了安徽省唯一的能向国外发行的《黄山旅游》杂志的副总编辑。接触之后，立即觉得他这是一个“四能”“四敢”的年轻人：能想、能说、能干、能开拓，敢想、敢说、敢干、敢开拓，思想非常活跃，因此成了我最喜欢的年轻人之一。因为事业需要敢于创新的年轻人，尤其在创业阶段更是如此。当年黄山旅游才起步，不少人还未认识到宣传、促销、推介的重要作用，办杂志不容易。我决定每年给他主办的杂志拨三万元经费打基础。他不仅把杂志办得很好，而且为发展旅游业做了不少前瞻性的规划。如他当年提出并承办了“徐霞客旅游金像奖”，奖励了一批在黄山旅游开发的初期，做了铺路工作的人。至今这批人还念念不忘热心组织了此次活动的武旭峰。这是他对黄山旅游抓根本所做出的一项贡献。

这些年，他发扬了这种精神，在更广阔的天地里驰骋。他编辑了《中国之旅》系列丛书等一批卓有影响的旅游图书，又出版了《找寻徽州》以及现在大家拿到手中的别具一格的《发现婺源》。由于他都选择了特殊的切入点，极其简洁又极其生动地体现了“缀文者情动而辞发”，使得“观文者披文以入情”（刘勰语）。至于“崇美尚文”的思想情趣，“敬、和、俭、静”的道德规范，“以理修身”的传家之本，“以义处事”的为人之道，小桥流水、桃花深处、古道雄关，都写得引人入胜、引人入理。正如他自己所说：他不是徽州人，但对徽州的热爱，实在不亚于徽州人。这才是他能够含辛茹苦、不要接待、不要陪同、精心采“蜜”的动因。

清人沈德潜讲过：“有第一等襟抱，第一等学识，斯有第一等真诗。”《发现婺源》这部“真诗”创作出来了。它是旅游者最好的向导，是旅游工作者与徽学爱好者的一本教材。我对《发现婺源》的诞生表示热烈祝贺！对武旭峰又一部杰作问世表示热烈祝贺！

为《魅力唐模》作序

歌德说过："读一本好书，就是和许多高尚的人谈话。"我很喜欢经常地、不断地、深入地和"许多高尚的人谈话"。唐模，是文化徽州的一个展示，是崇文徽州的一个范例，是儒商徽州的一个证明，是历史徽州亦即人文荟萃、社会和谐、环境优雅的一个现存典型。我希望看到写唐模书的夙愿已久矣，现在终于实现了！以黄山学院汪大白教授为首的几个土生土长的唐模人，他们凭着对家乡唐模的熟悉和理解，怀着"绿叶"对"根"的浓厚情意，合作完成了这部《魅力唐模》。

《魅力唐模》的书稿一拿到手，我就迫不及待地通读一遍，深感收获颇丰。《诸姓聚合共兴唐模》一文，在肯定徽州宗法制度对徽州村落作用的同时，并不囿于认为徽州都是一姓一村聚族而居的绝对说法，关注到唐模各族各姓相容相济共同发展的历程，突出反映了中华民族传统文化中的包容性、和谐性。一篇《忠烈庙前话保安》，传达了人们心底的殷切期盼，体现出乡村民众的安居意识。《文化唐模特色多》可谓画龙点睛，突出了唐模可观性景点的精华所在。《筹饷戍边尚义堂》一文阐述了尚义堂中"心系国危、义利皆蓄"的徽州儒商精神，这是徽州人的大节风范，也是一种民族精神。《传闻唐模寺庙群》《心祭千年山泉寺》《追述宗汪太子堂》《今日犹见忠烈庙》《寻问唐模五圣亭》等篇，则通过对寺庙祠堂等历史建筑物的理性审视，反映出对于其中正义和睿智的人民性内涵的深度理解。情感，实乃人间沟通、交往、融合的桥梁和纽带。比如忠、孝、仁、义等，其实都是人类共同的精神财富。这些精神深深地作用于徽州社会，特别是作用于徽州家庭的和合、和美与和谐。记得卢梭说过："一切社会之中最古老的而又唯一自然的社会就是家庭。"家庭是社会的基础和细胞。神，其实都是人创造的。中国神话是中华民族灿烂文化的重要组成部分。徽州的神，不外乎天神、地神、物神、人神。天地物神反映人们对自然、对美好的祈求。人神则是为人民做了大量好事的好人，因为得到人们发自内心的称颂而成了神，他们是神化的英雄、神化的楷模。我曾在《送菩萨》一文中提到，1300多年漫长的时间中，人们不停地追思汪华，可见他就在人们的心中。我想，人们的这种心声，一定会更广泛地引起共鸣。此外，还有人称黄山第一古树的唐代银杏，天下第一媒树的明代香樟，石雕史书一般的同胞翰林牌坊，尤其是那座已经带着安徽人的感恩之情而落户首都园林的精巧玲珑八角亭，那座因"孝"字而使孝道深入人心的水口园林檀干园，在作者笔下都展示得淋漓尽致、引人入胜。

我殷切地盼望本书出版，其中还有本人心中的唐模情结。朋友们说我是唐模的外甥，这是真的。每当我想到徽州文化，特别是徽州史志、徽州教育，都会想起一个唐模人，这就是书中写到的末代翰林许承尧先生。尧老对徽州的贡献是多方面的：他的《歙事闲谭》成为第一本徽州学名著；他收集的40幅敦煌佛经等一大批珍贵文物早就交给了国家图书馆；他兴办了徽州最早的文明学校；他保护了徽州古塔、古桥等大批古建筑。尧老的文化贡献和历史地位是不可磨灭的。很荣幸的是，我见过尧老，曾住在他家，有过一些直接接触。

1987年，我写过一篇回忆在幼时见到尧老的文章《唐模水口会翰林》，记述了我大哥张汉承的名字就是他给取的，名字当中也蕴含着老人深邃的心思。

这里我借本书一页略述一些胡、许两家的交往情谊。我外公胡星晓家就在唐模高阳桥边，老屋仍在，离尧老家不远。外公一家世代从医兼营其他。外公本人是尧老的保健医师兼酒友，他们不时相约，举酒谈诗论事。外公的祖父胡雨春与尧老的祖父许品三是同学，曾由绩溪清水塘迁至歙县槐塘村。光绪十一年（1885），胡雨春游唐模会品三，初见少年许承尧即十分赞许，遂为其孙女胡凤仪定下亲事。尧老的长子家栻、次子家栋、长女素闻、次女悦音之名，皆出自胡夫人。两家表序为：许家许品三—许雅初—许承尧，后嗣家栻、家栋、素闻、悦音、家桢（出自程氏）；胡家胡雨春—胡仲山—胡星晓，后嗣树三、慕贞（即我母亲）。仲山是雅初经营江西之店主，存积蓄于店，因意外而俱损。尧老乃发奋读书，所获紫阳书院的奖学之资可补家用，最终文誉鹊起。仲山父雨春也举家迁往唐模，从此亲家往来，文人相交，友谊日深。尧老于1901年的赠诗《饮胡星晓寄庐作》，居然长达46句230字，可见情深意切、畅抒肺腑。在最后《题胡星晓遗像》一诗中，特别提到“深交三世谊，晚岁两相望”。实际上，后来尧老又将侄女许淑华许给胡树三，也就是我的舅父、舅母，这就要算“四世谊”了。所谓“晚岁两相望”，是因为我外公星晓后又举家迁回绩溪扬溪的缘故。我母亲胡慕贞与表亲们亦即尧老的子女幼学于唐模，那里有尧老协助他祖父创办的徽州最早的小学敬宗小学与端则女校。因为尧老主张男女同校，1918年女校并入敬宗小学。我母亲受唐模新风影响，从小反对缠足，参加放天足运动，而习文学医从不放弃，为人、助人、利人，行医一生，能书匾额大字，处方往往赋诗概述病情：教育子女“靠真本事吃饭”，这成为我家的家训。贝多芬说：“我不知道有什么比教养一个孩子成人更神圣的职责。”徽州人崇文重儒，兴教办学，尧老是一个代表，是一个先行者。他虽然是清朝末科翰林，思想却十分具有前瞻性，既弘扬传统文化，又绝不守旧抱缺。他在唐模办文明学校就是一例。

尧老与黄宾虹、张善仔、张大千、汪采白、吴承仕、罗长铭、张翰飞、张勋帛、柏文蔚、唐式遵等一大批有影响力的名人都曾有过密切来往。正因为这样，他才能劝阻唐式遵炸古桥、拆古塔的计划，他才能为建造芜屯铁路打下基础，他才能主持完成皇皇巨著《歙县志》的编纂。因此讲到唐模，不能不多讲讲许承尧这个特殊的历史人物；讲到徽州学，不能不讲讲这个奠基人、开山祖。我期待着了解尧老的专家学者，以及唐模老人传人，继续著文以进一步充实名村名人史实。

汪大白教授多年致力于徽州文化研究，硕果累累，著作颇丰。他曾较早地提出徽州学将会成为国内“显学”的学术信念，他已主编了《徽州学研究》一至四卷。本书由他主编主撰，可谓是名家写名村、大家写大雅。我相信，彰显“天人和谐、魅力永远”的《魅力唐模》一书，将会迅速转化成一种文化软实力，在唐模文化繁荣、旅游兴旺、经济发展和社会进步的历史进程中，充分发挥积极的推动作用。

女性发挥最大优势的时代

当今世界的主题是和平与发展，经济繁荣是社会文明的重要标志，同时也是扩大政治实力的重要手段之一。繁荣经济，发展社会文明的重任，是由人来承担的。占人口二分之一的女性，理当是经济建设的一种伟大的人力资源，但由于历史的种种原因，一些不利于女性参与社会政治和经济活动的传统观念，依然束缚着人们的思想和行动（包括来自女性自身的压抑），导致女性的群体作用未得到有效发挥。本文就女性的自然优势稍做提示，意在帮助妇女客观地认识自身，树立信心，及时把握当今世界重大发展，特别是国内以经济建设为中心这样一个大好时机，充分发挥女性的聪明才干，努力在经济大潮的涌动中，完善自己、发展自己，力争自身价值得到充分实现。

归纳起来，女性主要有四大自然优势：一是具有哺育人类社会文明的源泉之一——伟大的母爱；二是具有坚韧持久的耐受力；三是有灵敏的直觉和细致的观察力；四是感情色彩浓厚、情感反映细腻，善于以情感人。充分发挥女性的这些优势，必将极大地推进人类的进步、社会的繁荣。女性热爱生命，是由其天性所决定的，这种爱不是对自身的爱，而是超越自身的、对人类生命的爱。由于女性承担着人类的繁衍和哺育重任，本能地富于同情心和责任感，因而女性总是以忠诚、善良、宽容的态度面对人生。表现在现实社会生活中，则是忠于职守、任劳任怨、乐于奉献，甚至是不惜牺牲生命，以其特有的爱，不妨称之为母爱，川流不息地浇灌着人类的生命之花，默默地孕育着人类社会的文明。因而，人们往往把神圣的祖国比作母亲。

在中国的抗日战争时期，沂蒙山区有一位女性被战士们亲切地称作“妈妈”。她就是抛开羞涩，顾不上自己待哺的孩子，用甘甜的乳汁挽救了一位身负重伤战士生命的“红嫂”。在朝鲜卫国战争中，一位阿妈妮为了保护中国援朝战士，让自己的儿子用生命引开了凶狠的敌人。可以说在战争年代，女性为祖国的解放付出了极大的爱，甚至生命，也正是她们的爱，激励着千万万个战士为捍卫祖国、保护母亲，在战场上顽强拼搏，浴血奋战，为祖国赢得了荣誉。

人们往往把产科医生视作神圣的天使，因为她们完成着导引生命开始的任务，这种导引倾注着对新生命的无限热爱。我国著名妇产科专家林巧稚，就是新生命的保护神。她的一生都在尽母亲的责任，她的手挽救了无数的新生儿、解除了多少家庭的痛苦，然而她却牺牲了自己一生的爱与乐。她终生未嫁，没有自己的孩子，却用毕生的精力确保天下所有经她接生的孩子平安来临。她给人类的爱是无私的爱，是完完全全的爱，也正因为这种爱，促使她的医术达到了非凡的水平。

爱是一种动力，产生克服困难、创造奇迹的勇气，那么女性的这种爱，无疑为她们参与社会的劳动创造，奠定了良好的基础。

女性由于生理上的特殊功能，历来以吃苦耐劳著称，由此造就了她们特别能战斗的韧性，越是负重越是前行，只要认准了理，就执著而坚韧，不达目的，誓不罢休。工作中她们有耐心，有毅力，无论有多大困难也不气馁。因而，她们往往比男子更出色。革命战争年月，女性扶老抚子，死守数十年，盼到“天亮”那一天。创业时期，与男性一样，“不见石油不结婚”，专心于事业，事例不胜枚举。

如美国身患绝症的安琪儿·沃沦德是世界上唯一凭借

假肢来表演走钢丝的人。在中国，张海迪身残志坚，以其坚韧不拔的毅力掌握了多国语言，创作了多部文学作品，成了颇有造诣的作家。在唐山大地震中，许多被埋入废墟中的女性，以其惊人的耐受力，战胜了饥饿和缺水的折磨，等到了援救的到来，表现出了女性超凡的耐力。又如体现出了日本经济复兴时期的民族女性代表"阿信"，一生艰苦创业，无论是在生理上还是心理上均具有坚韧的耐受力。

坚韧不拔成了女性的一种品格，也是一种能力，这种品格与能力是通往成功的桥梁，由此可见，女性一旦认定了属于自己的事业，一定会获得成功。

从女性的能力结构来看，也有其自身的特点，主要表现为感觉灵敏、观察细致、思考严密。感觉、观察、思维的能力，属于智力范畴；从男女两性来讲，即使其智力水平是均衡的，但这并不意味着在心理上无性别差异。从观察力来看，女性的嗅觉、触觉、视觉等分辨能力较强，具有得天独厚的直觉本能，她们往往能抓住极细微的东西，看到男人所看不到的问题，这是直觉加敏感造就的一种高层次的观察力，它能使女性在实际工作中避免因疏忽而造成的损失。

女性不仅观察细微，而且受较强责任感的支配，在处理问题时往往比较冷静和慎重，特别是参政女性，她们对每一件大事、每一个重要问题都会不厌其烦地进行反复推敲和严密思考，力求达到最佳处理状态。这种优势和男子的刚毅果断互为补充，将有利于社会的发展。

女性的人格结构，造就了女性的情感优势。女性感情丰富，情感细腻，与男子相比更擅长于以情感人，显示出较强的协调力。女性由情感派生出的协调力，早在原始社会就有所表现，并显示出重要作用。据记载，在民族或部落之间发生战争时，常常是由有权威的妇女出面调解，才得以停战。如《安顺府续志》中记述："同类相争，必妇人劝方解。"在古人看来，不仅人间的战争只有妇女调解才能平息，就是洪水猛兽、自然灾害也会被妇人驯服。在民间流传很广的女娲补天的传说，就是当时人们这种认识的反映。

那么，现代社会管理是以人为核心的，情感的润滑作用更显示其独到的魅力。“得人心者得天下”，谁能征服人心，谁就有吸引力、感召力和凝聚力。而动之以情，正是征服人心的一种有效方法。女性一般重感情，性格温和，善解人意，乐于倾听他人的意见和建议，容易取得他人的信赖，营造出和谐的工作气氛，同时，也有利于协调人际关系，调动人的积极性。现实证明，“温情管理”是当今参政主体的一大优势，它常使挠头棘手的问题化干戈为玉帛。如在菲律宾，由于前总统马科斯的残暴贪婪，使其在执政后期陷入了经济与政治的双重危机，这使得缺乏政治实践但情感丰富、具有同情心的科拉松·阿基诺轻而易举地击败了马科斯家族。上台后的她，十分同情民众的疾苦，关心国家的发展，迅速颁布了经济复兴计划，大力推行民主改革，经常倾听民众的呼声，从而赢得了民心。

又如，当今风行的公共关系学，所推崇的人选也为女性。许多部门和企业的“公关”均由女性掌管，经她们的周旋，很多问题得到迎刃而解，由她们带来的经济和社会效益是令人叹服的。

综上所述，可以断言，人类社会的发展与女性对自然优势自觉的运用是分不开的，她们与男子同是发展社会生产力的重要因素，同是社会物质文明和精神文明的建设者。特别是近几年来，女性在国家政治、经济和社会生活中发挥了不可替代的作用，同时，国家也为女性参政创造了一定的条件，使得许多国家妇女接连在政坛上达到权力的最高峰。

尽管女性具有上述优势，使其在促进人类社会发展中，发挥了应有的作用，但事物总是一分为二的，与上述优势并存的女性群体的劣势又在阻碍着女性的发展。如女性感情丰富，但感情脆弱、自制力差。女性虽性格温柔，但遇事易瞻前顾后，常作茧自缚，怕担风险，没有闯劲。女性虽富同情心，但存在自卑心理和依附心理。缺乏自信心，对从政兴趣不大，社交不活跃，接触面窄，缺少锻炼机会，致使女性自我意识差，视野不开阔，决策和创新开拓能力较弱，等等。女性群体的劣势不仅会影响女性的自我开发和自我价值的实现，还会影响整个民族的整体素质，因此不可小视。

然而女性群体劣势不是一成不变的，在一定条件下，劣势可以转化为优势。要实现转化，首先要正视女性群体的现状，客观评价自身的优势。其次分析劣势的成因，找出转化的契机。最后要积极创造条件，付诸行动。女性优势是客观存在的，而劣势的克服将是优势的兑现。

总之，在当今经济发展、市场繁荣的时代，女性应迅速调整传统心态，加快观念的转变，增强自我意识和竞争意识，发挥优势，自立、自强，提高自身素质，抓住机遇，开拓进取，勇敢使自己成为时代潮流的搏击者。届时，妇女的作用肯定会得到进一步体现，妇女的地位也将得到进一步提高。

（为配合世界妇女大会在中国召开，发表于《对外大传播》）

为《程氏宗谱汇编》作序

家谱，亦称族谱、宗谱、家乘、通谱、统谱、世谱、支谱、房谱，等等。现在一般统称家谱或族谱。

我们国家历来十分重视族谱文化的发掘、研究和利用。中国民主革命先行者孙中山说过，族谱记述的中华民族由宗族的大团结，扩大到国家民族的大团结，这是中国人才有的良好传统观念，应当加以发扬和运用。毛泽东主席1957年在成都会议上也说过，搜集家谱、族谱，加以研究，可以知道人类社会发展规律，也可以为人文地理、聚落地理提供宝贵的资料。族谱文化是中华民族的传统文化。收集、研究族谱，有助于中华民族的团结和中华文化的传播。国家档案局、教育部、文化部（今文化和旅游部）国档会字〔1984〕7号文件明确指出："家谱是我国宝贵文化遗产中亟待发掘的一部分，蕴藏着大量有关人口学、社会学、民族学、民俗学、经济史、人物传记、宗教制度以及地方史料，它不仅对开展学术研究有重要价值，而且对当前某些工作也起着很大作用。"常言道：家之谱，犹国之史。一部族谱，就是一部家族的人文史。族谱文化，博大精深、丰富多彩。族谱文化研究是一项社会系统工程，它不仅是家族、宗族的大事，也是社会的大事。

程姓，是一个辉煌的宗族。"大姓兼望族，烺烺炳燐炬。"历史与现实，程氏族人为中华民族的复兴与辉煌做出过巨大的贡献。程氏宗族是中华民族成员中的佼佼者。程氏宗谱，提供了这样一个画面：中华民族在顽强地拼搏，在艰辛地进取，在发展中崛起；在战争频起、朝廷更迭、灾荒连年中，从平原走向山区，从下游走向上游；在社会稳定时，又从山区走向平原，从上游走向下游。中华姓氏的流动，往往是社会发展的写照，是历史变迁的佐证。“南北两宗裔，播迁华夏域。”程氏族人的足迹也因此早就到达了中国的豫、皖、浙、苏、赣、粤、鄂、湘、冀、鲁、川、京、津以及台湾等地区。现在，特别是在改革开放大潮之中，程氏族人更是遍及全国和全球。程氏谱系是文明古国——中国社会发展史、人文发展史的一个缩影和一个重要组成部分。要特别提到的是，新安程氏显祖忠壮公灵洗。朱熹题诗赞之：“龙虎其气、金玉其姿，收敛英武、从容燕私，其言有章、其仪不忒，载仰载瞻、水水无斁。”忠壮公灵洗，少有勇略，便骑善射。将军伟志，定国安邦。他还善于播植，是一个躬勤耕稼的平常人。所以“妻妾无游手”，这点十分难得。兄弟五人，四人有后，灵洗最“显”。显在于业绩，显在于官位，显还在于有子二十二,十七人有后。在以学进仕、以学成业的传承中，辈辈无闲人，代代有贤能。“将军程灵洗徽歙实其间”。灵洗居篁墩，与朱熹祖同村，即今黄山市屯溪区篁墩。篁墩是一个声誉很好的地方，曾是一个很显赫的地方，是徽州的人口流动的集散地，是当年有“万家灯火”的繁华的新安江水系中一个重要的码头，是有十八座桥横架的大镇，是山川钟秀而人才辈出之灵地，是程、朱、黄、周、江、张、项等数十大姓寻根问祖之胜地。新安程氏族人，曾有“忠壮裔孙一脉延，休宁汉口起英贤”之赞语。新安程氏后裔中，有一门三尚书的佳话。说明以灵洗为代表的显祖发挥了带动作用。二程先祖北迁，程颢、程颐居豫，不忘自己是“忠壮公裔”，其后代也不忘回新安，迁歙县、休宁、祁门……有在附近“知池州”的，有任“徽州知府”的……二程的第四代与朱子通书，密切来往，除秉承正统儒家思想外，也不排除有着同是篁墩村里人的乡里乡情。《篁墩志》

中，明确记载了二程后代来篁墩祭祖的史实。当然，他们不会不到篁墩朱家巷走走。作为徽州地域的标志性水口村落篁墩，也因为有程颢、程颐、朱熹而被钦定为“程朱阙里”。朱熹，是二程思想的继承与弘扬者。作为儒学宗师，影响着中国思想界七八百年。近年来人们越来越注意到程朱思想对欧洲社会的影响。作为徽文化的理论基础奠定者的家乡——篁墩，也因此堪称一处儒学圣地。

我衷心祝愿以程朱为代表的数十姓氏，能像当年一样在篁墩和谐相处，甚至像当年一样可共用一祠，分时祭祖。况且，大家共同认定了中华民族始祖，大家都是华夏儿女、炎黄子孙。新安程氏这个世系，一定会起到团结更多更广的程氏后裔的作用。大家都来古徽州篁墩走走看看，聚集在灵洗乐于休养生息并祈求薪火相传，持续鼎盛之灵地——程朱阙里篁墩，畅谈我们的昨天、今天和明天，以更加巨大的凝聚力，共同创造更加美好的未来。

我热烈祝贺《程氏宗谱汇编》刊印。在黄山迎候各位乡亲光临！！！

为《徽州月潭朱氏》作序

世良同志是我的老朋友。18年前组建黄山市朱子思想研究会时，他就是积极分子。他认真负责、锲而不舍；他年过八十，始终不渝。这三四年时间，他钻进了一本古书中，入情了，入心了。现在他出“道”了，将这样一部洋洋50万字的《徽州月潭朱氏》史书（包括《徽州月潭朱氏》和附册《月潭朱氏世系表》)，呈现在徽学研究的朋友面前，呈现在国内外的朱氏宗亲面前，大家都为他高兴。而他提供给大家的一份徽文化大餐，是值得人们坐下来仔仔细细品味的。因为族谱是中华民族的传统文化，是我国宝贵的文化遗产。姓氏文化，历来是中华文化的重要组成部分，是文化生态的现存，是我国社会发展的写照，现在仍是我国亟待发掘的文化遗产。世良认真做了这项挖掘工作，把其成果奉献给大家。我们会在阅读中，看到他编撰的艰难与辛劳，也看到他取得成果的兴奋与喜悦。

我接触过月潭的朱氏族谱，是一次去月潭看望年轻有为的朋友聂圣哲时，他兴致勃勃地介绍了这本族谱。我如获至宝，一天时间通读了一遍，留下许多记忆。此书对我的这些记忆，是详尽的展示，准确的诠释，合理的升华，它会有效地引导我们去读懂、读深。

朱氏，是中华民族最古老的姓氏之一。轩辕黄帝战胜蚩尤之后，中间之国已稳定。庄子说，他得道升天了。黄帝认为“人乃天帝之子，有德者升上天”，“至德安天下”，有德之人，追求升天是必然的。五帝中颛顼是黄帝的孙子，其第五子封曹国而姓曹，后被封邾国而姓邾。楚灭邾后，部分人改姓朱。可见朱氏出自三千多年前，一些朱氏族人在讲述其姓渊源时皆说："朱氏，黄帝之后。"是把轩辕黄帝认作自己的祖先的。

唐时，朱师古避乱到歙之篁墩，其子朱瓌又统兵戍守婺源。宋时，婺源朱姓后裔移居月潭。800多年来，绵延不断，薪火相传。朱氏本乃徽州望族，月潭一支尤踔厉风发，魁硕迭出。这是由于徽州宗族，秉承中原古风，继承中原望族励志励学传统："非学无以成才，非志无以成学。"月潭朱氏兴教倡学，代代重教办学育人，以学进仕。一个村落、一个家族中出现进士13人，举人20人，在最高学府国子监就读过的达200余人。文风鼎盛，人文荟萃，这是受益于朱氏祖先朱子的"诗书不可不学""穷理之要必在读书""尊德性而道问学，道问学而尊德性"等教诲的缘故吧！为学，目的在于修身齐家治国平天下。修身，学会做人是第一位的。朱熹60岁以后还为构建和谐社会做了许多事情。家有家规，族有族法。宗族立谱的主旨，就在于家族的和谐共进，没有规矩不成方圆。本书介绍了许多乡规民约细则，这些细则的制定正是为了宗族的大团结。"仁者，人也。"中国一人，天下一家。中华民族由宗族的大团结扩大到国家民族间的大团结。本书也从一个角度，说明崇文敬德、礼贤孝悌、和谐团结是中华民族的优良传统。

宗族兴盛，靠的是一代一代成就事业。"智者顺势而谋，愚者逆理而动。"事业成就首先是顺"势"而行，要先符合国家、社会、民族的发展大势。从本书中可以看到：朱氏聚族而居八个世纪，人才辈出，修内行、秉高节之士比比皆是。如朱为弼，当过漕运总督；在担任顺天府尹时，江苏巡抚林则徐赞扬他"清操如于成龙"，以后还与他多有书信往来；他为民生曾单骑深入实地考察，下级要拉开排场接待他，他说："我为蝗灾而来，岂能为蝗虫"，拒绝了任何接待。这个“蝗虫论”，可谓是切中时弊的，以行动召唤大家为百姓灭“蝗虫”。还有朱燮，政绩卓著又文才俊逸，官至刺史，精通武术，为人行侠仗义，而且教育子女要当儒官。本书中大量反映了朱氏宗族，与徽州其他宗族一样有仕商同等的观念，能为官则为官，能为商则为商。这与徽州人历来遵循的“入则为相出则为将，不能为相为将，八仙过海各显神通”是一致的。所以入官之外，徽州人的事业道路也极为宽广，涌现出多种人才。如在医学、工艺、教育等领域，都涌现了许多杰出人物。更多的是徽州人审时度势，把从商看作形势需要，自觉从商，学儒做商。“十大商帮徽商居首”“无徽不成镇”，这是因为徽商传承民族优秀思想文化，实践民族优秀传统的结果，是文化的力量使徽商具有强大的生命力。从本书中可以看到，在朱氏商人心中，最核心的就是一个“善”字：如“宝善堂”“守善堂”“积善堂”“庆善堂”“崇善堂”“荫善堂”“乐善堂”等。可见，朱氏商帮，是以仁义为本做人从商的，所以才出现置义仓、义库，赈贫乏、灾民，造桥修坝，建楼阁，设义田等义举。不是一个人，而是一批人；不是一代人，而是代代如此。

由于家风代代相传，一批批社会栋梁之材不断涌现，体现了朱氏宗族的显赫之处，这是发展之必然，如当代著名建筑学权威专家朱自煊教授，对电子技术领域有重大贡献的朱敏慧专家，在统计学界前沿研究领域有重大成果、已成为国际最重要的统计学家之一的朱力行教授等。生长在月潭的朱氏外甥聂圣哲，在商业上是大亨，在文化上又是跨理、工、文三学科的大学者，同样是难得的人才。

学史明智。从家谱可以清晰看到一个宗族兴旺发展的脉络，会给人以更多的启迪。我们中华民族越来越兴盛，是什么原因？以人为本，以文为根，这也是今天社会发展、人民进步的共同法则。

（匆草于2011年10月4日深夜）

从许国想起的小鸡老鸡之议

许国建造的八角牌坊，作为全国重点保护文物留在了历史名城歙县，我倒想到了申时行。许国一生的“最高职务”是“二辅”，相当于副宰相的职务，是申时行积极荐的。

申比许小8岁，22岁翩翩得志考取进士。许国则是在朋友的鼓励下，39岁才考取进士。他竭诚从事培养后生的工作，励志修身，从一个贫苦人家子弟成了甚有威望的绅士，是因为他有一颗育人治世之心。申看到了许的优点，担任首辅后就极力推荐许国做他的助手，于是许被钦定为“二辅”。

想起前几年讲的小鸡带老鸡，年轻的首辅能大胆荐用老于自己的“二辅”是有见识的，他必定摈弃了个人的私心，着眼于治国为民的大局。

同样重要的是，不能只表扬那些首辅能大胆启用比他年龄小的二辅，也要看到长者的长处。不能把长者的一切弱点都否定，把幼者的一切优点都忽略。

朱元璋把比他大29岁的朱升请来辅政，甚至于称他为“宗长阁下”，并对一个出身平民布衣的朱升，明确关系：在朝是君臣，退朝是父子，以父敬之。明君犹知用有用之人的重要，我们更应如此了。

作者陪同新加坡副总理参访皖南古民居

徽剧《吕布与貂蝉》观后

多年不看徽剧了，但心中始终惦念着徽剧这个古老的剧种。20世纪40年代初期，我的老家还有许多村落自组剧团自演徽剧，几岁的小孩也随同大人赶到集镇上看《水淹七军》《古城会》以及“关公显圣”等三国戏。

朋友的关照，送了两张票来，本想着，不想看就溜出来，哪知一看三个多钟头，不喜欢看戏的老伴也赞声不绝。

徽剧团演出的《吕布与貂蝉》，应该说是一出老戏。经编导们的努力，使老戏有了新意，有了新的吸引力。《三国志·吕布传》中，有“布与卓侍婢私通，恐事发觉，心不自安”的记载；《资治通鉴》中也有“布守中阁而私于侍婢”的一段叙述，但皆寥寥数语。只是《三国演义》才演绎出《吕布与貂蝉》的一段韵事。千余年来，关于三国从传说到小说说唱，多在一些人物的机警、奸诈、权术与阴谋上着墨，唯吕布与貂蝉这对年轻人的爱情故事，是一个例外。

《吕布与貂蝉》，各个剧种过去、现在都在演，如何出新就有了难度。安徽省徽剧团把戏剧矛盾集中到乱世情缘这条主线上来。而在乱世之中，他们不是消极的对象，而是乱世的积极参与者、命运抗争者。既写了他们对乱世的态度，也写了他们在乱世中的情爱，这就必定构成悲剧结局。乱世，逼着他们表现；乱世，又促使他们毁灭。

吕布英雄豪气威武无比，但正如貂蝉所说“耀武艺高强但无谋略是斗不过群雄的”。剧本没有写吕布的求乞，表现出更多的刚强，但“大耳贼”的一句“公不见丁原董卓之事乎”就决定了他的命运。即使他俩在除董卓中起了关键性、决定性作用，但在新的斗争中，他们依然是被击杀的对象。貂蝉，体现了“自古红颜多薄命”。

徽剧团演员队伍整齐，人人能打，个个能唱，非常可喜的是主角貂蝉的扮演者王丹红，扮相艳丽，更重要的在于她所运用的表现手法，眼、手、身、步、法配合默契，全面、细腻，惟妙惟肖。一个凝神，带去了大家的视线；一个梅指，显示了美女的纤弱；一个前空翻，又表现了少女的矫健；一个跪步，展示了内心的悲痛欲绝。王丹红说唱念打样样来，文工武艺一齐用。一个演员做到文武兼备、唱打俱佳是很不容易的。虽然，戏中并没有去写貂蝉有什么武功，不要求演员有武功底子。但从一个娇小女子轻盈的舞姿中，观众看到的是在优美、动听的唱腔之背后，还有不平常的武功底子。

剧中几乎找不到低谷演员，曹操、董卓、王允特别是吕布的表演者，都是徽剧演员的杰出代表。成功的演出，把我带到了少年时代。那时，演员在不到三米的窄小舞台上演出，点的是煤油汽灯与松树枝，当然更没有软硬灯光背景。只有一条桌、二方椅。《古城会》只拉出一角小小城墙以显示地点。看到今天进京、入港、走向世界的徽剧，心中非常高兴。深夜提笔，略叙一二，以作记言，更主要的是对这一古老的艺术奇葩的发展表示祝贺！

发掘徽州文化，展示徽州精神

继《程灵洗与徽州社会》《程元谭与徽州社会》出版之后，黄山市程氏文化委员会负责组织编纂《新安程氏名人与徽州社会》一书，在编委会主任陈平民先生、总策划程景梁先生和部分徽州文化专家、学者的辛勤努力下，在二程后裔程先政先生的全力支持下，书稿终于付梓，可喜可贺。

黄山市程氏文化委员会，近年为传承弘扬中华优秀传统文化，饮水思源，崇祖敬宗，报本感恩，依托徽州本土徽学界学术力量，坚持不懈，以新安程氏为文化视角，专注对徽州文化进行学术研究。从新安程氏显祖程灵洗、新安程氏始祖程元谭，进而到新安程氏代表性名人，三本书为一个特色系列，点面结合，比较全面地向世人展示了新安程氏名人的业绩、祖德，向世人展示了新安程氏名人对徽州文化、对中华文明的重要贡献。《程灵洗与徽州社会》、《程元谭与徽州社会》和《新安程氏名人与徽州社会》的编纂出版，是徽州文化学术研究的新成果，很有价值，很有意义。

凡是关心徽州和徽州文化的人都知道，名列新安望族之首的程氏宗族，入迁新安较早，历代从事政治、军事、经济等各方面的名人很多，对徽州和徽州文化、对中华文明的贡献很大，在徽州和徽州文化中举足轻重。由于新安程氏宗族兴旺发达，遍布全国乃至世界各地，新安程氏名人影响力深远，甚至有“徽州程”即“中国程”之说。1999年12月，上海古籍出版社出版了《中国历代人名大辞典》，据粗略统计，收“中国程氏”人名340多位，明确标示属“新安”“徽州”的就有90多人，占38%。可见“徽州程”“徽州程氏名人”的地位和分量。《新安程氏名人与徽州社会》一书，收历代新安程氏名人100多位，讲述了徽州程氏贤哲、徽州程氏名宦、徽州程氏文彦、徽州程氏儒贾、徽州程氏良医、徽州程氏巾帼以及具代表性的徽州程氏宗族名人的辉煌业绩和纯正品性。这本书的出版是历代徽州先人承续中华传统文脉的集中体现，是历代徽州先人自然观、家国观、公私观、义利观、荣辱观的集中体现。

1994年11月，黄山召开了首届国际徽学学术讨论会，前排左7为作者

安徽省徽学会会长王世华教授最近提出：徽州之域历朝历代曾为中华民族的文明发展输送了一大批治国理政的能臣良将、清官廉吏，这一人才群体的孕育产生、历史功绩、垂范影响、现实启迪，可能是“徽州文化”对中华文明的最大贡献。其中包括程元谭、程灵洗、程端忠、程元凤、程迈、程叔达、程大昌、程琯、程金、程国祥、程祖洛等许多新安程氏宗族名宦。还包括新安程氏名人在内的徽州各领域先贤儒硕、文彦俊杰，他们的爱国、担当、忠贞、奉献精神，是中华民族精神的生动表现。

2018年8月，习近平总书记在全国宣传思想工作会议上指出："中华优秀传统文化是中华民族的文化根脉，其蕴含的思想观念、人文精神、道德规范，不仅是我们中国人思想和精神的内核，对解决人类问题也有重要价值。要把优秀传统文化的精神标识提炼出来、展示出来，把优秀传统文化中具有当代价值、世界意义的文化精髓提炼出来、展示出来。"徽学研究之当务之急，就是要努力发掘和提炼徽州文化的精神标识，提炼和展示徽州精神，为当代文明和发展服务。而这，也正是此书编纂的价值所在。

［戊戌（2018年）初冬于屯溪］

给黄忠明画展写的前言

为《山路遥遥》作序

“仁者见山，智者见水。”仁智者，喜融情于山水之中。

爱山爱水，与山水为伴，相谐情深；

赏山赏水，得山水之乐，乐而忘忧。

高世喜同志，热爱本职，与山水结下不解之缘。思山想水，歌山颂水，描山绘水，得山水之精髓，看到了山的严峻与深沉，山的坦荡与宽广，他终于喊出了“山父”。

“水秀秀水水水秀”，他看到了乐流滔滔，也看到了些许浪花。他祈求着：每个人的心田，都涵有一泓清清的泉水。这是多么美好的愿望。勘探本身，使他更多地陷在山谷之中，站在山巅之上。触景生情，夹叙夹议。不仅看到了花，看到了树，看到了白色的藤，紫色的藤，还看到了“见树就缠，见墙就攀，失败了，就踏着故主的躯体，去寻找新树、新墙，再缠再爬”的藤，给了为求飞黄腾达而攀高贵者以无情的鞭挞。

世喜的文，值得一读，给人许多启示！

世喜的书，值得一看，我们从中看到他对生活过的铜陵与黄山等热土的深厚的故乡情。这，也熨帖着每个游子的心。

为《张玉有金刚经书法集》作序

黄澍老师赞扬玉有书法，"笔划娴雅，功力精湛，堪称佳作。"吾亦以为，书法家之前辈的意见肯定，可谓功夫不负有心人。

玉有是我之乡邻，有志于弘扬国粹——楷体书法已廿年。他于敬重书家之长，又不忘重点书攻。小楷追求典雅，古朴的艺术特点，已与他敬[illegible]，修业励志，清静专注的性格相一致，正是书如其人。

《金刚经》是一部佛学之大经，是一本智慧之书，修养之书，意志之书。玉有首选此经书作为书法技艺展示的内容，也是恰到好处。书法是用心写的。心思的凝练，才产生精品。玉有的古雅小楷《金刚经》的出版，必定会引起书法家、书法爱好者、佛家、佛学研究者的浓郁兴趣。研读佛经同时欣赏书法，真是一举两得。

张脉贤

书于乙丑[illegible]初八

筚路蓝缕开新篇

——写在《程灵洗与徽州社会》出版之际

在草木返青、百花齐放的甲午之春，由黄山市程朱理学研究会组织编撰的《程灵洗与徽州社会》一书由黄山书社正式出版，这不仅是研究古徽州历史人物程灵洗的重要学术成果，而且是当下徽州文化学术研究的一个新开掘，新发展，意义重大。

新安程灵洗（514—568）是古徽州早期的重要历史名人。他是古徽州第一个入“国史”列传的真实历史人物。程灵洗在南北朝梁、陈时期，率兵勇拒侯景之乱，保境安民，治军严明，与其子文季南征北战，立下赫赫战功。程灵洗还与士卒和百姓同甘共苦，躬耕田间，虽老农不能及。这样一位勇武而又亲民的大将军兼老农的古代英杰形象，其鲜明的人民性特质，早已铭记在徽州历代百姓的心中。徽州后起之秀程景梁发起的对这位徽州早期重要历史人物的缅怀和研究活动，不仅是徽州程氏宗亲崇祖敬宗的一种中华孝文化传统美德的新体现，也是对徽州地域文化史及社会文化实态研究的新探索。

改革开放以后徽州文化研究日益勃兴，三十多年来，对宋以来的徽州地域社会文化实态的各个层面，都已有许多富有成果的发现和研究。古徽州自宋以来，儒风独茂，尚文重教，科举辉煌；明清徽商兴盛，促成徽州文化“区域全面发展”，创造了“东南邹鲁”在中华文化史上的奇迹，徽州文化成为明清时期中国优秀传统文化的典型代表。这些在学界已形成基本共识。而古徽州在宋以前的社会历史文化实态，由于文献相对不足，研究相对薄弱，因此，对于宋以前古徽州的“新安文化”“山越文化”，还有许多课题没有展开，还有许多谜团有待解开。对古徽州宋以前社会历史实态的探究，正是徽州文化研究需要着力挖掘的一个重要方向。我会的程氏文化委员会近年来组织海内外徽州文化研究的专家学者，致力于程灵洗和徽州早期社会历史实态的研究，终于有了第一批学术成果。《程灵洗与徽州社会》专著收三十多篇研究文章和相关资料，逾三十万字，分别以新的史料、新的视角对程灵洗的历史功绩，程灵洗在古徽州社会的历史地位和文化意义，徽州程氏对徽州文化的贡献，程灵洗研究成果对徽州文化研究的意义等新安程氏文化的多个方面提出了不少新的见解。尤其令人振奋的是，随着对程灵洗研究工作的启动，人们发现这一位徽州历史上的早期名人，还是“国术”中华太极拳的老祖宗之一，这再次证明了徽州文化的源远流长。在对程灵洗和徽州社会的探讨中，人们正在进一步思考：古徽州地域早期社会的文化实态是怎样的？宋以前徽州文化的特点是什么？徽州早期山越文化、新安文化中“尚武”和“崇文”的历史互动、演进和传承的脉络是怎样的？等等。随着对程灵洗研究、汪华文化研究等专题研究的开展，相信对徽州文化的研究，一定会有让人瞩目的新进展。

多年来，程朱理学研究会一直致力于对徽州文化的开掘。翟屯建会长身体力行，积极主持省级社科研究项目——“程灵洗与徽州社会”；副会长程景梁竭尽心力为传承和弘扬篁墩程、徽州程、中国程之祖德及文化而辛苦奔忙；程振朔、程观金等老总竭诚支持程氏文化研究的开展；许多徽州本土的徽州学研究者攻坚克难，努力参与这一课题的开掘。我们徽州本土的徽州学研究者，有着许多得天独厚的地域优势和资料优势，理应在徽州文化研究新开掘中负起更多的责任。我们热切地期盼着“程灵洗与徽州社会的研究”课题产生更多的成果，从而推动徽州学研究的新发展。

（2014年3月于屯溪）

比利时讲学纪实

——由上海至布鲁塞尔

杨多良省长很了解我："张脉贤出国总是宣传黄山，宣传徽州。"作为特例，我出国讲学很快得到了批准，做了几天准备就出发了。

凌晨五点我就积极行动起来，驻沪办事处许主任送我到机场。究竟是花甲老人，首次一人直奔外国，各方面总得多想一点。在海关永忠科长亲自陪同下，一切顺利。飞机也准时起飞，只是到北京又停了两个小时，这种衔接，不能不令人感到遗憾。在北京补盖了"公章"，这才算真正出国。我们坐的航班机类似波音747，后来才知道是欧洲各国联合生产的"欧洲空中客车"，很适合长距离飞行，有小电视机，有指示飞行线路、气温、高度，等等。脚伸出去有了踏脚板，前后厕所有八个。欧洲飞机制造商，并不服气波音747、777，决心推出新产品与之较量。飞机从北京经蒙古国进入西伯利亚，又经莫斯科、华沙、法兰克福等地，一共飞过了蒙古国、俄罗斯、白俄罗斯、立陶宛、捷克、波兰、德国及比利时八个国家。从上海到布鲁塞尔一万零七百公里，由东向西飞，时差七小时，十一点从北京起飞，下午四点到布鲁塞尔，飞行时间是十一个小时。到了根特市住下时已八点半，天还没黑透。长途旅行是艰辛的，不少人的时差久久倒不过来。

"在家千日好，出外一朝难"，我总对自己充满信心，毕竟一人在外，左右都是朋友。可偏偏头次一个人出国，就遇上难题：在这百分之六十是中国人的班机上，我的左边是一个欧洲人，讲话一句也听不懂，他一心在看合同，不停地改改画画；右边是一个近七十岁的老人，一口纯粤语，我也是一句都听不懂。但她吃起西餐十分熟练，可能是久居国外之人。这样左右就无言可对了。东方航空公司航班上有个安排：放录音磁带，有轻音乐、西洋音乐，有屏幕上的电视，还有京剧。我的选择是听京剧。梅派、程派、荀派、裘派、谭派、马派，一段南梆子、四平调，又一段二黄慢三眼，约八小时的连续收听，超过我在家一年收听的京剧时间。我一直没闲着，因为要听流派与唱词，还真要十分认真。“捉放曹”中的陈宫唱段、“拷红”中的红娘唱段，“二进宫”的生、净、旦等，本是我几十年前有兴趣的。京剧帮我度过长途飞行，还为我讲了“徽州文化”中关于艺文中的四大徽班进京形成了京剧的内容，通过复习，丰富了我的讲课内容，很有收获。魏查理院长派巴德圣教授来机场接我，他是个研究佛学的学者，性静，寡言少语。他多次到过中国，我们能说得上话。我根本没想到，一个国立大学文学院的院长和教授，居然没有一人有车，更没有公车。我们只好拖着沉重的行李坐火车、换火车，还要叫出租车，舟车劳顿才到达魏院长安排的我的住处，开始了崭新、陌生而又清苦的比利时生活。

作者书法作品一幅“优秀传统文化是中华民族的精神命脉”

不要指望别人来安排你的生活

我请陈教授转告院长，要从给我的报酬中划拨出一些来解决我的住处。因我了解到：这中产阶级的家庭旅社一夜要六百法郎，一个月是一万八千法郎。我因自己只带了三百美元，从第一天起费用皆由我自付，在报酬不知道多少时，不敢用钱，从住处到学院天天步行三四十里。其实威廉院长也怕住旅社花钱太多，同意我搬出欧洲的家庭旅社并决定让我搬进学生宿舍。这里，洗澡是集体间，男女合用，我从未进入，以防出错。反正我当兵在三北，像在内蒙古时，我也是从来不洗澡的，就连洗脸都不可能天天进行，我能将就。厕所是公共的，男女同室，各进其门。灶间，全部用电，是公用的，随便用。电梯内标识的楼层我搞不清楚，在这里一层是中国二层，零层是中国的一层。他们认为中国的叫法是不妥的，没有层，怎么能叫一层呢？这里是真正的大学宿舍，一人一小间，二十四小时有暖气、热水。大学生是按资决定住房的，我的翻译马丽教授的住处略高一等，室内可洗澡、可做饭。我没法自己做饭，开始连个电热杯也没有。但饭总要吃，我进了自选商店，买了水和面包。有水才可吃进面包，也可吃我带来的干脆面。我意外发现：这里的矿泉水与牛奶价格相近。比利时牧场多，草场占耕地面积的一半。这下我高兴了，我想每天都喝牛奶，别的就可以少吃，身体也不会垮。但吃没有烧过的牛奶，几天就不适应了，还是不得不花七百法郎去买了个烧水壶。不太关心别人的生活是欧美人的通病，但他们认为“这是自己的事，别人不应干扰。”

来这里住校的人都讲，不要指望别人。因此，可不能客气不讲或等主人“领会”，因为这里不比东方人讲伦理观念，讲“礼”。我只住一个月，能将就就将就了，不去提什么要求了。为了生活需要还为了不缺主要营养成分如维生素之类，我捡便宜地买了西红柿、红萝卜生吃，还买了提子。同学们在做饭，在打乒乓球，在打闹，在玩游戏机，但没有出轨行为。我一人在静静备课，认认真真写一天随记，静坐静卧、少消耗，往往不知是几时。这个中国文学院，实际上只有四个教授。大量教学任务由中国教授承担，院长也勤于讲课，一切行政等事务由一个秘书负责。四个人中有两个在研究佛学，院长就拥有全套精装大藏经。上海师大沈海燕在美国读宗教硕士后到这里来专修佛学博士。看来在大多信奉天主教和基督教的欧洲，也有新的突破。根特在历史上是欧洲第二大城，教堂极为宏伟。一方面人们去祷告，一方面人们也在思索。我就听到了这样的议论：从圣经里看到了屠杀，从战争中杀出个上帝。天主是至高无上的，并不讲平等、民主。佛教则讲善、讲忍、讲人人成佛是平等的。他们说：“圣经没有解决的平等、仁爱问题，佛教解决了。”这是个很有意思的事。反正我不离本宗，不失时机地给他们讲中国的四大佛教名山，大慈、大智、大愿、大贤。大愿在九华山，在黄山也兴建了翠微寺。他们很关心地问是大乘、小乘，其受大乘禅宗影响是很大的。我欢迎他们来九华山，来翠微，做些佛教研究。谈佛是好事，因现在的佛教研究往往是儒、释、道的结合，是中国文化的一个部分。佛教有一个中心点，劝人向善。

作者书法作品一幅“实干兴邦”

在国立根特大学中国文学院讲徽学

我在根特紧张了多天，威廉院长迟迟未安排我讲课，是想让我先适应一下。由于是洋学堂、洋学生、洋规矩，又有语言隔阂，我也实在没底，心老是悬着。头发掉了不少，可见心情还是紧张的。第二周才开始叫我讲课，一周一讲，一讲四个小时，六个内容，三周讲完。第一次讲完课，学生们迟迟不走，问这问那，我心才定了。我的讲课方法，是从对象和要翻译的特点来考虑的。坚持从生动的直觉到抽象的思维。从感性开始入情，从情感引导入理。这样，师生之间浑然一体。我提前到课堂，将“Huizhou Culture”几个字写在黑板上，以引起学生们的注意。上课后，发了黄山明信片，宣传了黄山。同学们就会想：“这个中国教授与众不同”，“他要讲的是什么？”这就很好地完成了教育学规定的首次“组织教学”的任务，从“十户之乡不废诵读”看徽州文风之鼎盛，这是我讲的第一课。我从背诵古文到吟诗，从押韵、平仄讲到中国诗歌的音乐性，再讲到徽州文风之盛，是文化之乡、礼仪之乡，文物之海。同时介绍了西递、呈坎、牌坊群、齐云山石刻和古雕三绝等。形象、具体、新鲜，讲课是成功了。第二讲的内容为文房四宝俱在徽州，看徽州文化的丰富性、全面性。展示四宝，展示书法，并现场书法。我从李煜的“虞美人”（比利时国花）开始点题，谈到了徽州版画与出版业，徽州志学、理学、建筑学、医学、数学以及徽菜，并做了集中介绍。第三讲为从徽州艺文的突出成就看徽州文化的影响与价值。我紧紧围绕两条主线：（1）从傩舞、傩戏到目连戏到徽剧再到京剧；（2）从名山秀水的细细描述到新安画派的形成、发展。这些是全国有代表性的艺术，而且是具有世界意义的艺术。

现场讲解：吟诗、书法、清唱。学生们有很大震动。从头到尾听课的威廉院长，头次就表示祝贺，此后多次带头鼓掌。最后，送上一封感谢信。北京语言研究院与华东师大的教授们讲："我们在中国，还不知道有这么丰富内容的徽州文化。"新疆大学英语教授马丽说："到了外国更感到学习中华文化的重要性。"中华文化的博大精深，要不是20世纪50年代我用了六年半业余时间读完大学文科课程，获得了文学系毕业文凭，没有这样的科班底子，我也没有这个胆子来讲学。徽州文化的确是中华文化的一个缩影，博大精深。徽州，是中华文化传统儒、释、道思想文化沉淀很厚实的地区。讲徽州文化，事实上涉及中华文化的各个方面。马教授很谦虚，课前我们做了多次商讨，中间又由海燕担任翻译，她对中文比较熟悉，连"手、眼、身、步、法"她都知道，配合得很好。许多学生要书法，好在事先有所准备。最后一次课，我用信笺和签字笔现场背诗写作赠予同学们，外国的同学们这样热衷于中华文化，这样喜欢徽州文化，我当然要尽力满足他们的要求，也使我深深感动。

在欧洲高铁上，由巴黎到布鲁塞尔只有一站路

“精英小聚”

中国在根特大学的教授，已碰面的有十余人，文学院只有五六人，陈曦是联络员。她初到根特，食住无人管，有了住所又无被褥，逼得她不得不找大使馆再做交涉。故她很了解才来这里的人的苦衷，她在我顺利讲完一课，心情放松时，抓紧安排我们几位中国教授一块到她住处吃便饭。

我没有锅、碗、瓢、勺，年龄又最大，算是最可怜的一个。异国逢知己，分外亲切。我在张普教授陪同下，到了她的住处，也是集体用灶，但已经有了一间包括一台电脑和电视机在内的小卧室。最醒目的是书桌上的五星红旗。我脱口而出：“一个爱国者的住所，显出了政治气氛。”她还有一面大国旗，重要场合中用。“到了外国更爱祖国”，是不少人的心里话。张普是中国语言信息处理研究所所长，语言学专家，与陈曦一个单位更加熟知，就把我当客人，他们一齐动手。中间来了“要人”：杨燕绥，中国“劳动法”第一个法学博士。她带来了许多消息，谈起留学生情况，谈起欧洲高福利的现状与问题，介绍了比利时连续的罢工之波，国家形势，关键还是经济形势。大家吃饱了，穿暖了，算迈出了一大步。人人平等了，恶势力不存在了，又迈出一大步。比利时已算很小了，荷兰语区、法拉芒语区，还要求分治，这倒是政治要求了。根特大学本来与根特市是一体的，市长即校长，于1992年将它们分开。学校说因此学校经费受到了影响。其实整个比利时也出现公共债务，出现赤字，失业率增高，教育经费也困难。只是“骆驼再瘦也比马大”，看着还是不错的。大学也在找门路增加收入，文科要困难些，所以喜欢用中国教授，是廉价劳动力，这也是他们的聪明之处。各国大学都喜欢用中国教授："刻苦、勤奋、认真，不少又是高水平的。"给我的工资不过一千美金，陈曦她们对院长说："张教授不能与我们一样，只给这么点工资……"院长说："大家一样，不能用个人感情调工资。"不过，要是从自己动灶来说，保证吃饭则是绰绰有余的。

我非常高兴的是我六十岁以后又做了开拓者、创新者。在欧洲开讲徽州文化专题讲座，我算开了头，苦中的最大的乐趣，在于事业有成就，在于对徽州、对国家有贡献。一批人，都是国内高知识层的佼佼者，我说："你们都是精英，今晚我很高兴有机会与精英小聚。"他们反而说："一、年过六十；二、敢于讲学；三、讲学成功。你才真是精英。"虽然我不能因此而成为精英，但心里还真是美滋滋的。七个菜一个汤，在这样的生活条件中能搞出来也实在不容易。就连筷子也是大家凑的，为此杨博士不得不再回住处一趟。他们总劝我多吃些，因为我不动灶，当时还没有烧开水的壶，只能喝凉水吃生的。今晚，我真的吃得很饱，什么菜都觉得很够味。我带来的一包屯溪老街买的咸菜，也是佳品。中国人，总是要吃中餐，祖祖辈辈形成的中国胃变不了。到了夜里十一点，还是张教授坚持"护送"了一段，我走向归程。小聚会，谈笑、交流、融情，倒真是充满温馨，久久在记忆之中。

张教授、杨教授：你们现在何方？我总惦记着你们。当时都没有想到留下国内的地址，用于我们的联系，十分遗憾！

（2008年终于在给北京语言大学九个国家的外国留学生讲徽州文化时，知道了他们现在就在此单位，也找到了心存感激的陈曦教授）

如果有一罐豆腐乳

在根特大学，我和国际法学研究生导师王虎华、华东政法学院的李泳、纺织品进出口公司的小马认识后，生活丰富起来了。他们的主任给了台彩电，我虽看不太懂但终于能看电视了。

我们住一个楼，有空好坐坐聊聊，发扬发扬中国人喜欢群聚的传统，海阔天空，交流情况，交换心得，加强联系，加深感情。特别对我驱走一人来此的寂寞感，起到非常积极的作用。

一批精英在这里进修、讲学或合作课题。我现在才知道，一个根特市的大学里，居然有一百多名中国师生。大家都不放过难得的机会，艰苦生活，拼命攻读。从语言关起步，在专业上深耕，不做出成绩誓不罢休。当然也有的是属于送“经”而不是取“经”的，如宁夏一位女学者的治沙研读就属此类。大家对过生活关是信心满怀的，但从小养成的中国餐饮习惯还是要延续的。由于费用原因，大都以面包加黄油为主餐，那时总想自己动手，炒个素菜也好。我不动灶，不可能在购物昂贵的欧洲去购置炊具。开始还随便喝水，后见小朋友们都过滤后再喝，因根特水是重水，含矿物量大，易得结石。我本有此病，尚在服药中，不得不设法改变饮水方式。从国内带来的方便面是上品，很合口味，关键时调调胃口才冲泡一包，遗憾的是带少了。中国味的咸菜更受欢迎。假日，与几位朋友一块看电视。到了半夜两点，我贡献出的就是老街买的小袋榨菜，这还引得王教授感叹地说："如果这时有一瓶豆腐乳放在旁边，那该多好啊。现在，就是闻闻豆腐乳的香味的确也是绝的。"

只是在国内，谁也没想到带上些瓶瓶罐罐，带上豆腐乳啊。在国外生活一段时间，经常有这样感叹：要是带点什么来该多好！但这些，也只有在国外生活一段时间后才会有这样的感触。人们总是热爱自己的故土，习惯故土的生活，眷恋着故土的一切。到了外国，一般来讲又相对贫困，一批批人反映出来的爱国思想更加强烈。正如在海外企业管理处工作的王维国满怀深情地说："出国一段时间，深深的爱国之情油然而生。"他讲出了我们共同的心声。

在比利时根特大学中国文学院讲课

在根特家庭旅社中备课

告别根特的朋友们

再见了，根特的朋友们！讲完最后一课“从徽州艺文的突出成就看徽州文化的影响与价值”，我就要去布鲁塞尔了，借国际台朋友的方便走上归程。每次讲完课，我都产生一种愉快感，离岗之后又为徽州、为黄山做了一件有意义的事。威廉院长还邀请我吃饭并递来一封感谢信。陈曦告诉我，内容是说根特大学首次开讲徽州文化，讲得十分精彩，祝贺讲学成功，并对我毫不吝啬将文房四宝、字画等送给学院当教材表示感谢。其实我认为：留作教材是永远留下徽州文化的记忆，是我从文化交流，扩大徽州文化影响采取的另一举措。本来威廉院长准备最后请我吃饭以示送行，因张普夫妇邀请吃饭，并事先约了八九人包括威廉院长，所以就免了文学院的开支了，一块夜聚张所长处。不问私事是西方的习惯。张的房东，可了解到的是：母子二人，四年前还是农民，现住根特的三层小洋房中，儿子除两天前外出打工外，主要时间在家中操作电脑制作图案，并已被杂志封面选用。母亲为人热情，对中国人很友好。主人不仅同意用她整个厨房、厨具，还可用她的客厅。新疆马丽教授的拉面，上海师大沈海燕的素饺，张普教授主勺炒菜，满满一桌。有塞浦路斯人，有比利时人，但主要是中国人，济济一堂，谈笑风生，歌舞升平。陈曦善良、勤快，忙于服务；海燕喜欢与威廉院长斗胜；石教授唱一曲讲一段，不愧为语文学的博士。身在异国，却一派中国的民风、民俗、民乐、民音，感到十分亲切。连房东也说，要是她儿子这时在家该多好。为中国人相聚一起的浓浓亲情所感动。快结束时，年轻人赶回家来，痛痛快快喝了一杯孔府家酒，直说像威士忌。我深深感激：没有威廉院长邀请，我来不了；没有马丽、沈海燕翻译，我讲不了；没有一来就得到陈曦、张普等教授的亲切关照，我在异国恐怕连生活关也很难度过。像今天这样：课讲得十分顺利、成功，学生久久不走；生活十分泰然、安定；旅游考察也穿插进行得很理想。马教授还悄悄耳语："您的比利时讲学，是在圆满中结束的。"我说，是这样，没有在座诸位就没有这个圆满的结局。举杯致谢，以表心意。我讲课最后讲道："在一个东方文化韵味浓郁气氛中我们再相见。相见在中国，相会在黄山。"我有自知之明，相见在比利时是不可能的了，留给年轻人去写续篇、去创新业。我算是又开了个头。一生做了许多开头的事，由于认真为家乡服务的真切思想，比较起来在黄山、在徽州的确是做得更多一点。我感到欣慰。因为这是生我养我的土地，的确更有一番游子归来的亲切感、责任心。

青年人是祖国的未来，在国外的这批精英，更是我们的希望。我祈愿他们教学相长、事业有成、鹏程万里。比利时是个小国，和我国很友好。但正像房东一样，不少人不了解中国。她问："听说中国还是共产党领导，我们比利时是资本主义国家。我们能去中国吗？"问得十分可笑。他们向往中国是事实，我们还做得很不够。理解要在接触中了解，友谊要在了解中加深。这一百多个中国文学院的学生，一定会成为中比友谊新的桥梁，一定会在推进东西方文化交流中做出新的贡献。我祝福他们。

七绝·黄山情侣太平湖

1991年陪吴学谦副总理考察太平湖时念的顺口溜。八十又七之年，重书记之。

太平湖唱太平歌，山上唱罢山下和。
十八古渡渡舟远，十里桃花十里河。

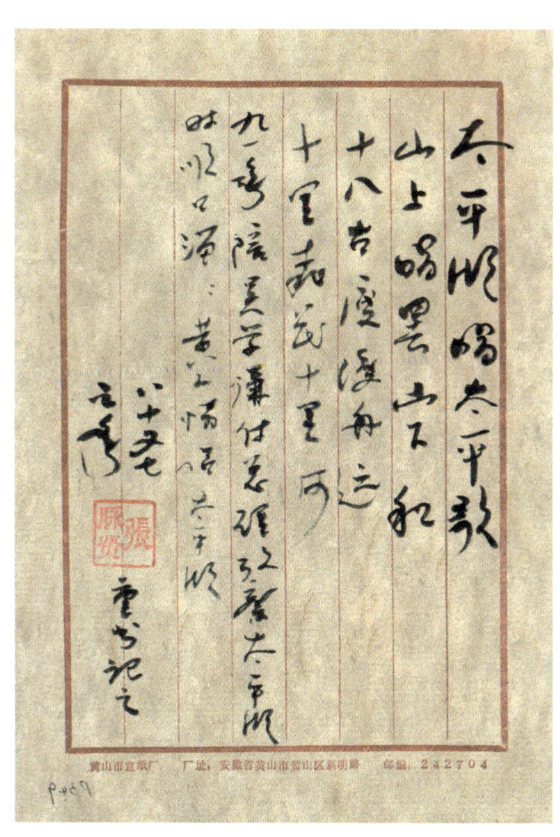
太平湖唱太平歌
山上唱罢山下和
十八古渡渡舟远
十里桃花十里河
九一年陪吴学谦付总理考察太平湖
时顺口溜：黄山情侣太平湖
八十又七
重书记之

黄山市宣纸厂　厂址：安徽省黄山市黄山区新明路　邮编：242704

五言·赠花岛尧春先生

1989年在花溪饭店接待日本友人，以花岛尧春嵌头诗一首赠日本记者花岛尧春先生。

花溪水涟涟，岛上语绵绵。

尧舜今犹在，春风满人间。

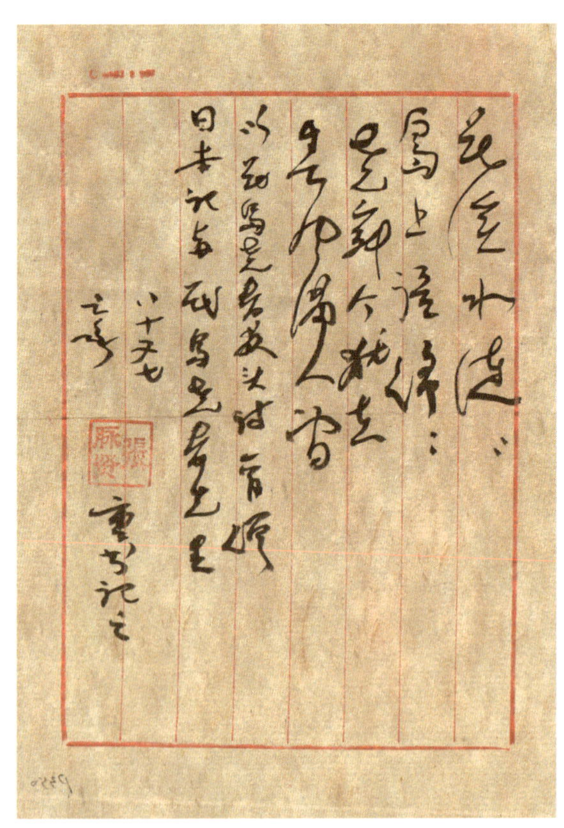

花溪水涟涟，岛上语绵绵，尧舜今犹在，春风满人间。以花岛尧春嵌头诗一首赠日本记者花岛尧春先生

七绝·登太白楼

1990年陪荷兰大使杨乐兰游歙县时赠诗。

太平桥畔太白楼，横山卧看练江流。
宿野鸿儒今何在，金竹深处有云头。

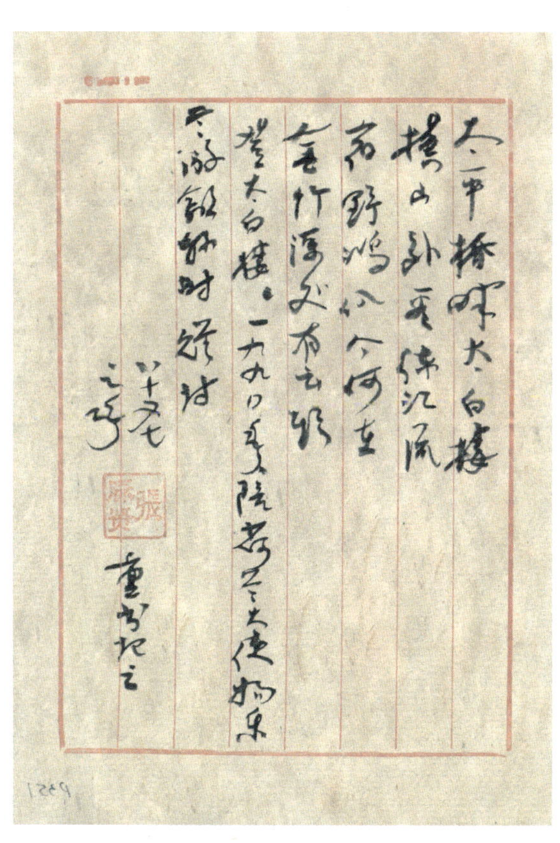
太平桥畔太白楼
横山卧看练江流
宿野鸿儒今何在
金竹深处有云头
登太白楼。一九九〇年陪荷兰大使杨乐兰游歙县时赠诗

 七绝·过新安江

1988年陪中顾委秘书长黎虹游新安江时口占。应黎秘书长之邀，我第一次走进中南海。

山中水接水中山，山水相连不见边。

疑是水中人行走，却是人在山中间。

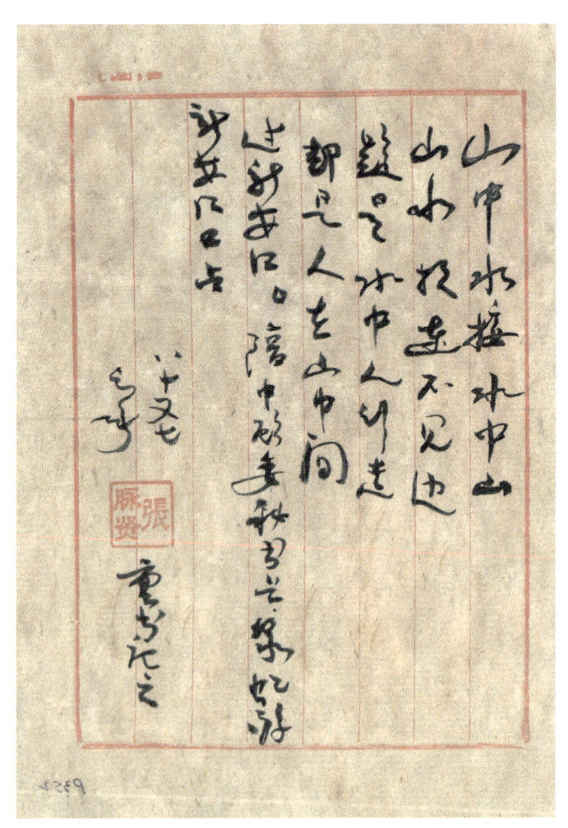

山中水接水中山
山水相连不见边
疑是水中人行走
却是人在山中间
过新安江。陪中顾委秘书长黎虹游新安江口占
八十又七
張脉贤

五言·黄山初雪

1989年底与云峰、小健、跃梅等于黄山北海观日出时，应湖北画家要求即景。

松枝点点白，山峦依依翠。

云海浪上雪，冬景此为最。

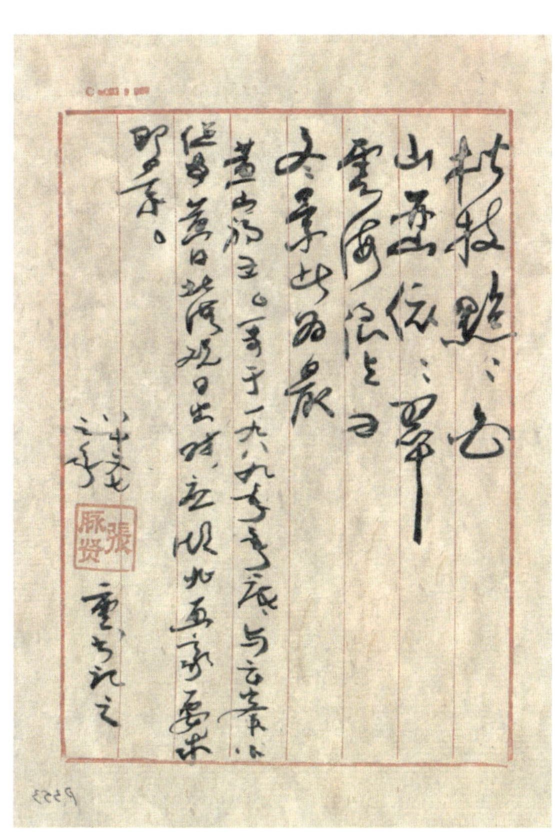
松枝点点白，山峦依依翠。云海浪上雪，冬景此为最。

黄山初雪。一九八九年底与云峰、小健、跃梅等于黄山北海观日出时，应湖北画家要求即景。

張脉贤

五言·登玉屏一日三景

写于1990年元旦前上玉屏，与职工一起过年时。

六六黄山景，尽在雾濛中。

白日驱淞去，金洒玉屏峰。

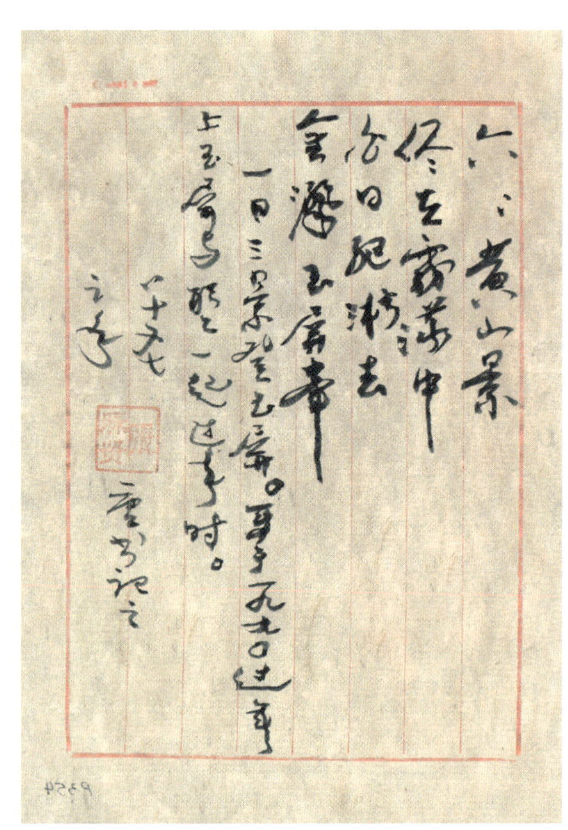

六六黄山景
尽在雾濛中
白日驱淞去
金洒玉屏峰
一日三景登玉屏。

七绝·巢湖银屏山

1991年随省局同人考察巢湖，为巢湖银屏山景点题诗。

奇花一簇半山开，为向人间报讯来。

独秀银屏石趣涌，仍思仙葩谁能栽。

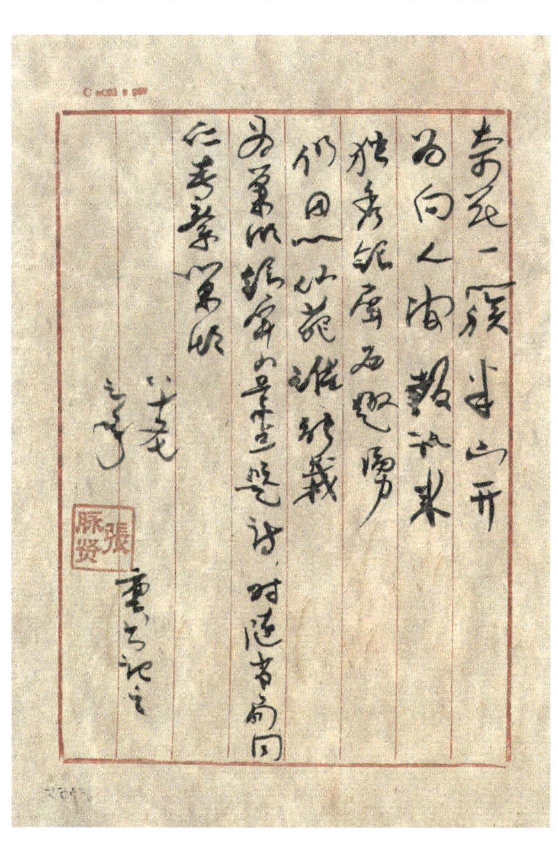

奇花一簇半山开
为向人间报讯来
独秀银屏石趣涌
仍思仙葩谁能栽
为巢湖银屏山景点题诗，时随省局同
仁考察巢湖

張脉贤

交情

——八十岁以后

二十多年前，我当副市长分管旅游、外事与黄山风景区时就曾讲过："从事旅游工作的人，都是民间外交家。从事外事工作的人，当然更是外交家。"黄山在快速发展，与世界的联系更加广泛而紧密了。我生活在黄山，虽已是八十多岁的老人，居然还"外事"来往不断。

以我为专家组组长，邵之惠、洪璟为主执笔的《徽菜》是"经典中国国际出版工程"的一部分，目前已出版了英文版，并发行到一百三十四个国家。徽菜，曾引领一个时代的餐饮，值得向世界推介。不久前，德国几位专家到我家来，邀请我参与"黄山"片子的拍摄。这次是外国人要拍片宣传黄山，是他们来了。过去我去德国宣传黄山时，如去慕尼黑市，有一百多人来参加我们的推介会，却没有一个人知道黄山。他们总以阿尔卑斯山而自豪，觉得中国的黄山没什么可游览的，因为没有他们的绿化好。经我做了对比讲解之后才觉得可以去踩踩线，试试看。现在，他们来了，积极性很高，还专程到家里来邀请我这个老头子在片中介绍黄山，我岂有不去之理。为了参加拍摄，我竟在高龄时第六十八次上黄山。我在片中简洁地介绍了黄山之奇、之险、之秀、之俊外，还别出心裁地用徽州话吟唱了我写的诗——《黄山初雪》（松枝点点白，山峦依依翠。云海浪上雪，冬景此为最。）和明代诗人陈宣的诗。他们对我极具个性化的举动，深表满意。

谢尔盖来访。俄罗斯著名画家谢尔盖2013年曾获俄罗斯联邦普京总统奖，是俄罗斯功勋画家、俄罗斯皇家艺术科学院院士，他还是联合国教科文组织国际造型艺术协会会员。今年在莫斯科举行的纪念世界反法西斯战争胜利七十周年纪念活动中，曾和时任俄罗斯总理梅德韦杰夫合办过摄影与油画联展。一个有着重大影响力的俄罗斯画家，主动约我谈一谈“一带一路油画创作与黄山市的关系”，我当然无限欢迎。我们竟在我工作室叙谈了近三个小时。他非常热爱黄山，一定要运用西洋手法画出黄山之韵，但还不知与一带一路有没有关系。我的结论是黄山、徽州，是一带一路之“源”。他对我的论点与论据有着极浓厚的兴趣，要夫人做了记录，并说是“开了窍”，约定下次还要续谈。

给外国人讲“中国字”。外国旅游团来黄山，只要导游能讲出徽州文化的丰富内涵，往往就能唤起游客对中华文化的兴趣。近日，我接待了四个国际旅游团：两个美国旅游团，其中一个是哈佛大学的部分员工家属；两个法国旅游团，其中年龄最大的已八十三岁。他们对中华文化的向往，溢于言表，显于行动。我给他们讲“中国字”，都在一个半小时左右，没有走的，只有听我讲完了还不走的，听毕还要问问、练练。至于像“中美友谊万岁”“中法友谊万岁”这样的句子，我讲后都即席写出来，并让他们带走，作为纪念。

我讲中国字时，主要讲：一是中国字与外国字的区别。二是中国文字的演变，主要说明五千年文化一以贯之。三是突出中国造字法中的象形与会意，突出讲了“武”字的形成，说明几千年前，中国人就确定了对战争的否定态度。这点，他们听了都很新鲜。最后讲了学会笔画八笔就会写中国字，并进行了示范操作。这四次讲课，把我六十年前开始学的中国文字学的知识，都捡了起来。义务服务，帮我加深了记忆。这也是我与外国人进行的一次很有意义的交流活动，而且，能够在知识、文化交流过程中，自觉地传递着正能量，让外国人更多了解中华文化。

我想，人过了八十岁，更理性成熟了。于国有利，也有益于建立民间友谊的事，特别是弘扬中华文化的事有必要继续做下去。

军旅生活中几簇绚丽的花朵

187师政治部同人在李合龙组织下于1998年在石家庄聚会时，曲凤图政委说："关于一八七师宣传队的事，您该写一写。"此夙愿久矣。一因工作不断前推，较为繁忙，一直没有提笔；二因时隔太久，许多事，特别是许多战友的名字想不起来，实在有愧于他们。此次来温哥华探亲，再没事干扰了，深更半夜一个人坐下来想想写写，作为抛砖引玉吧。一个战士演出队，能发展成这样，能创造出那么多辉煌的事迹，是不多见的。有许多事迹，只有这支队伍能创造得出来，只有这支队伍能这么做，可以说有些表现，确是前无古人后无来者的。社会发展了，今后也不会有了，也可能不必要有了。大家共同创造的历史和辉煌，促使我做回忆。

我们志愿军63军从炮火连天的朝鲜战场回国，就在河北省常驻。军部在石家庄，三个师分别在获鹿、邢台、邯郸。我由志愿军63军教导团调到19兵团留守处后又调到七三速中，在河北省衡水。进入和平建设时期，部队随着抗美援朝战争的结束要进行整编以适应新形势的需要。四年后，速中取消了，在战争中发挥突出的战场激励作用的军、师文工团（队）也相继取消了。当然，原北京军区还有文化部，军师有时有文化处（科），有时又取消又合并。师以下文化工作一下归属于宣传科，一下归属于文化科，一下归属于青年科，但文化工作没有从工作内容中取消过。我从七三速中语文教研组长调到187师政治部是1957年底了。部队的文化工作主要抓基层连队的群众文化活动，并提出口号"以歌咏为突破口”。业余演出、业余创作、现场激励一直在进行。我开始在文化科贾英科长带领下参加军队的业余创作评比活动，开始了我的部队文化工作。文艺创作评比，是我的长处之一。我在速中时，几乎夜夜读书至深夜，在职读完了北京师范学院中文系全部课程，获得了大学本科毕业文凭，掌握了一些创作基本理论。发言时，能讲得出一些：“典型环境中的典型性格”“戏剧冲突”“源于生活”“音乐形象”等专业术语。这样容易得到有知识有文化的贾科长、许科长等人的赏识，我开始在宣传科，后又到文化科、青年科工作。不管什么科，我都分管文化。我自己在187师也参与了多种文艺创作：如为徐明理写的表演唱《肯尼迪现形记》谱曲，一个午睡时间写成，原北京军区战友文工团还在天安门做过表演；为张伯炎、徐明理创作的歌剧《让地》谱了11首曲；为师直演出队《赞美我们的营房》谱曲。分别采用了邢台四股弦、湖南花鼓戏、苏北民歌《李玉莲》等民间小调、民间戏曲的主旋律，有鲜明地方特色。生茂听了《我们的营房》后，赞扬湖南家属尹翠花唱得很有味道。《让地》在河北好几个地方剧团做了演出。表演唱中用的《李玉莲》小调是在作曲家王玉西用来创作《社员都是向阳花》之前。还为歌剧《金刚山上的故事》谱曲，全用了朝鲜流行的3/4、6/8节拍与旋律。我能看谱唱歌，到一个连队拿着歌本唱下去。战士欢迎哪首就教哪首，这在当时只有少数专业人员能做到。所以我很感谢我的音乐老师吴家泽、朱光纯。20世纪60年代初，邢台市委书记宋叔华要我到市里当文化局局长时，刘师长还说：“我们师部就这么个文化人才，不可能！”这是当我面讲的。“张干事”在军地都有点名气，主要就是我一直从事187师文化工作，而且还懂点行，又十分热爱文化工作的原因。魏巍为了写长篇《东方》，来到我们部队体验采访，我们还在一个党小组。我为他召集了多个座谈会。战友文工团写《长征组歌》时，我也给他们提供了许多音乐素材。到地方后不再搞文化了，搞理论、搞企业、搞旅游，但总还是离不开文化。我对文化总有亲切感，总怀着满腔热情。

187师和平建设期间的文化工作，我经历并具体领导了从组织群众业余文化活动到组成演唱组，到组成师演出队，到形成演京剧《沙家浜》《奇袭白虎团》等多种剧目与节目的综合性文化团体的全过程。

560团主任徐明理擅长曲艺，他自己创作的相声就很有水平。1995年在黄山市，牛群还提到徐明理；561团杨麦管、张仕国擅长音乐，如他们的雷锋组歌就很成功；559团堵章华主任擅长群众文化，抓了几个典型。全师文化先进连队，我都去指导过，但最有影响力的，是我去任代理指导员的师直防化连的演唱组。我是文化科下放的，当然特别要在文化上抓出成果，除搞思想教育"三对比"外，就是这个七个人演两个半小时节目的演唱组。在当时是一个奇迹，也是一次文化轰动。关键是这个连队原来基础好，拥关春仁、武强、贾玉敏这批人才。在市二中演出时，观众形容二中学生都看疯了。我们走遍我师我军以至军区的许多单位，并被评为原北京军区先进演唱组，奖手风琴一台，师战士业余演出队在演唱组基础上逐渐形成。没有乐器，当年曲风图主任批了六千元，我带金贵跑苏州、上海，买了演出队第一批自己的以民乐为主的乐器。邢台地震，是新中国成立后首次大地震，牵动全国人民的心，牵动中央领导的心。周恩来总理赶到现场，到师部研究救灾工作，要求部队走到灾区每个村庄，我一直在现场。部队的中心任务是抗震救灾。各团演出队化整为零分成小组，师部抓了一支精干的小分队，我亲自带队，走到村村户户，宣传我与魏晋和、刘继文连夜编写的抗震救灾宣传手册。宣传周总理提出的"自力更生、奋发图强、发展生产、重建家园"十六字方针。我们及时抓了些"家里丢了地里找""主业损失副业补"的典型，如"大震之年夺丰收的小杨庄”等加以宣扬。我的战士演出队，给13户的太行山顶小山村演出，在炕头上给一个人演出。谁见过这样的演出队！夜间照明，用过电石灯、煤气灯，也用过松树块、煤油灯、蜡烛、集束手电筒。不管多亮，有电灯当然就算最高档次了。可以说，187师战士演出队、宣传队，用了一切可以照亮的手段进行演出。我们的文艺宣传队伍没有这样全面使用照明的先例，当然也就没有来者了。毛泽东思想万人宣传队在邢台宣传在抗震救灾，我们宣传队一直在第一线，收集了许多生动资料。最后，决定组织万人宣传队文艺演出队进京汇报演出。一批骨干杨麦管、梁德顺、穆俊峰、张时利、王庆民、张占英、谭振仁、陈廷佑等，都积极行动，首先是抓创作。“奔赴第一线”“五湖四海寄深情”“张连长雨夜探亲人”“总理坐了我的车”“周总理来到白家寨”“送粮路上喜洋洋”等，形式多样，内容生动，发挥了187师文艺演出历来自己创作，创作来自生活，演唱多取民间艺术，群众喜闻乐见的特点，加上连曲调都自己创作，一出现在首都舞台，就被观众认可，参加了国庆晚会，参加了陆海空联合演出，先后给外交使团、中央各部演出。中央电视台也六次请我们进台直播。因节目需要，有一次带真枪进演播室，门口的警卫战士大吃一惊，还是当时电视台的保卫部部长王寿仁，原63军参谋长认识我才简单做了安排，没影响播出，持枪改徒手罢了。我们的演出队员，在高度组织纪律的自觉性中以高度奉献精神从事演出，从来没出问题。我们还经常根据需要，在北京等地旅游点参观，从来没有一个人迟到、不到。在北京演出期间，本来要进中南海演出的，当时是非太多，领导为避免麻烦而没让我们去。有一次到政法干校去演出，王前校长要求我们一夜演三场，因住校的红卫兵要求看，红卫兵是毛主席邀请来的，结果一场一千多人，三场都挤得满满的，从晚八点演到后半夜二点。年轻人激情澎湃，可演员一到后台就倒下睡过去了。有没有见过这样的演出团体？只有187师演出队，为满足观众需要，一夜演三场。我们很重视宣传队饮食以保证成员体质健康，这方面管柱出力最大。在内蒙古时，我带动大家大吃便宜羊杂碎，大家很高兴。

平时，山地射击，政治野营、合练、演习，都有部队的文艺队伍在现场，大家总是争先恐后地发挥激励作用。王石祥也是在这些活动中锻炼成长起来的。我们部队到内蒙古，我们文艺宣传队肯定相随。到大青山、猴山、索伦山演出，有部队的地方我们都去。学习草原上的“乌兰牧骑”，同时开展多种文化宣传活动。开始一天五百里，不少人晕车。部队强调冬练三九，夏练三伏，多坐车晕过了就不晕了。从乌梁索海、到红旗海、到乌不浪山口、再到老虎山，演出队的许多人都练出来了。与曾扼守老虎山的徐志杰，几十年后在安徽省外办见了面，还谈起老虎山上的战地激励。有一次到303哨位慰问部队，已零下二十八度，手风琴不能弹，贾玉敏用一个指头在键盘上点。侦察科张科长说：“老张，这次怠慢了，下次来一定让你们喝上水。”草原上有的地段，要靠骆驼来回走七天，运点水回来。所以，这个“愿”许得不算小。大家都在艰苦卓绝地工作着，宣传队更不例外，无任何要求，无任何待遇地演出，张金锁、苏丙华、谭振仁、任忠发都在零下二十八度的露天进行演出，有多少文艺演出队有这样的经历？！这些奇特的经历，也是一次次事迹上的辉煌。当然，也同时锤炼出许多人才。

有一次曲政委把我叫过去问：“我们能不能演样板戏？”我是京剧之乡来的，四大徽班进京形成京戏，小时还准备参加《打渔杀家》《霓虹关》的演出，当时给我派的是坤角，也能哼几句。我没有犹豫就答复了：“可以，但要两个条件：一是要给七万元（当时沙剧费用）；二是要调人，因为主要演员配不齐。”曲政委答复很干脆，两条都没问题。这一来，我们的任务就更重了。宣传队几个老人，都要挑重担；郭健是京胡乐队的牵头人，张国政京二胡，王庆民月琴。京剧三大件有了。李锦玉演郭健光，杨振彦演“医生”，任忠发演四龙，吴振友演刁德一，一股排练样板戏的热情决定了大家都要为适应新要求、新标准做艰苦努力。我们同时出发调人，先是面对邢台与包头两市剧团，后来还包括张家口、石家庄、阳泉、长治、北京等处。

路素霞、鲁智秀、田淑英、闫桂兰、陈平花来了，孙风、武胜利、王秀春也来了，特别是包头京剧团主力小田、小白及曹双莲等都来了。后来还在北京招了乐手。有了一支整整齐齐的交响乐队，不比当年了，“鸟枪换炮了”，兵强马壮。我们组团不是满足于一簇戏，除了《沙家浜》《奇袭白虎团》剧外，还排演了“痛说家史”芭蕾舞白毛女选场、“深山问苦”等剧目、节目，不同地方可演不同内容。一个业余演出队，敢这么开展，也是不简单的，是要有气魄，要有谋划的，是靠人才的。原北京军区第一台样板戏，我师《沙家浜》的演出就有很大推动作用。当时，我们胆大妄为，派人打进京剧四团“偷出”总谱，因样板戏不能走样，严格按样板剧团的路子走。我们没导演，大家商量着来，也在石家庄等地方学习请教。张家口调来的张墩，在武打方面起了作用。基本技术靠大家苦练、苦干、苦闯。搬运一批高粱秆来，前滚翻、后空翻、吊毛、三百六、云里翻就干起来了。苏丙华、杨振彦、马超俊等人都是大胆的，本来武打一点不会，后来都能腾飞“后墙”。我们演出队到了北京许多单位演出，回山西，去河北，进内蒙古，活跃在华北大片土地上，代表部队首长密切军军、军地、军民关系。有时军长、师长都让我当代表，代表他们致以问候！我经常代表张军长、徐军长、闫军长，二十年之后，还保留了这份情感。我复员前一天，闫军长还跑去看我，盘腿坐在我的单人床上聊天，对我要复员的事，一点也不了解。后在北京秦王府他住处谈过去时，他还讲我复员的事，他一点也不了解。其实不奇怪：我一直级别够不上“军长”了解，但我们一直保持友谊。在纸板厂工作时，一次来京办事，住小旅馆中，卫戍区司令来访还引起一阵轰动。当年我们到吕梁山区演出，浩浩荡荡七八辆车到灵石等地慰问，俨然是一个大剧团了。我们还从地方医务所调了专门医务人员赵金凤等。过去宣传队行动都是我兼卫生员，第一次到内蒙古海流图，余事务长泻肚严重，我给了他几片硅碳银居然立即止住了。我学过医，能经常解决问题，还有点威信。也有操之过急、用药过量，造成头晕目眩，吓人一跳的时刻。团扩大了，我不能胜任了。小赵来后开展针灸，我也略知一二，经常协同治疗。时隔二十年，与当年的病人谈起，还提到那时正派得出奇。当时招来的女演员，大多数很小，到现在，我还对陈平花在内邱时很有印象：唱腔高亢、有激情。我是部队政治部代表，演出后到台上和她见面，她躲到后排不敢往前走，才十四五岁，小女孩，十分腼腆、胆怯。都是一批天真活泼很有才干的小青年。我们的演出队变成文工团了，就要保留骨干。这批年轻人，在部队紧张、艰苦与严格纪律的锻炼下，成长也很快，宣传队也不少了他们。我提出来，经请示汇报，建立了文艺干部的任命制度确立了干部名分，保留了人才，也为国家培养了一批十分能干的干部。这些都是原来编制上没有的，章程上没有的。干部科霍彭兰等很支持。通过实践，从实际上教育了大家，不能不承认对这批文艺骨干的实际作用与实际存在采取新的政策，才能使187师宣传队一直存在到今天，而且创造了一个又一个辉煌。以后到地方工作，我在各个岗位都有创新、有新主张，不能说不是从部队开始的。

不管对我个人如何，因为一切都离不开那个时代的影响。那时以己之私度人之公，以己之狭度人之宽，大有人在。但我总是很感谢187师、187师的首长与战友。曲政委在559团当政委时就平易近人，每逢我去参加团会演，他总是说：“张干事，你是专家，多指导！”他当师主任、师政委都使宣传队向前迈出一步。宣传队的辉煌，不能没有领导的支持。一次在军汇报演出，李主任表扬了188、189师后，对187师节目批评了一顿。特别讲道："数来宝是什么？是讨饭的东西，怎么用来表现工农兵英雄人物呢？"我心直口快，讲文艺我也不承认外行。当时苏丙华的数来宝"钢铁战士蔡金同"，是最受欢迎的节目之一。我反驳说：群众是喜欢的。再说，讨饭人用的艺术形式也是可以用来表彰的。因京剧是为帝王服务的，四大徽班是在皇宫里发展起来的，都能表现高大英雄形象，讨饭的更应该可以。因为这是用他的阶级观点加以反驳的，最使他恼火。梁德顺队长说你讲了之后，主任脸色铁青，一句话也不吭。可回去就电话通知师里："你们的张脉贤太傲慢，不听军里的……"一场风波起，压力很大，要整我也始于此。曲政委听了则说："文艺，还不准人家讲点意见。我认为你的看法是正确的，不相信把数来宝拿出来叫大家评。"这件事给我很深印象。文化科长贾英同志是引我进文化科门的，很信赖。而当时我们的文化活动朝气蓬勃，不断向前，造就了人才。一批批文化活动骨干，现在仍然是各地各条战线上的活跃分子。我自己也没变当年在宣传队的那个味道，"老顽固"不改。几十年后我们在石家庄见面还谈起这件往事。政治部聚会时，曲政委也感慨说：二十多年之后最活跃的人还是当年搞宣传的。的确是这样，今天的队长王庆民也是当年演出队的，既搞创作也搞乐队，必要时上个场，一人多用，一专多能。我有时也上台唱两个，不唱不指挥，就追光。还有开场前节目是我代表部队讲话，即兴讲话，不同对象不同内容，从不念稿，我也从此形成习惯。当市长、当局长、当书记，讲话不要秘书写稿，上去就即兴发言。王石祥是这个业余文艺队伍中出来的典型，从现场鼓动写枪杆诗开始到原北京军区创作室主任，全国著名诗人。新闻界、电影界、文艺创作界、企业界、政界都有原宣传队的人员。因为本来就是一批多才多艺、思维活跃的人。我回忆起来最自豪的是有这批同艰苦共奋斗的战友。

当时电影队与宣传队是经常紧密结合在一起的，从由王云武和我介绍入党的龚铭生到孙福盛到张洪才，小胡、小梁、小潘、小邢，都经常在我的记忆中。还有一度合作过的兵团五团等，也有不少出色骨干。这有待大家来回忆了。

187师文化活动是全军有名的，当时原北京军区文化部王部长曾考虑调我到原北京军区群众文化科，还为此专门来师一趟，在当时是不可能实现的。我只能干事，不能重用，叫作可使而不可用。所以一直干事干出兴趣来了。187师宣传队业绩是出众的，在北京国庆活动中的表现是最出色的。复员到地方，我一样乐观、豁达，多为他人着想。这是宣传队长期生活中培养起来的，在后25年中还是发挥了良好作用。走遍了全国，走到了欧、美、亚、澳四大洲，待过四个厅级岗位，坚持大胆而不越轨，有主见而不固执，多干实事而不居功；更多地看到他人，特别是年轻人的积极性，甘为人梯而不自卑。所以，我总是问心无愧地保持文化人的乐观精神，老了，依然如旧。

（1999年11月，匆匆写于温哥华）

脉老谈雅乐

程勇军

2014年12月的一个周六的上午10点20分，我在屯溪延安路上的一家肉麦饼店铺门口遇见脉老。他斜背挎包，快步走过人行横道，稳稳地站在店面前的绿化树边对我说："我经常到这里喝碗馄饨，吃个肉饼。这家老板和我很讲得来。"

冬日上午的阳光懒洋洋的，年逾八旬的脉老精神很好，谈兴很浓，他从小吃说到饮食健康，说到新安医学，又说到他阅读古籍时所发现的南朝太守羊欣可谓新安医学第一人。他说他一直提倡学习传统，弘扬中国优秀文化的核心，要从过去挖掘资源为现在所用。顿了顿，他又说，他给文联倪主席寄出一封信，里面是他创作的三首歌曲。有根据李白古诗作曲的《昨夜洛城闻笛》，张志和的《渔歌子》，还有为南唐皇帝李煜词作配上古曲谱写的《虞美人》。"音乐可是我自幼的爱好哟。"他这样跟我强调说。

脉老小时候随他父亲在郎溪梅渚米店当店员。《梅渚镇志》里说，那村镇发展于魏晋南北朝，降福会、大小马灯、大小锣鼓、傩戏"跳五猖"表演等在民间久盛不衰。他父亲在这里受到影响，就懂些地方音乐。脉老自幼受家庭环境熏陶，一直爱好音乐表演，后来还通过学习自修了和声、对位、作曲法、指挥法等。脉老回忆说，他父亲有一次上山砍柴，特意砍了根竹竿回来做笛子。做竹笛要先锯好长短，烧好铁钳，烫眼要求平均，只一个要近一点。然后就是这根笛子让他学会了吹奏，而后还学会了拉京胡过门，跟父亲学习哼唱《萧何月下追韩信》《徐策跑城》之类徽剧和京剧的唱段。还有一次，他父亲进城带回来一架“弹进琴”，一只手弹，一只手压12345，他们都学会了徽州流行的《燕双飞》《苏武牧羊》等曲目，从听觉上培养音阶、音域等观念。

后来脉老报名参军，到部队第一个任务就是教唱《解放军进行曲》《志愿军战歌》。一年多后,他调任志愿军63军教导团，应政委陶湧要求，当即演奏二胡曲《光明行》和《良宵》，受到赞许。部队从朝鲜回国，他在军地晚会交谊舞会演奏手风琴，几乎成为专业演奏家。当时他和创作过《学习雷锋好榜样》《马儿啊，你慢些走》的生茂，创作过《十五的月亮》《望星空》的石祥等词曲作家都是一个部队里的好战友、好兄弟。脉老自豪地说，他们师的创作都来自生活，所以大受欢迎。师演出队一直演到原北京军区，参加一些全国性的活动，如外宾招待会、1966年国庆晚会等，周总理以及叶剑英、贺龙、陈毅等中央领导看完演出还和他们合过影。在那样一个时期，脉老创作了不少歌曲，如为张伯炎、徐明理合作的歌剧《让地》谱写了11支曲子，河北好几个地方剧团都演出过，百花文艺出版社在1964年的时候还出版发行了。部队首长都叫他“专家”。后来到黄山，担任副市长时，还为音乐电视片《黄山颂》创作了《黄山恋》的歌词。

说到对传统音乐的学习，脉老提起自己近年热爱古诗词的吟诵，还被中华吟诵学会聘为专家学者。他给李白的古诗谱的曲《昨夜洛城闻笛》，严格按照平仄要求，以古老徽州的吟诗音律作为根据，顺势而写，还采用了华尔兹舞三步的节奏，使这样的曲子既文雅又流行。

而关于《虞美人》一曲的创作还有段故事，是脉老在比利时做访问学者时，讲述徽州文化所用的开场白。虞美人是比利时的国花。南唐后主李煜写的《虞美人》是有名的佳作。脉老从《虞美人》一曲入手，从李煜常用的澄心堂纸和汪伯力笔谈起，说明历史上文房四宝和徽州的渊源，在课堂上产生了很好的效果。脉老说他一直试图找回《虞美人》的原始古曲。自己在古本中找到了此曲调，尝试了填进词，一试唱还挺合适。中国古词牌很多，在这方面可以尝试的空间很大，他愿意做更多的努力。

《渔歌子》是唐朝时祁门人张志和写的名作。张志和擅长音乐和书画，唐肃宗时待诏翰林，后因事被贬官，赦还而不复仕进，居江湖自号“烟波钓叟”。《全唐诗》载录其创作的九首诗词。《渔歌子》是词调名，又名渔父歌，本为唐朝教坊曲，分单双调两种，单调27字，五句，四平韵；双调50字，仄声。张志和的《渔歌子》共有五首，全是单调。据《词林纪事》转引的记载说，张志和曾谒见湖州刺史颜真卿，因为船破旧了，请颜帮助更换，并以《渔歌子》相赠。词牌《渔歌子》即始于张志和写的《渔歌子》而得名。“子”即是“曲子”的简称。张志和的名词《渔歌子》不仅可算唐词宗祖而且被称为日本词学的开山作。《日本填词史学》中记载：大约在张志和写成《渔歌子》49年后（公元823年，即日本平安朝弘仁十四年）传到日本。当时的嵯峨天皇读后倍加赞赏，亲自在贺茂神社开宴赋诗，其时皇亲国戚、学者名流，皆随嵯峨天皇和唱张志和的《渔歌子》。天皇在宴会上亲作五曲，其中第三首为“青春林下渡江桥，湖水翩翻入云霄。闲钓醉，独棹歌，往来无定带落潮。”席间天皇年仅17岁的女儿内亲王智子聪颖过人，她吟和两首也传唱至今：“春水洋洋沧浪清，渔翁从此独濯缨。何乡里？何姓名？潭里闲歌送太平。”《渔歌子》因此在中日文化交流中具有特殊意义。脉老忆起当年他接见日本文化界朋友时，讲到徽州与日本的关系，直接讲到祁门张志和和日本嵯峨天皇，介绍了三人的《渔歌子》，将现场作曲赠送日本客人。由于曲子中还采用了日本的乐汇，以慢速踩上日本舞步踏歌，使到访的客人感动不已。

在徽州文化圈内，被亲热称作“脉老”的张脉贤先生，曾为正厅级党政官员，更是一位温文儒雅的文化学者。年届耄耋，仍风尘仆仆，常在徽州乡村和各地奔走，调研、演说，笔耕不辍。他坚信徽州文化研究、宣传是文化自信，而最重要的还是要靠徽州人自身奋起、争气！脉老还说，徽州文化的艺文也大有文章可做，休宁查十八的音乐就是一例。他认为音乐是一种激情，是一种温暖的力量，是友谊的桥梁，是他一生乐观的源头。

附脉老创作的歌曲五首。

让　地（歌剧）

（曲一）

1=F $\frac{2}{4}$

张脉贤

欢快、风趣地

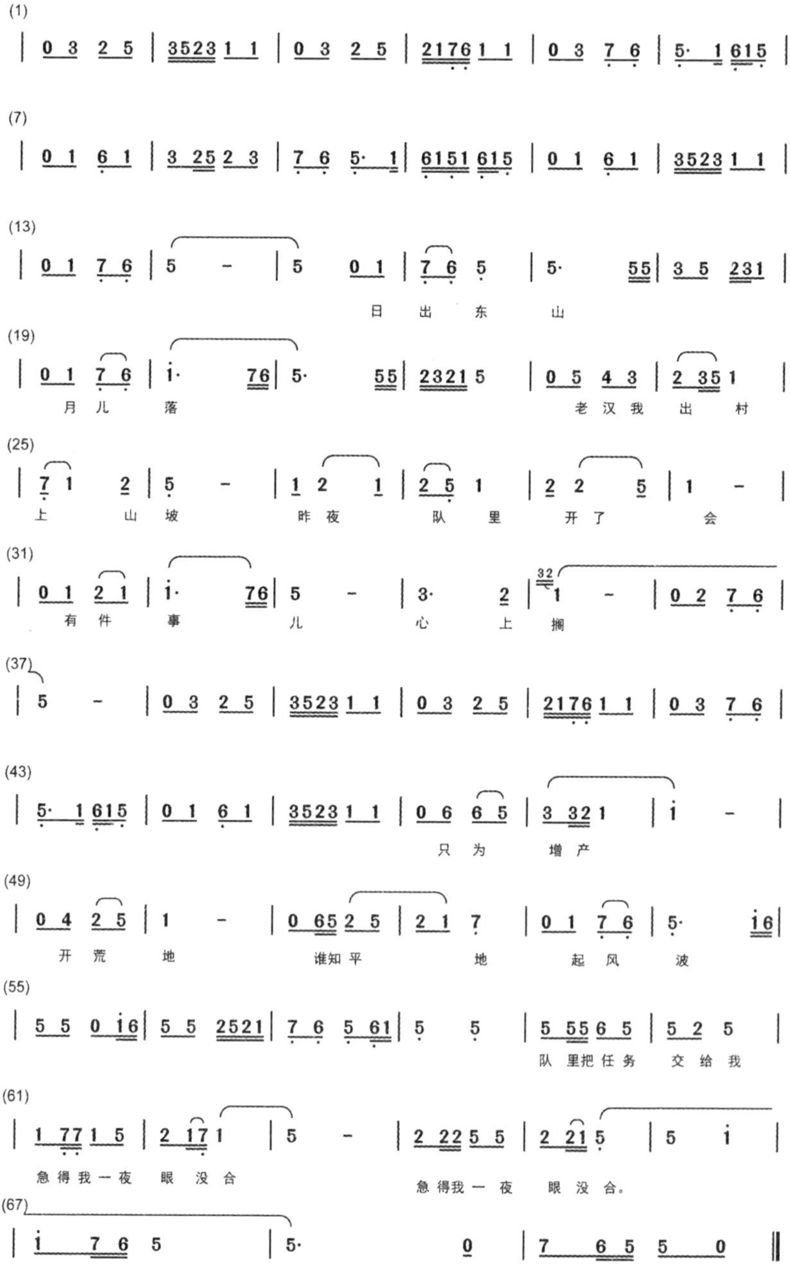

日出东山　月儿落　老汉我出村　上山坡

昨夜队里开了会　有件事儿心上搁

只为增产　开荒地　谁知平地起风波

队里把任务交给我

急得我一夜眼没合

急得我一夜眼没合。

昨夜洛城闻笛

1=C $\frac{3}{4}$ （吟唱、抒情、中速）

张脉贤 曲

李 白 词

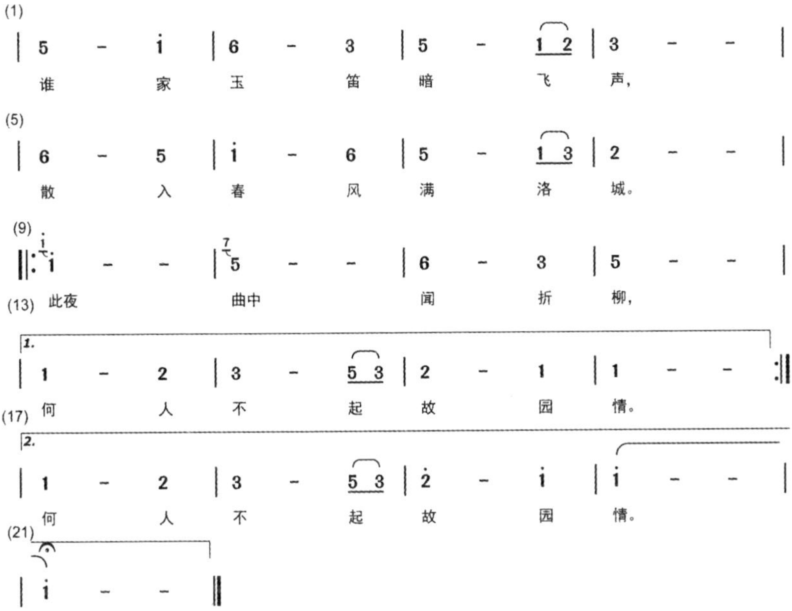

(1)
| 5 – i | 6 – 3 | 5 – 1 2 | 3 – – |
谁 家 玉 笛 暗 飞 声，

(5)
| 6 – 5 | i – 6 | 5 – 1 3 | 2 – – |
散 入 春 风 满 洛 城。

(9)
|: i – – | 5 – – | 6 – 3 | 5 – – |
(13) 此夜 曲中 闻 折 柳，

1.
| 1 – 2 | 3 – 5 3 | 2 – 1 | 1 – – :|
何 人 不 起 故 园 情。

(17)
2.
| 1 – 2 | 3 – 5 3 | 2 – i | i – – |
何 人 不 起 故 园 情。

(21)
| i – – ||

虞美人

1=C $\frac{2}{4}$

张脉贤 编曲

李 煜 词

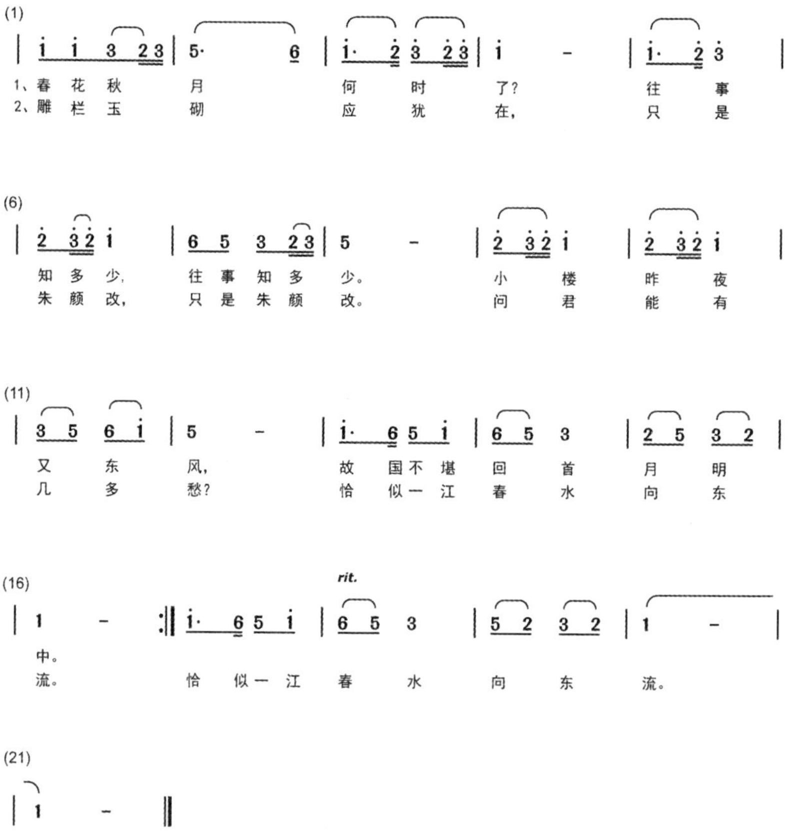

(1)

1、春花秋月何时了？往事知多少，往事知多少。小楼昨夜又东风，故国不堪回首月明中。

2、雕栏玉砌应犹在，只是朱颜改，只是朱颜改。问君能有几多愁？恰似一江春水向东流。

(16)

rit.

恰似一江春水向东流。

(21)

渔歌子

1=G $\frac{2}{4}$

张脉贤 谱曲
张志和 词

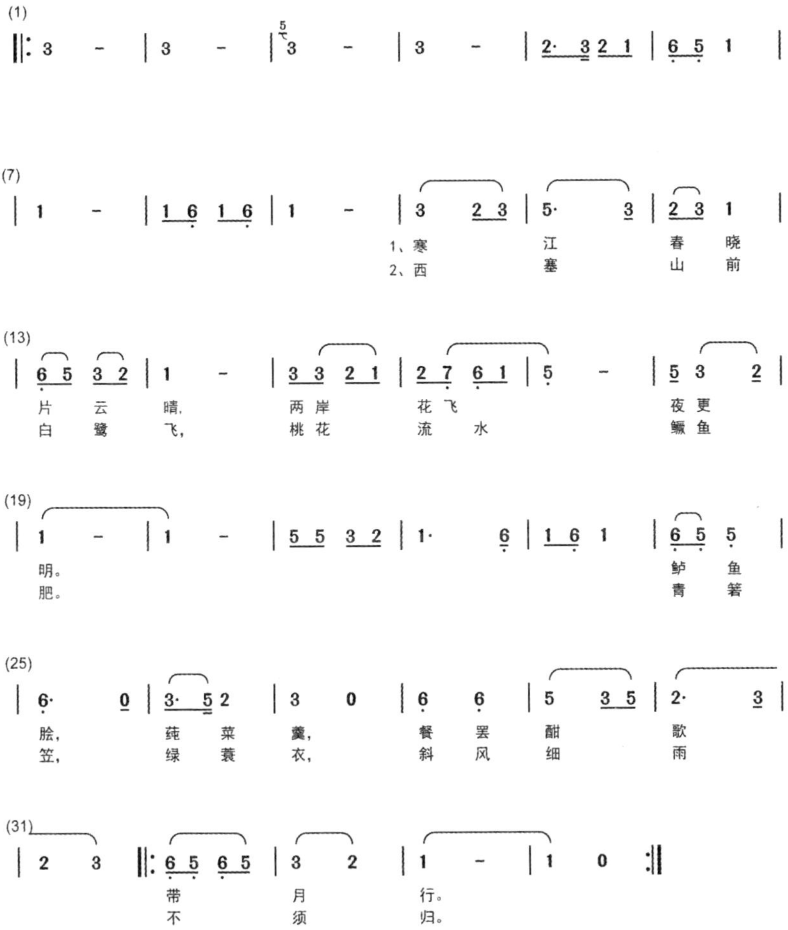

(1)
‖: 3 – | 3 – | 3 – | 3 – | 2· 3 2 1 | 6 5 1 |

(7)
| 1 – | 1 6 1 6 | 1 – | 3 2 3 | 5· 3 | 2 3 1 |
1、寒 江 春 晓
2、西 塞 山 前

(13)
| 6 5 3 2 | 1 – | 3 3 2 1 | 2 7 6 1 | 5 – | 5 3 2 |
片 云 晴, 两 岸 花 飞 夜 更
白 鹭 飞, 桃 花 流 水 鳜 鱼

(19)
| 1 – | 1 – | 5 5 3 2 | 1· 6 | 1 6 1 | 6 5 5 |
明。 鲈 鱼
肥。 青 箬

(25)
| 6· 0 | 3· 5 2 | 3 0 | 6 6 | 5 3 5 | 2· 3 |
脍, 莼 菜 羹, 餐 罢 酣 歌
笠, 绿 蓑 衣, 斜 风 细 雨

(31)
| 2 3 ‖: 6 5 6 5 | 3 2 | 1 – | 1 0 :‖
带 月 行。
不 须 归。

振兴安徽旅游,靠我们自己

1=Eb $\frac{4}{4}$

张脉贤　词曲

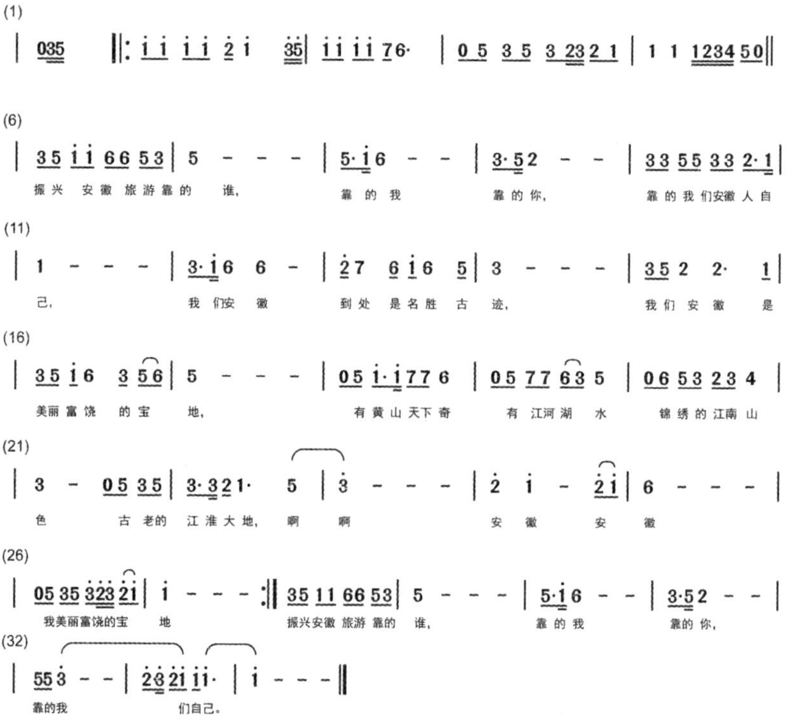

(1)

| 035 ‖: i i i i 2 i 35 | i i i i 7 6· | 0 5 3 5 3 23 2 1 | 1 1 1234 5 0 ‖

(6)

| 35 i i 66 53 | 5 - - - | 5·i 6 - - | 3·5 2 - - | 33 55 33 2·1 |

振兴安徽旅游靠的谁，靠的我　靠的你，靠的我们安徽人自

(11)

| 1 - - - | 3·i 6 6 - | 27 6 i 6 5 | 3 - - - | 35 2 2· 1 |

己，我们安徽　到处是名胜古迹，我们安徽是

(16)

| 35 i 6 3 56 | 5 - - - | 05 i·i 77 6 | 05 77 63 5 | 06 53 23 4 |

美丽富饶的宝地，有黄山天下奇　有江河湖水　锦绣的江南山

(21)

| 3 - 05 35 | 3·3 2 1· 5 | 3 - - - | 2 i - 2i | 6 - - - |

色　古老的江淮大地，啊　啊　安徽　安徽

(26)

| 05 35 323 21 | i - - - :‖ 35 11 66 53 | 5 - - - | 5·i 6 - - | 3·5 2 - - |

我美丽富饶的宝地　振兴安徽旅游靠的谁，靠的我　靠的你，

(32)

| 55 3 - - | 23 21 i i· | i - - - ‖

靠的我们自己。

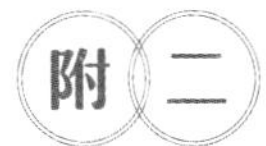

“入画台”长谈

伍　天

2019年8月16日上午，86岁的张脉贤乘坐玉屏索道缆车，经过好汉坡，第69次登上黄山。17日上午，在玉屏楼宾馆客房见到我，这位在黄山文化界被尊称为“脉老”的老人笑容满面地说：“我腿脚不如以前了，这次齐总帮忙，我下了一个决心，能爬好汉坡我就能上玉屏。”黄山旅游股份公司行政中心副总监齐学峰在一旁笑着说：“昨晚我说你要来，张老很高兴。”

移步到玉屏楼宾馆的露天观景台，脉老说这个“入画台”是他昨晚题字命名的。“怎么样？风景入画，游人入画，时间入画，坐在台上，喝喝茶，看看书，看看风景，多好！”

脉老对黄山的景致如数家珍。当年，也就是1988年8月6日，他接到省委调令，从芜湖市委秘书长转任黄山市人民政府副市长，其中一个任务，就是组建机构调整后的黄山风景区管理委员会。调令还有9月22日正式到岗。两个月后，脉老在日记里写下“四个头衔：市委常委、副市长、黄山风景区（管委会）党委书记、主持工作的副主任”。为此，有人戏称他为“张主持”。

要发展，需要政策，需要支持，更需要把黄山的牌子打出去。1989年市政办第六期（总第109期）简报记录了脉老当时的工作简况：经过两三个月的酝酿，3月4日至16日，张脉贤副市长带队赴京，就有关问题进行“摸路式”的工作汇报，内容包含争取把黄山列为世界自然风光遗产；争取得到外交部、对外友协的关心支持，促成黄山接上“友城”关系，让外交使团上黄山；争取把齐云山列为国家级自然风景区；争取对黟县进行对外开放，了解古民居被列为世界历史文化遗产的有关情况。

黄山申遗是一件大事。1990年5月，联合国教科文组织（UNESCO）专员吉姆·桑塞尔受指派，来黄山考察世界自然遗产申报工作。脉老亲自陪同三天，既当导游进行讲解，又当领导做出决策。

回忆当时的情景，脉老说在考察前的云谷山庄第一次工作会议中，对桑塞尔提出的十多个问题进行逐一说明；接着他们从云谷寺到白鹅岭，从始信峰到北海诸景，从西海排云亭到光明顶，最后到步仙桥，观赏风景，讲述典故。黄山的美景打动了桑塞尔，他兴奋不已，到了步仙桥景点，居然不管不顾地趴在地上，用相机寻找最佳的拍摄角度。当晚在玉屏楼，桑塞尔豪爽地饮酒，为黄山而叫绝。第二日爬天都峰，这位高个子的外国人，居然一个跨步骑在鲫鱼背上，极为惊险夸张地拍下了一张纪念相片。

从前山下行，在立马亭，桑塞尔仰望“金鸡叫天门”，观赏“立马空东海，登高望太平”的石刻，下来后在温泉“艺海楼”开工作会议，他直接提议要在申报材料的封面上标注“中国黄山”，项目上不要只报什么“自然风光”，要报自然和文化双遗产。桑塞尔在考察报告里写道：“黄山为中国艺术、文化、环境遗产的代表，优美的自然景区在中国古代艺术、文字、建筑以及历史上64座庙宇的装饰润色下，显得格外崇高。”报告结论为：“黄山的自然美以及文化美，世上罕见，应该被增列为世界文化遗产之内。”

1990年12月7日，在加拿大班夫举行的联合国教科文组织世界遗产委员会第14届会议上，黄山被批准成为“世界文化与自然遗产”的双遗产风景区，成为全球第17处混合遗产地。这是黄山走入国际视野的一个标志。

打开了话匣子，脉老说昨天中午管委会的文达书记上来看望他，就“黄山旅游再出发”请他提意见和建议，他思路清晰地建议要先做足“黄帝之山”的文章，从文化上下功夫。跟我谈及这个话题，他展开分析说：“传说也是打开历史记忆的方式。”黄山因轩辕黄帝而被唐玄宗命名，直到现在还有这么多跟黄帝有关的景点，有这么多关于黄帝在黄山得道成仙的传说，还有明清“黄山画派”画家很多关于黄帝遗迹的主题绘画，这都是开展文化之旅，做好研学游很好的资源，“黄帝之山”的内涵是可以好好琢磨和利用的遗产。

说到旅游，思维敏捷、表述清晰的脉老一会儿就能说出一个故事来。他说现在发展黄山旅游中要从景观游变成体验游，变成休闲游，注重旅游服务。他随口说了一个小故事：就在昨天，有个上海的女孩子在玉屏楼订房住了两天，时间到了她还想续住，玉屏楼客房就那么一点，房源紧张，潘美丽经理说“没房了”，可她不死心，一直等一直等，等到下午二点多有个游客提前离店，她终于又能再多住一天，真是把她高兴坏了。她住在山上干什么呢？就是每天到这个“入画台”上，品品茶、看看景、翻翻书、吸吸新鲜空气。这就是休闲游，这就是一个黄山旅游发展的新思路。

脉老说他是黄山管委会第一任“主持”，他到黄山感觉就像回到了家。看到黄山这么多年来的发展，他很高兴。他说以前检查工作，他上黄山都得靠攀爬，从慈光阁走到玉屏楼是家常便饭。黄山修建了观光缆车，从云谷寺、慈光阁、北大门站点上来，让以前一直想象的云海漫步的梦想变成现实。游客节省了体力，还能把时间多花在景点观赏上，可以说是增加了很多好的旅游体验。在山上看景思考，在山上散步，随时都会有许多新的收获。像现在游山循环道打通，西海大峡谷的“小火车”成为网红，游客在山上可看到的、可体验的越来越多，这为黄山的发展打下了更好的基础。

脉老随口又念出一首诗，讲冬游黄山："松枝点点白，山峦依依翠。云海浪上雪，冬雪此为最。"我问他这写的是什么呢？脉老说，这是题画诗。这里面还有一个故事：多年前有一个画家在山上写生，他在山上遇到了画家，便走过去看他的写生画，和画家交谈，说起冬天黄山雪是江南山雪，是伏在黄山松的松枝上的，一棵一棵的树，一点一点地被雪染白，雪松的背景又是那么青翠动人。黄山自古云成海，那白茫茫的云海如雪原，在松石映衬下，浮现出绝美的景象！他兴致所到，题写的这首诗，写的就是黄山之美。

脉老对黄山的深情，在抒不尽的情中，在讲不完的话中，告一段落。

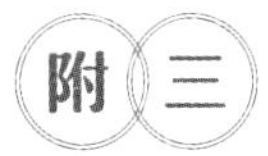

黄山奇人张脉贤

龙溪思维

2007年5月12日，我在黄山吃第一个午餐时，坐在身边的是一位很健谈的老者。

接过老先生递过来的一摞图片材料，仔细一看，老先生姓张，名脉贤，是原黄山市的副书记。

这些图片都是张脉贤先生在副书记任内接待的，从国家领导人到各方人士视察、游览的照片。

老先生始终笑眯眯的脸庞和令人目不暇接的照片，引起了我的注意，但是，老实说，这种注意，还只是一般的注意。因为他曾担任过的职务，能有这样的笑容，说明他很好的，是很平易近人。有这样的照片，也很好，说明他很尽职，也很重视自己的工作。

让我对张脉贤先生有深刻的印象，是会议开始后，他对会务工作的热心、细致。

一位老者，一位曾是当地高层领导人的会议代表，本来完全不必如此，一般有类似经历的人也完全不会这样做。

我又听到一些当地代表对张脉贤由衷的赞扬之词。要特别说明的是，张脉贤已经做到安徽省旅游局局长，却要求到黄山市当副书记。这是自己主动降级，这是从没有人做过的“傻事”。

为什么张脉贤要做这样的“傻事”？

因为张脉贤喜欢，或者说热爱黄山市的旅游事业。做黄山市副书记，分管旅游。降不降级，他不考虑。

事实上张脉贤是不是这样呢?

通过交往和接触，我得到了肯定的答案。

2007年5月13日下午，研讨会组织大家参观几个与朱子文化有关的地点。

我这里说地点，而不是景点，是因为其中有的并不是旅游景点。

比如，由黄山市程朱理学研究会唯一的农民理事、程氏后人程文俊，在黄山市东郊篁墩村的程氏祠堂，几乎完全靠自己的力量修建的程氏文化纪念馆，就不是一个旅游景点。导游们是不会带任何旅游团到这个既没有旅游产品展示，也没有旅游商品贩卖的地方来的。

关于程文俊，我会另文叙述。在这里，我只是要说，程文俊几乎是靠一己之力修建的这个纪念馆，是我看到的唯一的一个农民纪念馆，它完全是程文俊老人对历史文化充满无限热情的表现，也完全是靠这种热情来经营的。

在纪念馆内，所有的展品，包括虽然粗糙，却五脏俱全的程氏历史文化沙盘，都是热心人义务为程文俊老人制作的。

张脉贤私下告诉我，他为支持这个纪念馆，给了程文俊捐款数千元钱。

我心头一热。

这里，只有对历史文化的共同的热爱。还有，就是一个前市委副书记，对一个农民的充分理解。只有这样，才会有这样宝贵的支持。

没有几个人，会知道在安徽黄山的一个山村里，有这样一个农民历史文化纪念馆。更没有几个人会知道有这样一位前市委副书记，为这个农民纪念馆捐过钱。

如果说，我从来没有因为自己博客的阅读量少而在意，因为我早为自己博客的访问量定有底线，但只要有一个人看，我就写下去。现在，我真的为这么低的阅读量而有点不安了：应该有更多的人，成千上万的人，知道这个农民纪念馆，知道张脉贤对这个农民纪念馆的支持！我完全相信，张脉贤是一个真爱黄山旅游事业的人。

2007年5月13日晚，在研讨会代表下午参观、晚上宴会，所有日程项目都完成以后，大几十人，分乘几辆大轿车回会议所在宾馆休息。

我所上的车已满后，又上来一位老者。我习惯性地让座。老者坐下后，我自然站在旁边。身边的几个当地的工作人员说，你还是到另一部车去吧，要走几十公里呢，那边那车有位子。我应声下车，上了另一部车。这就叫好心有好报，这就叫求仁得仁。我上了这部车，看到了令人难忘的一幕。

张脉贤就在这部车上。30几个座位的车，只坐了20几个人。我在后面坐下来。这时，却只见张脉贤一直站在司机旁边，面向车内。大家以为张脉贤要清点车内人数，他常常“屈尊”做会务，也就没有人会在意。不对，车开了。张脉贤还是站在那里。只见他拿起话筒，张口就朗声说：“各位女士，先生们，大家晚上好！我是本车的导游员张脉贤，现在由我给大家讲解我们此行沿途的景色……”

车内一阵错愕，一片寂静。随即，爆发出极为热烈的掌声。这就是张脉贤，这就是那个自己要求降级到黄山做旅游事业的张脉贤。

那么自然，那么平常。但是，不用说，这里没有一个人会想到一个70多岁的老人，一个前省旅游局局长，而且是旅游大省的前省旅游局局长，会站在颠簸的大轿车上，会为大家做导游。

这可是一个真正的导游，一个一丝不苟的导游。

这就是张脉贤。

后 记

脉老是一位平易近人，博闻强识，关爱并乐于提携晚辈的慈祥的长者。脉老的思想是徽州文化的宝库。

在与脉老多年的接触中，我们认为他的特点在于精于记忆，善于表达。在多次会议的即席发言过程中，他无一不是条理清晰、观点明确、引经据典、旁征博引，许多思想有新见解，富有创造性。我们觉得，把这些讲话整理起来，形成文字，就是一篇好文章。他自己也讲过，有不少发言是触景生情，见事生义，有闪光点，但讲过就忘了。

这种现象引起了我们的思考。黄山屯蒙学舍书院作为黄山市第一家经政府批准注册成立的传统文化书院，自成立以来便坚持以“正心正念正能量”为办院宗旨，以传承国艺、传播中华优秀传统文化、弘扬徽文化为己任。脉老的讲话，不论是否成文，都要想办法留下来。这是我们责无旁贷的责任和义务。书中的每一篇文章，都可以被看成是脉老的一段经历、一次思考，是历史的进程，也是人生的记录、行为的体现、思想的结晶。

本书编撰成册，承蒙脉老亲自指导审定。由于编者水平有限，不完善之处在所难免，敬请读者提出宝贵意见。对于读者提出的意见和建议，我们将悉心听取，待再版时予以改进。

黄山屯蒙学舍书院
2021年4月23日